翼、ふたたび

江上 剛

PHP
文芸文庫

○本表紙デザイン＋ロゴ＝川上成夫

翼、ふたたび　目次

〈登場人物紹介〉

【東京】

佐々木和人《ささきかずと》　ヤマト航空再建のため、会長として招聘《しょうへい》される。都《みやこ》セラミック創業者で、会社再建のプロフェッショナル。

本田精一《ほんだせいいち》　ヤマト航空再建のため、社長に就任。ヤマト航空では整備畑を歩み、子会社のヤマトエアコミューター社長から抜擢《ばってき》。

石嶺悟《いしみねさとる》　ヤマト航空破綻《はたん》時に、社長を辞任。

小川淳一《おがわじゅんいち》　ヤマト航空破綻時に、専務取締役を辞任。

舘野雄平《たてのゆうへい》　ヤマト航空執行《しっこう》役員。総務人事担当。

草薙翔《くさなぎしょう》　ヤマト航空広報部。社内報『ＷＡＹ』を担当。手荷物サービス係から異動。

森一昭《もりかずあき》　ヤマト航空意識改革・人づくり推進部フィロソフィグループグループ長。北京支店総務責任者から異動。

上原博子《うえはらひろこ》　ヤマト航空意識改革・人づくり推進部ファシリテーター。国際線キャビンアテンダント（チーフ）を兼務。

能見義男《のうみよしお》　ヤマト航空ミッションディレクター兼パイロット。

山口《やまぐち》満男《みつお》　ヤマト航空エンジニアリング整備課長。
早瀬《はやせ》耕助《こうすけ》　ヤマト航空法人営業部長。
葛岡《くずおか》駿太郎《しゅんたろう》　ヤマト航空国際線パイロット。
山下《やました》慎平《しんぺい》　ヤマト航空営業部。
結城《ゆうき》菜美子《なみこ》　ヤマト航空国内線キャビンアテンダント。
国谷《くにや》正治《まさはる》　ヤマト航空エンジニアリング整備スタッフ。佐々木と同郷で同じ高校出身。
土橋《どばし》剛志《たけし》　フリーの経済ジャーナリスト。ヤマト航空再建に批判的な記事を書く。

【仙台】
豊田《とよだ》悠人《ゆうと》　ヤマト航空仙台空港所長。
瀬尾《せお》遥《はるか》　ヤマト航空仙台空港スタッフ。岩沼市内に両親と住んでいる。
安藤《あんどう》朋子《ともこ》　ヤマト航空仙台空港スタッフ。仙台市内で夫と息子の三人暮らし。
原田《はらだ》順子《じゅんこ》　ヤマト航空仙台空港スタッフ。新婚で、夫は仙台市内に勤務する。
大山《おおやま》俊也《としや》　ヤマト航空エンジニアリング社員。仙台空港整備責任者。
樋口《ひぐち》久信《ひさのぶ》　ヤマト航空仙台空港業務部。

第一章　それぞれの破綻《はたん》

1

（手荷物サービス係　草薙翔《くさなぎしょう》の場合）


ツルルツルル……。卓上の電話機が動き出さんばかりに激しく鳴り出す。

うるさいなぁ、全く。せっかく静かに本を読んでいるのになんで電話なんか鳴るんだよ。朝からひっきりなしにかかってくるんだから……。

草薙翔は、読んでいた大好きなミステリー作家、デニス・ルヘインの本をテーブルに伏せた。

手を伸ばし、受話器を取る。

「はい、ヤマト航空羽田空港手荷物サービス係です」

『おい、名前くらい名乗ったらどうだ』

野太い男の声だ。ここにかかってくる電話は怒っているか、そうでなくても苛立《いらだ》っている。

「はい、草薙が承《うけたまわ》っております」

『鞄《かばん》が壊れたんだ。どうしてくれるんだ』

「どのような状況なのか、詳しく説明していただけないでしょうか」

『今日、飛行機に乗ろうとして羽田空港に着いたんだ。鞄を預けようとしたら、俺《おれ》の長年愛用してきた鞄が急にパカッてばかみたいに口を開けやがった。ゲロを吐《は》き出すみたいに、中に押し込んでいた下着やワイシャツをロビーにぶちまけやがったんだ……』

「私どもにお預けになった時に口が開いたのですか」

『聞いていないのか。預けようとして、鞄を引きずって歩いている時だよ』

「はあ、まだ当方にお預けになる前ですね」

『ごちゃごちゃ言わずに聞けよ』

男の話は要領を得ていない。怒りに任せて延々と続きそうな気配だ。

どこかでタイミングを見計らってこちらの質問、すなわちいったい何が問題なのかを差し挟《はさ》まねばならない。

隣の電話が鳴りだした。どうせこの男と同じように怒りの電話だろう。

「ちょっとお待ちください。別の電話が……」

翔が受話器に手を伸ばす。

『まだ終わっていないぞ。早い話が、俺の鞄の修理代を出せっていうことだ』

翔は、その声を無視して電話に出る。

「もしもし手荷物サービス係の草薙です」

『大変なんです』

女性の声だ。

「いかがされましたか？」

『中国からの荷物が届かないんです』

女性は泣きださんばかりだ。

『おい、俺の話はどうなった。鞄が口を開けたんだぞ。お前の空港での出来事だ。責任をとれ！』

男が叫んでいる。

「それは当方では責任を負いかねますが……」

空港ロビーで壊れた鞄の責任まで負うことはできない。

『な、なんですって！　責任はないですって！』

女性がヒステリックに声を引きつらせた。

「いえ、違います。違うんです。お客様のことではございません。詳しくお話しください」

『だから北京《ペキン》から羽田行きのヤマト○○便に荷物を……』

『俺の鞄はどうしてくれるんだ！　弁償しろ！』

男ががなりたてる。

「私どもがお荷物をお預かりする前のことですから」

翔は苛ついた口調で返した。

『何言ってるの！　荷物を預けたわよ！　預けたのになくなったのよ！』

女性が怒鳴《どな》る。

「くそ！　勝手にしてくれ」

翔は両手に握った受話器を頭の上に高く持ち上げた。

『何が、くそ！　だ。そんな態度だからお前の会社は潰《つぶ》れるんだ。それを国の金で助けてもらおうという了見《りょうけん》が許せねえ。俺の税金だぞ！』

『どなたか存じませんが、本当にその通り。こんなサービスの悪い、お客のことを考えていない航空会社だから倒産するんですわ。もう絶対に利用しませんから』

客同士が文句を言いあっている。

「まだ潰れていませんから！」

翔は声を荒らげた。

灰色のテーブルとロッカー、パソコン、そして電話、人は翔だけ。周囲と仕切られた室内に翔の声が響いた。

今朝の産日新聞は、ヤマト航空が明日破綻することを伝えていた。

――企業再生支援機構と政府は十九日、ヤマト航空の「事前調整型」の法的整理に踏み切る。米国では広く使われている手法で、昨年六月には米自動車最大手ゼネラル・モーターズ（GM）も活用した。しかしヤマト航空とGMではその中身に違いも多く、ヤマト航空の場合は再建のスピード感に不安が残る。

（一月十八日付・産日新聞）

翔が、ヤマト航空に入社したのは、平成十七年（二〇〇五年）だ。

一九八〇年代の後半から日本経済はバブルに突入した。好景気に沸《わ》き、世界をその手に収めてしまう勢いだった。国内に溢《あふ》れ返った金で世界の名画や不動産、ゴルフ場を買いまくった。今から考えれば、もっとまともな投資、例えば未来のための教育、研究などへの投資を行っていればよかったのだが、後の祭り。九〇年代に入ると株価や不動産価格の暴落に伴って、バブルにはしゃいでいた銀行の破綻が続き、景気は一気に悪化して企業倒産も急増。その結果、新卒の採用市場は冷え込み、就職氷河期入りとなった。

この就職氷河期という状態は、景気の悪化のせいと説明されたが、経済がグローバル化した世界では、実は当然のことかもしれなかったのだ。というのは、景気が一時的に回復しても新卒採用は上向かないからだ。

企業は、業績が回復したとしても、それをすぐに雇用増に結びつけるようなことはしない。雇用をできるだけ抑えて、その業績好調を維持しようとする。コンピュータやITを使って情報化による合理化を進めるのだ。

また、グローバル化に伴い、日本の学生ばかりではなく、海外の若者を採用するようになったことも就職氷河期の原因の一つだ。

翔が就職活動を始めた時も、就職氷河期は相変わらず続いていた。

翔は、ヤマト航空か太平洋航空のいずれかに入りたかった。

中でもヤマト航空が第一志望だった。なぜなら、ナショナルフラッグと言われ、日本一の航空会社だからだ。一方で、官僚的だとか業績が悪化しているなどと、いろいろ悪い噂《うわさ》は学生である翔の耳にも聞こえていた。しかし、そんなことはどうでもいい。翔は、空に関《かか》わる仕事がしたかったのだ。本当はパイロットになりたかった……。

「おい、翔、見えるか。あれがボーイング747、通称ジャンボだ」

父が指差す先に巨大な飛行機が飛び立っていく。

父の腕のように逞《たくま》しくて太い形。全長七十メートル以上、乗客を五百名も乗せて大空を音速に近いスピードで飛ぶ。

「すごいね。でっけぇなぁ」

翔は感激して父の顔を見上げる。

「すごいだろう」

「あんなでかいのがなぜ飛ぶの?」

ボーイング747は三百五十トンもある。

「いつかはお前もあのジャンボを操縦できるといいなぁ」

父は、翔の質問には答えず、ボーイング747の軌跡《きせき》を追いながら、翔の頭を撫《な》でた。

「うん、パパ」

父は、その数ヶ月後、翔の前からいなくなった。商社マンだった父は、すい臓がんを患《わずら》っていた。見つかった時は、末期だった。

父が亡くなったのは翔が十歳、小学四年生の時だった。
翔は、棺《ひつぎ》に納まっている父の亡骸《なきがら》に秘《ひそ》かに約束した。
パイロットになるよ……。

でもパイロットには、なれそうになかった。視力等に自信が持てなかったからだ。しかし航空会社には入社したいと思った。父との約束を果たさねばならない。なぜか合格できるような不思議な確信があった。根拠なき確信だった。受験した結果、太平洋航空は落ちたが、第一志望のヤマト航空には見事、合格した。

合格した後、面接官の役員に言われたひと言《こと》は、「君は元気だった」である。彼に言わせると「その元気が我が社には必要なんだ」とか。

こんなに就職が困難な時代に「元気」だけで採用されたとなると、奇跡だ。きっと他にもポイントがあったのだろうと思うけれども、それは翔には分からない。

その面接官の役員は、その後出世して、今は専務取締役になっている小川淳一《おがわじゅんいち》だ。彼のツボにはまったということだろう。人と人とが親しくなるのに理由はいらない。彼のツボに入ることでぐっと距離が近くなる。今から思えば、小川は亡くなった父に似ている気もするが……。

翔は、入社後、羽田空港のカウンターでチェックイン業務を担当させられたが、早々にがっかりした。

ヤマト航空は、翔が入社する四年前に、東日航空という会社と経営統合した。当初は、持ち株会社の下に二社が子会社として位置づけられていたが、二年半の後、ヤマト航空を国際線、東日航空を国内線としてひとつの会社とし、完全統合と称した。

そもそもヤマト航空と東日航空の経営統合は、日本の空の権益争いに由来する。日本の空は、当初、国際線と国内主要幹線のヤマト航空、国内線の太平洋航空、国内ローカル線の東日航空の三社で棲《す》み分けられていた。この棲み分けが、ヤマト航空をナショナルフラッグと呼ばせている所以《ゆえん》だった。

この棲み分けが影響して、ヤマト航空は国内線のシェアにおいて太平洋航空に大きく水をあけられていた。太平洋航空は五〇％の国内線シェアを誇っていたのだ。ヤマト航空はその半分、二五％にすぎなかった。

企業収益の観点からすると、国際線は華やかだがコストがかかる上に、戦争や疫《えき》病《びょう》、テロなどいわゆるイベントリスクに晒《さら》され、安定しない。それに引き換え国内線は、収益が安定していた。

ヤマト航空にしてみれば国内線のシェア拡大が急務だったのだが、ドル箱の羽田－伊丹《いたみ》間などは、発着枠がいっぱいでどうしようもない。

そこで目をつけたのが、業績悪化に苦しんでいた東日航空だった。ヤマト航空の経営陣は東日航空と交渉し、経営統合にこぎつけた。

ここまではよかったのだが、それぞれの会社を持ち株会社の下に温存したため、統合効果が現れなかった。

――どうせほっとけば潰れたはずの東日に、何を遠慮しているんだ。

強気のヤマト航空側の社員は、人事面などで東日航空に譲り、吸収合併《がっぺい》をしないヤマト航空出身の経営陣をなじった。それは同時に東日航空側の反感を買うことになった。

スピード感のない経営は、結局、複雑な派閥《はばつ》争いを招くことになり、機能別分社化をもって、完全統合と胸を張ったものの、幹部はもとより社員の一体化が進まず、非効率極まりない状況が続いていた。

こうした非効率が直接の原因かどうかは分からないが、ヤマト航空は空港でのエンジントラブル、管制の許可なく離陸をするなどの運航トラブルを多発させていた。

翔にとって、経営陣の派閥争いなど全く関心の範疇《はんちゅう》ではなかったが、最初に配属になったチェックインカウンターの社員の多さに、「なんて無駄《むだ》なことをしているんだ」と驚いた。

完全統合とは名ばかりで、ヤマト航空と東日航空のシステムが十分に統合されていなかったため、両社出身の社員が必要だったのだ。

「客より社員の方が多いじゃないか」

翔は苛立ちを覚えた。

数が多いと人は仕事をしない。お互い牽制《けんせい》しあう。誰かがやるだろうと思う。時間があるから内輪話に興《きよう》ずる。客のことは無視……。まるでどうしようもない町役場みたいだ。これが父との約束を実現するために入社したヤマト航空なのか……。

最も苛立ったのは、両社の社員がなかなか親しくなろうとしないことだ。社名がヤマト航空になったため、東日航空側は吸収されたという被害者意識があったのだろうか。

経営統合後のヤマト航空に入社した翔にしてみれば、両社出身者のなんとも言えない冷えた関係は異常としか思えなかった。

職場で両社出身の社員の会話はない。昼食だって分かれて食べる。仕事帰りに飲みに行くのも別々。その場で話される内容は、相手の悪口ばかり……。挙句《あげく》の果てに翔に、「お前はヤマト側だからな。東日とあまり親しくするな」と忠告する人間まで現れる始末だった。

ある時、小川を囲んだ会があった。

翔は、酔った勢いで小川に喰《く》ってかかった。

「このまま両者の融和が進まなければ、ヤマトは空を飛べなくなります」

「まあ、そう、焦《あせ》るな。いずれ君たち若い人の時代が来るから」小川は翔の言葉を遮《さえぎ》って悲しい微笑を浮かべた。

――小川さんはヤマトが経営破綻すれば退任するんだろうな。

翔は、唯一と言ってもよい信頼する役員である小川が、明日、ヤマト航空の破綻とともに退任すれば、自分もこの会社にいる意味がないような気になっていた。

このまま手荷物サービス係で終わるのか。父に謝りたい気がした。せっかくヤマト航空に入社したのだから、もっと華々しい活躍がしたかった。それを父の霊前に報告したかったのだが……。

翔がこの手荷物サービス係に配属になったのは一年前だった。


「せっかく合併したのに……。分かれるつもりなんですか」

居酒屋で、ヤマト航空出身の先輩社員に訊《き》いた。

彼は、しらーっとした冷たい目で翔を見つめ、「草薙には分からないよ」と言った。

「ええ、分かりませんね。分かろうとも思いませんね。私は統合後のヤマト航空に入りましたから。あなたみたいな人がいるから、ヤマト航空の業績が上がらないんだ」

「生意気《なまいき》言うな」

先輩社員が怒鳴った。

結局、その夜は先輩社員と喧嘩《けんか》別れし、別の店で飲んだ。

それが悪かった。酒が抜けきらないまま、早朝出勤したのだ。勤務は四時半から始まった。

一緒に勤務する女子社員が「草薙君、臭《くさ》い！」と顔をしかめた。

「そうかなぁ」と両手で口を覆《おお》い、自分の息を嗅《か》いでみて「たいしたことはないじゃないか」と勝手に納得した。

昨夜の怒りが収まっていなかった。ヤマト航空のことを考えずに、派閥争いばかりする先輩社員に対する憤《いきどお》りだ。

このままではヤマト航空は潰れる。何かをしなければならないのは分かっているのだが、その何かが分からない。分からないまま何もしようとしない先輩社員への怒りは、そのまま自分に対する怒りだった。

しかし、航空運送事業はサービス業である以上、内部にどんな問題を抱《かか》えていようとも、それを理由にサービス低下を招いてはいけない。

翔は、派閥争いに明け暮れ、乗客のことを忘れている先輩社員を批判しながら、自分も同じ過ちを犯してしまっていることに気づいていなかった。

笑《え》みのない顔で翔は、座席を確定するために客からチケットを預かった。

「おい」

男性客が不機嫌そうに言う。

「はっ、なんでしょうか」

腫《は》れぼったい顔を向ける。

「お前、酒を飲んでいるな」

一瞬、手を口にあてる。

「いえ、あの……」

酒のせいではなく、顔が火照《ほて》る。

「酒を飲んで仕事をするなんていい身分だな。こんな会社の飛行機は危なくって乗れたもんじゃない」

「すみません」

翔は、頭を下げながら客に搭乗《とうじょう》券を渡す。

「客をばかにしているから、最近、事故ばかり起こすんだぞ」

客は、翔の手から搭乗券を奪うようにして受け取ると、急ぎ足で去っていった。

翔は、酒の臭いを消すために、その場しのぎにガムを買ってきて嚙《か》んだ。すると今度は客に、「ガムを嚙みながら仕事をしているのか」と叱《しか》られてしまった。

当然にして、クレームが本社に届いた。その結果、翔は、手荷物サービス係に異動となった。自分の未熟さが招いた結果だった。

この部署は、手荷物に関する問い合わせや相談を受け付ける。荷物が届かないから捜してくれ。鞄が壊れたなど。日々、多くの客の声が届く。左遷《させん》という言い方をすれば表現は悪いが、客と直接応対する華やかさはない。全《すべ》て電話で対応する。

上司は、「サービスの基本を学んできなさい」と翔に命じた。

「あんただけには言われたくないよ」翔は腹立ちまぎれに言葉にならない声で呟《つぶや》いた。

『北京からの荷物を捜してよ』

『俺の鞄をどうしてくれる?』

客は文句を言い続けている。翔は、気を取り直してクレーマーと思われる男性客に向かって、「今、荷物をお捜しのお客様からお電話がかかっておりますので、お客様のお電話番号をお教えいただけましたら、当方からおかけ直しいたしますが、お電話番号をお教えくださいませ……」と丁寧《ていねい》に言った。

『逃げるのか』

「そういうつもりはございません。大変申し訳ございませんが、一旦《いったん》、電話を切らせていただきます」

『おい、おい、鞄代弁償……』

翔は一方の受話器を置いた。

「お待たせしました。中国の北京からのヤマト〇〇便でございますね」

『そうよ。荷物は……』

翔は女性客の話をメモにとりながら、明日、ヤマト航空が破綻すれば、不良社員の自分を必要とする部署などないだろう。それは自業自得《じごうじとく》であり、自分の未熟さのせいでもある。

辞《や》めるしかないな、と思った。寂《さび》しさに胸が痛くなった。父に申し訳ない。

2

(北京支店総務責任者　森一昭《もりかずあき》の場合)

「あなた大丈夫？」

玄関先で見送りをする妻が、心配そうな表情で訊いた。

昨日、突然、北京から帰国した森一昭は、朝早く家を出ようとしていた。朝一番の便で北京に戻らねばならない。

「どうして？」

「昨日、寝ていないんでしょう？」

妻は、帰宅してから書斎に閉じこもったままだったことを気にかけていた。

「いつものことじゃないか」

笑って言う。

森は、ヤマト航空北京支店に勤務し、何度も北京と日本とを往復している。以前にも慌《あわ》ただしい帰国はあった。何も今回が特別なことではないようにふるまっていたはずだ。それなのに妻は、森の態度に違和感を強く抱いたようだ。

北京支店は、ヤマト航空が中国に展開する幾《いく》つかの拠点の中心で、中国総代表が常駐し、森はその下の総務関係の責任者だ。

「いつもと違うから心配しているんじゃないの」

「違うか」

「違うわよ。なんだか昨日からずっと怖《こわ》い顔をしているわ」

「怖い顔？」

「そうよ」

妻が少し微笑《ほほえ》む。

森は、大きな口を開け、「ガオーッ」と言って妻に顔を寄せ、おどけてみせた。

「ばかね」

妻が笑った。

いつもと様子が違うのは、森が一番よく分かっていた。

今回、森が急きょ帰国した理由は、ヤマト航空が破綻するからだ。

昨日、世界各国に展開するヤマト航空の拠点から、森をはじめ総務関係の責任者が東京の本社に集められた。

――いよいよか。

森は不安な思いを抑えながら本社の会議室に入った。久しぶりに会う顔もあったが、軽く挨拶《あいさつ》を交わす程度で誰の顔にも笑みはなく、硬い。

皆、同じ思いなのだと森は思い、指定された席に着いた。

ヤマト航空が破綻するかもしれないという覚悟はしていた。しかし、それは実感の伴わない感覚だった。新聞等で破綻に関するニュースには接していた。その都度、どうなるんだろう？　とおぼろげな不安がこみあげてきたが、日常の業務に追われていると、その不安が具体的な形になることはなかった。

ヤマト航空再建の条件として、企業年金の大幅減額をしなければならないことになった。国から税金を使って支援してもらう以上は、社員にも痛みを伴う改革を要求されたのだ。

北京支店における総務の責任者である森は、社員に年金額の大幅減を説明しなければならなかった。説明している際、これは自分の将来設計にも関わる問題なのだと分かっていたが、やはりどこか余所事《よそごと》のようだった。説明を受ける社員たちも、困惑した表情を浮かべる人はいたが、声を荒らげて文句を言う人はいなかった。そのことも影響しているのだろう。

二十年以上も勤務してきたヤマト航空が破綻するとは、にわかには信じられないとの思いが、いまだに払拭《ふっしょく》できない。それが本音だ。いつまでも官僚的な気分が抜けないところがあった。半官半民でスタートし、ナショナルフラッグであるとの傲慢《ごうまん》ともいうべき意識を、経営者ばかりでなく自分たち社員も持っていたのは疑いない。それが今日《こんにち》の事態を招いてしまった。

森が今、最も心配しているのは、飛行機を飛ばせなくなることだ。破綻すれば、燃料費などの支払いが滞《とどこお》ることになるだろう。そうすれば飛行機は飛ばせなくなる。整備部品の調達や、リネン類の支払いはどうなるのか。

時々、取引先から問い合わせがある。森がそれらに答える責任者なのだが、本社からの具体的な指示はない。

航空行政を担当する日本の国土交通大臣が、「飛行機が飛ばない状況は、絶対に避けなければならない」と記者会見で述べたことだけが頼りだ。

アメリカは航空会社の破綻を何度か経験し、悪い言い方だが、慣れている。しかし、日本は慣れていない。今のところ、ヤマト航空が破綻しても国がなんとかするだろうという暗黙の了解が、事態の平穏《へいおん》さを保たせている。

そして昨日、本社に総務担当が集められた。

本社の説明は極めて事務的なものだった。

一月十九日に会社更生《こうせい》法を申請《しんせい》する。これは、日本で初めて適用される事前調整型（プレパッケージ型）という手法になる。会社更生法申請後、ただちに「企業再生支援機構」の支援を受ける。従って、運航に支障をきたすことはない。政府はヤマト航空の運航継続支援の声明を発表し、同時に、就航している世界三十四ヶ国に、ヤマト航空の運航継続への理解と支援を要請する。そして不測の事態を考慮し、経費支払いのための資金を事前に積み増しするなど……。

「皆さん、ただちに本日の説明を持ち帰り、拠点代表者に説明し、運航継続への支援を取引先に求めてください。よろしくお願いします」

本社の担当者が深々と頭を下げた。数秒後、頭を上げた。彼は唇《くちびる》を強く引き締め、力いっぱい踏ん張っているようだった。視線を真っ直《ます》ぐ正面に向けている。彼も耐えている。ぐっと胸に熱いものがこみあげてきた。その瞬間、北京にいるスタッフの顔が浮かんだ。

飛行機を飛ばすことができるということを、一分一秒でも早くみんなに伝えてやりたい。

それ以上の何を望むというんだ。俺たちは、飛行機を飛ばすためにヤマト航空に入社したんだ。そのことを改めて強く自覚した。

「行ってらっしゃい。気をつけてね」

妻はヤマト航空の破綻が近いことを知っている。しかし何も言わない。嘆《なげ》いたりジタバタしたりしない。

「行ってくるよ」

森は、いつも通りちょっと右手を上げた。

そのまま玄関を出ようとしたが、ふいに踵《きびす》を返して妻のもとに歩を進めた。

「どうしたの？　忘れ物？」

妻が怪訝《けげん》そうな顔をした。

森は、妻に顔を近づけ、彼女の頰《ほお》に軽く接吻《キス》をした。妻が驚きで目を大きく見開き、少しだけ身体《からだ》を硬くした。

妻が無言で苦笑した。

「行ってくる」

森は妻を見つめた。

妻は小さく頷《うなず》いた。

3

（客室乗務員　上原博子《うえはらひろこ》の場合）

上原博子は、羽田空港ビルの三階にある客室乗務員室に入った。

今日は伊丹に飛ぶことになっている。入り口に設置してあるパソコンでクルーの確認を行う。

室内では、それぞれの便ごとにクルーが集まって、チーフからの注意事項に聞き入っている。中には腰痛《ようつう》予防体操を始めているクルーもいる。CA（キャビンアテンダント）は、一般の人が想像している以上に体力的にきつい。

ずっと立って仕事をしなければならないこともそうだが、気圧の変化、時差、高速で飛行する際の微妙な振動など、地上にはない状況が身体に影響する。

腰痛や生理不順、睡眠障害に悩まされているクルーも少なくない。

博子も一時期、泣きたいほど辛《つら》い腰痛に悩まされたことがある。しかし、空を飛びたいという強い気持ちに支えられて、コルセットをはめて乗務した。

「無理な姿勢は禁物です」と医者に注意されていたが、年配の乗客に頭上の荷物入れの奥にある物を取ってほしいと言われた。笑みを浮かべて、腰を伸ばし、荷物入れに手をぐいっと伸ばした瞬間、腰にものすごい痛みが走った。脂汗《あぶらあせ》が噴き出た。悲鳴を上げ、その場にしゃがみこみたかったが、耐えた。顔をしかめ、歯を食いしばった。気を失いそうになる。なんとか意識を保ち、やっと奥にあった乗客の荷物に手が届き、取り出すことができた。

「ありがとうございました」

乗客が言った。

博子は、なんとか笑顔を作ったものの、きっとひどい顔をしていたのではないかと思う。

これまで何度も辞めようと思ったことがあった。しかし、辛くなると一枚の写真を見た。それは少女時代の博子が飛行場で微笑んでいる姿だった。小学校の社会科見学で空港見学をした時のものだ。あの時、博子たちを案内してくれたCAの女性が写してくれた。「大きくなったら一緒に働きましょうね」と、彼女は優しく言って握手《あくしゅ》をしてくれた。あの日から博子は、ＣＡになって世界の空を飛ぶことに憧《あこが》れ続けた。

あれから何年経《た》ったことだろうか。ＣＡとして勤務するようになって、二十年になる。主に国際線に乗務しているが、チーフになってからは新人教育のために国内線、特に羽田－伊丹間を飛ぶことも多くなった。

パネルで、チーフの欄《らん》に自分の名前を確認する。アシスタントを示すＡＴの表示の箇所に、二人の名前がある。今日は、二人の新人ＣＡを教育しながらのフライトだ。

「チーフ」

新人のＣＡが博子に呼びかけた。

「今日、よろしくね」

「はい、こちらこそよろしくお願いします」

言いながら彼女は、浮かない表情をしている。

「どうしたの？　元気ないじゃないの」

「いいですか、チーフ、フライトの前にこんなことをお訊きして……」

「なあに？　悩み事？」

博子は彼女の顔を覗《のぞ》きこんだ。フライト前に、悩みは解決しておかねばならない。悩みをそのままにしておくと、ミスに繋《つな》がる可能性がある。

「今日の新聞記事です。『ヤマト航空、あす会社更生法申請』とありましたが、うちの会社は倒産するんですか」

彼女の目は真剣だ。

博子にしても、詳しい情報を持っているわけではない。新聞の情報程度だ。会社更生法と言われても、何がどうなっているのか説明することはできない。そのためだろうか、チーフといわれる先任客室乗務員の同僚が集まっても、この話題は避けていた。情報がない中で話しても、不安が募《つの》るだけだ。

しかし彼女は立場が契約社員であるために、自分たちより不安の度合いが強い。ヤマト航空は、入社三年までは契約社員。その後、正社員に登用されることになっている。

もし破綻という事態になれば、立場の弱い契約社員の彼女は、真っ先に失業してしまうのではないかと思っているのだろう。

ふいに涙がこみあげてきた。

なぜこんなことになってしまうのだろうか。私たちはただ夢中になって、ニューヨーク、パリと空を飛んでいるだけなのに……。

「ごめんね」

博子は、目頭《めがしら》を押さえながら彼女に言った。

彼女も悲しそうに博子を見つめている。

客室乗務員室のフロアを改めて眺《なが》めてみると、なんとなくいつもの華やかさがない気がする。どんよりと重く沈んでいる。それぞれのクルーが、破綻するということの意味を摑《つか》みかねているのだろう。

「詳しい情報は教えてもらっていないの。だけど空を飛べなくなることはない、それだけは確かよ。大丈夫、あなたは飛べるから」

博子は、励《はげ》ますつもりで彼女の肩を軽く叩《たた》いた。心なしか彼女の表情に明るさが戻った。

会社が破綻するとは、どういうことなのだろうか。

破綻、倒産……。言い方はいろいろあるだろうが、営業を継続できなくなることだ。ニュースやドラマでは、会社の入り口にシャッターが下ろされ、一枚の紙が貼《は》られている。

「本日、〇〇社は倒産いたしました。誠に申し訳ありません……」

貼り紙の前に、社員や債権《さいけん》者が途方に暮れて立っている。債権者の中には、知り合いの社員を見つけて「社長はどこだ！」「社長を出せ！」と怒鳴り、襟首《えりくび》を摑んでいる者もいる……。

空を飛べなくなることはないと彼女に言ったものの、それは本当だろうか……。

「こういう時こそしっかりしなくちゃね。さあ、ミーティングよ」

博子は、不吉なイメージを振り払うように頭《かぶり》を振ると、彼女に笑顔を見せた。

「はい！」

彼女も明るく返事をした。

「ブリテン、取った？」

ブリテンは「bulletin」。新しいサービスなど、各種の情報を記載したペーパーだ。ミーティングでは、このブリテンを使ってサービスの変更内容を確認し合う。

「はい、ファーストクラスの味噌汁《みそしる》の提供方法が変更されるんですね」

「そうよ。本格的な手作り味噌汁って感じかな」

「チーフが作られる方がいいんじゃないですか。本日の味噌汁はチーフの手作りですって、お客様にサービスするのはいかがでしょうか」

彼女は、茶目っけたっぷりの表情で言う。

若いというのは素晴らしい。悩みを長く溜《た》めておかない。さっき泣いたカラスが、もう笑う。

博子は、ベテランだ。そう簡単に気分を変えることはできない。明るくふるまっているが、まだ完全に不吉なイメージを拭《ぬぐ》い去ることができない。

「ばかね。そんなものを出せば、お客様がいなくなってしまうわよ」

博子は無理に笑みを作る。

「チーフ、私、しっかりやります。もし飛び続けることができるなら、神様にめちゃくちゃ感謝します。よろしくお願いします」

彼女が頭を下げた。

「そうね。私たちって飛ぶしかないのよね。一便一便大切に、お客様に感謝してね。とにかく明るくサービスしましょう」

「ヤマト航空のヤマトなでしこ魂ですね」

「そうよ。ヤマトなでしこ魂よ」

博子は自分を奮《ふる》い立たせた。

4

（ミッションディレクター　能見義男《のうみよしお》の場合）


ふっと空気が緩《ゆる》んだ。時間が止まった気がした。

本社にあるオペレーションコントロールセンター、通称ＯＣＣのミッションディレクター席の椅子《いす》に腰かけ、能見義男は背もたれに身体を預けた。

ＯＣＣは運航管理の心臓部だ。運航スケジュール統制、運航管理、乗員スケジュール調整など、飛行機を飛ばす機能を集約している部署だ。

能見の視界には、国内線運航管理、国際線運航管理、航空情報、運航乗務員・客室乗務員スケジュール管理、スケジュール統制、顧客サポート、整備機材運用などを担当するスタッフたちの働く姿が映っている。

運航に関する機能が集約されていることで、安全な運航は当然のこと、非常事態にも迅速《じんそく》に対応できるようになっているのだ。

能見は今、OCCで、ミッションディレクターの任務についている。日常の運航オペレーションは言うに及ばず、非常時の対応の総括《そうかつ》的な指揮を、経営陣に代わって任されている。それは、さまざまな楽器をタクト一本で統率するオーケストラの指揮者に似ている。

例えばテロ、事故、台風、大雪、地震など「危機管理すべき情報」と判断された場合、発生現場からただちに、遅くとも十五分以内にミッションディレクターに第一報が入る。ミッションディレクターがその情報を入手したならば、二十四時間体制で、ヤマト航空グループ全体の運航が安全に行われるように指揮を執《と》らねばならない。

神経が休まることがない、身の引き締まるポストだ。

能見の本業は、運航乗務員、即《すなわ》ちパイロットだ。

一九八二年に入社して二十八年が経った。パイロットとしてすっかりベテランになった今、安全運航を指揮するミッションディレクターに就任したというわけだ。

もちろん、今でもパイロットとして現役だ。能見はどちらかというと、空を飛んでいる方が性《しょう》に合っていると自分では思っている。

能見は、少年時代から空に憧れていた。生まれは海に臨《のぞ》む和歌山だったが、青い海から果てしなく続く空を見ていると、自然にパイロットになりたいと思った。

高校を卒業して航空大学校に入学し、ヤマト航空にパイロット訓練生として入社した。

以来、航空機一筋。最初はセカンドオフィサー、即ち航空機関士として乗務した。モニターを監視してパイロットを補佐する役割だ。

昔はコックピットに機長、副操縦士、航空機関士の三人が乗り込んでいた。

機種はボーイング７４７だった。それはジャンボと呼ばれる巨大な飛行機だった。こんな怪物みたいな乗り物が空を飛ぶのかと思うと、武者震《むしゃぶる》いがした。

パイロット訓練生を教えるようになって、「教官、初フライトは感激しますか」とたびたび訊かれる。

「感激はしたんだろうけど、緊張の方が強いなぁ。パイロットというのは徐々に作られていくんだよ。いちいち感激している暇はないっていうのが、正直なところだなぁ」

あまりにも平凡な答えで、訓練生たちは、そんなものかなと満足はしない。しかし実感はこもっている。

とにかく安全に運航することだけを心がけてきた。

セカンドオフィサーを三年やってボーイング747の副操縦士を三年、その次はボーイング767の副操縦士になった。ジャンボではなく機長と副操縦士だけで運航する中型機だ。経営効率化の観点などから、時代はジャンボのような超大型機から中型機を活用する流れに変わりつつあった。

パイロットは飛行機の機種ごとに免許を交付されるため、この時は767に機種変更するための訓練を受けた。

四年ほど767の副操縦士をやって、ついに767の機長になった。入社十一年目のことだった。その時は、さすがに誇らしい気持ちになった。

あの人みたいな機長になりたいと思う人物が、能見にはいる。

その機長は寡黙《かもく》な人だった。能見が副操縦士として乗務した、ブラジルのサンパウロから成田に戻る便でのことだった。

燃料の関係で、どうしてもロサンゼルスを経由しなければならない。

ロサンゼルスには早朝に着くスケジュールだ。あまり早く着くと、空港がオープンしていない。そうなると、機内で乗客を待たせることになる。そこでたいていの機長は空港がオープンする、ちょうどの時間に到着するように飛ぶ。そのために燃料を多く消費するのを厭《いと》わず、飛行機のスピードを遅くするのが常だった。

ところが彼は、最も燃料効率の良い適正なスピードを選択した。

なぜこんなことをするのだろう。これでは早く着きすぎてしまうじゃないか。

能見は、彼のやり方に疑問を覚えた。

しかし、それは能見のキャリア不足を証明しただけだった。

どの飛行機の機長も空港オープンの時間に着こうとする。もちろん一番に着けばいいが、空港が混み合い、コリアンエアーやアメリカンエアーなどの後になってしまうと、空中で長時間待機せざるを得なくなる。

しかし、彼の操縦する747は、空港に一番に到着し、乗客は一時間でも空港で寛《くつろ》ぐことができ、またロサンゼルスで降りる乗客は入国審査へ最初に向かうことができる。彼は、747が到着した後のことまで考えていたのだ。能見はそのことに気づいた。

彼は、何も説明しない。しかし、周囲に流されず、自分の信念で飛んでいる。その姿勢に深く感動した。

機長になる時、能見は彼に、「フライトとは?」と訊いた。今さらこんな質問は素人《しろうと》のようで恥ずかしいと思ったが、訊いておきたいと思った。

「強い意志。強い意志がないと飛ばない」

彼は、ぼそっとした口調で言った。

「意味は？」と思わず口に出しそうになったが、言葉を呑《の》み込んだ。自分で考えろと言われそうだったからだ。

訓練生を教えるほどのベテランになって、ようやく能見は、その「強い意志がないと飛ばない」という言葉の意味を自分なりに理解していた。

「飛行機は、コンピュータやスタンダードオペレーティングプロシージャーで飛ぶんじゃない。お前らが飛ばしているんだぞ」

こんなことを訓練生に繰り返し言っている。

「明日、破綻すれば、俺もお払い箱かな……」

能見は呟いた。

同僚の機長たちの中には、ヤマト航空を退職して他社に転じる者もいる。

自分の教え子の副操縦士が、辞めていく。

ヤマト航空では今、機長養成訓練が実施されていないからだ。破綻すれば、なおさら実施されないだろう。機長をリストラしようとしている会社が養成するはずがない。

機長養成には何年もの期間が必要だ。ヤマト航空で機長になりたいと入社してきて副操縦士にまでなったが、このままでは機長になれずに終わってしまうだろう。

「どうしたらいいでしょうか」

相談に来る副操縦士に、明確な回答を与えることができない。

「残念だが、自分で決めてくれ」

能見の言葉に憂色《ゆうしょく》を深めて、副操縦士は、機長養成を実施している航空会社へと転じていく。

寂しさが骨の髄《ずい》まで沁《し》みてくる。

「ちきしょう、俺はヤマト航空で終わりたいなぁ」

5

（専務取締役　小川淳一の場合）


「大臣！　お、お願いいたします」

小川は叫んだ。

端正な顔立ちの国土交通大臣は、小川の懇願《こんがん》に応《こた》えることなく、インクの匂《にお》いが漂《ただよ》う真新しい名刺を差し出し、「この名刺、初めて渡すのがあなたですよ」と無表情に言った。

小川は、名刺を両手で押しいただいた。そして「大臣、なんとか私的整理の道を認めてください」と平身低頭《へいしんていとう》した。

「だめです。政権が代わったのです。民自党から民主平和党に代わったのです。民自党時代に検討されたことは、全て白紙です」

彼は強い口調で言った。

「それでは私は何をしていたのですか？　これまで……」

ここで彼は消え、周りが暗転した。

「法的整理を選択されないなら、私たちは手を引きます。あなた方に選択肢《せんたくし》はありません」

企業再生支援機構の責任者が眉根《まゆね》を寄せる。

「そんな。間違いなく企業分割の方法で再建できます」

小川は彼に摑みかからんばかりに迫る。

「甘いですな。政権が代わったんですよ。いつまで私的整理にこだわっているんですか」

今度は、先ほどの国交大臣にライバルの太平洋航空の役員が耳打ちしている。

「大臣、太平洋航空にお任せください。増便でもなんでもします。日本に二つの航空会社なんていりません。二社以上あるのはアメリカとイギリスくらいです。たいていは一社です。ヤマト航空を助けるなんて間違いですよ」

太平洋航空の役員が小川を冷たい目で見ている。

「何を言うか。健全な競争がなければならない。大臣、そんな奴の言うことを聞かないでください！」

小川は、太平洋航空の役員に飛びかかった。

「あなた、何を騒いでいるの」

隣に寝ていた妻から身体を揺すられた。

「う、夢か……」

小川は額に手を当てた。嫌な汗をべっとりとかいていた。

「どんな悪い夢を見たの」

「うーん、ちょっとな。今、何時だ？」

「まだ三時よ。いよいよ、今日ね。記者会見でしょう？　まだ少し眠らないといけないわ」

妻が心配そうに言った。

「お前には、悪いと思っている」

小川は、暗い天井《てんじょう》を見つめて言った。

「何よ、今さら改まって」

妻が小さく笑った。

「連日、自宅を記者に取り囲まれて、音《ね》を上げないのはお前くらいのものだよ」

「あなたの妻だもの、覚悟しているわ」

小川は、社長の石嶺悟《いしみねさとる》とともに、ヤマト航空の再建に奔走《ほんそう》していた。

彼の役割は、航空行政を管轄《かんかつ》する国土交通省や政治家、企業再生支援機構との調整だった。

ヤマト航空が資金繰《しきんぐ》り等にも行き詰まる事態となり、再建が急務となったのは一年前のことだ。

当初、小川は債権者の同意を取り付ける私的整理を目指していた。再建に向けての有識者会議を設置し、そこで議論されたのは、ヤマト航空を機能別に分社化し、それぞれに関心を持つ企業からの出資を仰《あお》いだり、場合によっては売却する方法だった。

メガバンクなどの大口債権者や国土交通省も、大筋において了承していた。決して甘い案ではなかった。大幅な人員削減や路線縮小、年金債務の削減などを伴うものだった。

彼や石嶺が、なんとしても避けたかったのは法的整理だった。会社更生法などの法的整理を行うと、海外路線で飛行機が飛ばない事態が起こることが考えられた。

給油などのサービスを受けられなくなるからだ。実際、スイス航空が破綻した際は、そうした事態に陥《おちい》った。

一度はまとまったかに思えた再建案が、突如《とつじょ》、白紙になったのは、政権交代が起こったからだ。

新たに政権与党となった民主平和党は、民自党時代にまとめられた再建案を一顧《いっこ》だにしなかった。

今でも忘れられないのが、新任の国土交通大臣に挨拶に行った際のことだ。明らかに彼は、民自党政権下でまとめられた再建案も、その経緯も全く説明を受けていなかったし、自身も受けようともしていなかった。

「全て白紙」と彼は言った。

その後は、彼が招聘《しょうへい》してきた企業再建のプロという弁護士らがヤマト航空の再建案を作りあげ、それを引き継いだ企業再建支援機構に委《ゆだ》ねられた。日本で初の事前調整型と呼ばれる方式で、会社更生法が適用されることが決まった。破綻と同時に企業再生支援機構がスポンサーになり、再建をスタートさせるため、飛行機が飛ばなくなる事態だけは避けられるという方式だった。

ヤマト航空のライバルである太平洋航空は、国際線を担《にな》う航空会社は一社でよいと言い、破綻するヤマト航空を吸収しようと画策《かくさく》した。破綻して、債務カットされ、身軽になって再建されれば、公平な競争がなされなくなると彼らは主張した。それに同調する政治家も多く、小川らが私的整理にこだわると、太平洋航空に呑み込まれてしまいかねなかった。もはや抵抗は不可能だった。

今日の午後、東京地裁に会社更生法適用を申請し、ヤマト航空は破綻する。なんとか眠ろうとしたが、寝つかれず、かえって悪い夢を見てしまった。

「今日であなたもヤマト航空の経営から降りるわけでしょう？　ご苦労さまでした。後は舘野《たての》さんたちお若い方がなんとかしてくれるわよ」

妻が無理に明るさを装った。

舘野雄平《ゆうへい》は、総務人事を担当している執行《しっこう》役員である。若手の期待の星だ。小川は昨日、舘野が目を真っ赤にして「専務と一緒に辞めます」と言い出したのを、絶対にだめだと強く慰留《いりゅう》した。

「舘野君が、俺と一緒に辞めると言い出してね。慰留するのに苦労したよ」

「あの人らしいわね。見かけは華奢《きゃしゃ》な印象だけど、芯《しん》はサムライだから。きっとあなたの後をしっかり引き継いでくださるわ」

「そうだな。彼らがしっかりやってくれるだろう。でも、なあ……」

小川は妻に問いかけた。

「なに？」

妻が小川に身体を寄せてきた。

「結局、法的整理になった。私は無駄なことをやっていたのかな」

「そんなことはないわよ。私が慰《なぐさ》めても仕方のないことだけど、どんな形にしろ飛行機は、ヤマトのマークをつけた飛行機は飛び続けることになったじゃないの。あなたはよくやったのよ」

「航空会社っていうのは、人と貨物を運んでいるだけじゃない、人の人生を運んでいるんだと俺は思う。それが公共交通機関のプライドだ。だからどんな形で再建するにしても、そのプライドだけは失ってほしくない」

「大丈夫。きっと舘野さんたち若い人も、あなたと同じ思いよ」

その妻の言葉に、小川はふいに涙がこみあげてきた。

「申し訳ないなぁ。あいつらに借金を踏み倒した会社を残すことになってしまった。なんとしても私的整理で、時間はかかっても借金だけは返して、堂々とお天道《てんと》様《さま》の下を歩かせたかったんだけどなぁ」

小川は、頭から布団《ふとん》を被《かぶ》った。

「あなた。私は、あなたのこと、尊敬しているわ」

妻の手が伸びてきて、小川の手をそっと摑んだ。

寝室の小窓は、まだ明けやらぬ冬の暗い世界を切り取っていた。

第二章　再建始動

1

日比谷《ひびや》通り沿いの皇居を臨《のぞ》む絶好の位置に、東京商工会議所ビルがある。その中にある東商ホールは、六百名近く収容することができる大ホールだ。観客席が舞台から最後尾に向けてせり上がるようになっており、講演会、記念式典などには最適だ。音響もいい。

舞台袖《そで》に座り、小川淳一《おがわじゅんいち》は緊張していた。もうすぐ記者会見が始まる。今さらじたばたしても仕方がない。だがなんとも言えない思いが募《つの》る。ここに至るまでにもっと何かできなかったのかと、悔《くや》しさとも悲しさとも名状しがたい思いだ。

隣にいる石嶺悟《いしみねさとる》は腕を組み、じっと目を閉じている。何を考えているのだろうか。幕引き社長になってしまったわが身の不運を呪《のろ》っているのだろうか。

そんなことはないだろう。もともと権力欲とは無縁の人物だった。財務の実務をこなし、組織を下から支えるタイプだった。それが運命の悪戯《いたずら》で社長になった。そして政権交代という嵐に翻弄《ほんろう》され、迷走するヤマト航空の舵取《かじと》りを任されるはめに陥《おちい》った。

他人にお世辞を言うことも、政治家にゴマをすることも得意ではない。どちらかというと嫌いだ。それなのに政治家にどれだけ頭を下げただろうか。

経費を切り詰められるところまで切り詰め、社長車も廃止した。彼は自宅から駅まで歩き、電車に乗って通勤した。出社しても社長室には入らず、大部屋ですぐに仕事にとりかかった。昼食は社員食堂で社員に交じって食べる。メニューはきまってカレーライスかうどんだ。

そんな姿を面白がって、アメリカのテレビ局が取材に来たことがあった。アメリカの経営者は、公的資金で救済されようともCEO専用機で移動した。石嶺のように清貧《せいひん》な日本の経営者に比べて、アメリカの経営者はあまりにも貪欲《どんよく》すぎるというわけだ。

小川は、石嶺を尊敬していた。損な役回りを淡々《たんたん》と、愚痴《ぐち》ひとつこぼさずこなしている。彼のためにも、なんとか再建を軌道《きどう》に乗せたかったのだが……。

申し訳ない。そう思うと、堪《こら》えても堪え切れずに涙が滲《にじ》みそうになる。

「なあ、小川君」

「はい、なんでしょうか」

「私は今日で社長を辞任するんだが……」

石嶺は今朝、役員たちの前で辞意を表明していた。

「はい」

小川は、いつものようにあまり表情を変えずに頷《うなず》く。石嶺が何を言いたいのか、その表情からはうかがい知ることはできない。

「私は、今日の何時まで社長なんだろうか」

「はあ？」

「今日、辞《や》めるのは間違いないが、何時までなんだろうと思ってね」

「それは……」

小川は答えに窮《きゅう》し、記者会見に同席する企業再建支援機構の弁護士の方をちらりと見た。

「私が辞めるのは確実だが、後任社長はまだ就任しない。わずかの期間だが、社長が不在になる。そうじゃないか」

石嶺が小川の顔を見た。

実は、石嶺の後任社長は決まっている。しかし、今日、辞任と同時に発表できない。

それは、ヤマト航空再生の切り札として会長職に招聘《しょうへい》された実業家佐々木和人《ささきかずと》が承諾《しょうだく》しないからだ。彼は、自分の目で次期社長候補を見て、後任者が社長にふさわしいか判断するという。その時間が必要になったのだ。

当初は、破綻《はたん》の記者会見で新社長を発表するつもりだったのだが、その予定が狂ったために、石嶺のこの質問になったらしい。

小川には答えが見つからない。何も答えずにいると、石嶺は、「記者会見が始まる七時だな。その時間で私の社長としての役割は終わりだ。後は君に頼んだよ。新社長が就任するまでの間だ」と言った。そして勝手に「それがいい、それがいい。七時までだ。もうすぐだな」と独り言のように言い、腕時計を見た。

「私、ですか」

小川の首筋に冷たいものが走った。代行とはいえ、自分が社長のポストに就《つ》くのか？　たとえ数週間の繋《つな》ぎであろうとも、航空会社は二十四時間営業だ。世界中の空をヤマト航空の飛行機が飛んでいる。今、この瞬間も飛んでいるのだ。もし記者会見後に事故が起きたら、小川はそれに社長として対応しなくてはならない。

社長と専務とは、ワンランクのポストの差ではない。天と地以上の差がある。社長は、全《すべ》ての責任を負い、全てを判断しなければならない。専務は、まだ社長に判断を仰《あお》ぐことができる……。

「そうだよ。君しかいない」

石嶺の顔に、今から破綻の会見に臨む緊張感よりも、安堵感《あんどかん》が浮かんでいるように見えた。

「大丈夫でしょうか」

小川が少し情けない表情をすると、石嶺は「私もやってきたから」と微笑《ほほえ》んだ。

「時間です」

係が呼びに来た。

「さあ、行くかな」

石嶺は、両膝《りょうひざ》を両手で押さえるようにして身体《からだ》を持ち上げ、立った。やや胸を張った。目を大きく見開いて、前方を見つめている。

何も恥じることはない。全力で走ってきた。世間はいろいろと言うだろうが、悔《く》いなく戦ってきた。小川には石嶺の姿が、今までで一番自信に満ちているような気がした。

「社長、申し訳ありませんでした」

小川は、思わず声に出した。

「何を言うんだ。今日は、再出発の日だ。君には感謝している。行くぞ」

石嶺は小川を振り返ることもなくステージに上がっていった。小川もその後に従った。

足を踏み出すと、焼夷弾《しょういだん》のように無数のフラッシュが光る。客席に目をやると、いったい何名いるのだろうか、ステージのすぐ近くの席から遠くの席まで、記者やカメラマンで埋め尽くされている。

小川は、記者会見席に着くと、ごくりと生唾《なまつば》を飲み込み、彼らに向かって一礼をした。

2

経営難に陥っていたヤマト航空は十九日、二子会社とともに東京地裁に会社更生《こうせい》法の適用を申請《しんせい》し、同日手続き開始の決定を受けたと発表した。グループの負債《ふさい》総額は二兆三千二百億円で、金融機関を除く事業会社では過去最大。企業再生支援機構も支援を正式に決定、日本政策投資銀行とともに出融資《しゅつゆうし》として総額九千億円の公的資金枠を用意する。一連の決定を受け、東京証券取引所はヤマト航空株式を同日から一ヶ月間、整理銘柄《めいがら》に指定、来月二十日に上場《じょうじょう》廃止すると発表した。

（一月二十日付・産日新聞）


「とうとうやっちまったな」

草薙翔《くさなぎしょう》は、窓のない手荷物サービス係の部屋で新聞を広げていた。

産日新聞は、社長の石嶺が目を閉じ、天を仰いでいる写真を掲載し、記者との質疑の詳細を書いている。

「なんだって……」と翔は、記事を声に出して読み始めた。

「『株主や取引金融機関などに多大な迷惑をかける結果となり、心よりおわび申し上げます。ヤマト航空は、政府、金融機関、株主、国民の皆様から最後のチャンスをいただきました。早期再建がその期待に応《こた》える道です』。まあ、当然だな。借金を棒引きにしてもらったり、税金を投入してもらったりしたら、早期再建しかないよな」

石嶺は、法的整理を選択した理由について、「一般債権《さいけん》を保護されるなど新しい手法が盛り込まれ、心配していた風評《ふうひょう》被害やイメージダウンがかなり緩和《かんわ》されるから」と答えている。

ヤマト航空には「事前調整型（プレパッケージ型）」の更生法が適用された。日本では初めてのことだ。米国では広く活用されており、最近の例では大手自動車会社

GMが破綻した際に適用された。

　この仕組みは、破綻前に債権者と債権放棄などを事前に調整し、スポンサーも決め、早期再建を目指す方法だ。

「飛行機が飛ばないと再建もできないからなぁ」

　関係者が最もこだわったのは、国内外でヤマト航空の飛行機が、破綻前と同じように飛び続けることだ。そのために事前調整型となったのだ。

「一万人以上もリストラするんだ」

　グループ従業員の三割も削減される計画との文字を新聞紙上に見つけて、その中に自分のような人間が入っていないわけがないと思った。

　ヤマト航空は、企業再生支援機構が三千億円の出資と約六千億円のつなぎ融資を行って資金繰り《しきんぐ》りを支える一方で、金融機関などには約五千二百億円の債権を放棄してもらう。ただし、一般債権は全額保護される。このお蔭《かげ》で燃料などが確保され、飛行機を飛ばすことができる。もし燃料費を支払えないとなると、世界中の飛行場でヤマト航空の飛行機が立ち往生するだろう。

　そして航空路線は、国際線を十四、国内線を十七削減し、両路線で二百二十九あったのを百九十八にする。再上場は三年後が目標だ。

「この佐々木和人って人は何者なんだろうか」

ヤマト航空の再建に立志伝中の人物、佐々木和人が引っ張りだされた。彼は、現在の政権与党、民主平和党の熱心な支援者として知られている。

年齢は七十七歳なのだが、いまだにベンチャー企業の雄《ゆう》と言われている。それは都《みやこ》セラミックという製造業を一代で築き上げ、通信業にも進出し、また幾《いく》つかの会社の再建にも手腕を発揮しているからだ。

彼は自ら「航空運送事業にはド素人《しろうと》で、何も知りません」と、記者のインタビューに答えている。

それに対して、あるアナリストは、「コストを下げさえすれば利益を上げやすい製造業と航空業界は異なるから、難しいのではないか」と懸念《けねん》を表明していた。

彼の経営の特徴はアメーバ経営。これは組織を五人から十人のアメーバ（小集団）に細分化し、部門別採算を徹底して経営マインドを浸透《しんとう》させ、従業員全員に経営参加意識を持たせるというものだ。

「ヤマト航空にこんな経営手法が根づくだろうか」

ヤマト航空の再建に疑問を投げかけるジャーナリストは、露骨《ろこつ》に佐々木のことを批判する。

「佐々木は財界主流じゃないですからね。財界からは評判が悪いですよ。彼は自分の名誉欲からヤマト航空会長のポストが欲しかったんです。新しく政権についた民主平和党には財界主流の人材は誰も協力しないんで、お鉢《はち》が回ってきたんです。もう年齢も年齢だし、単なるお飾りでしかありません」

翔は、こんな批判のコメントを読むとさすがに腹が立ったが、自分もリストラ対象だと思うと、腹を立ててばかりいるわけにもいかない。

今日は、電話がかかってこない。静かにこれまでのことを考えることができる。

佐々木は、アメーバ経営を行い、全員に経営参加意識を持たせるという。

なぜヤマト航空は破綻したのかと考えると、全員一緒に頑張《がんば》ろうという意識がなかったからだ。それが一番の問題だった。

正直言って、隣は何をする人ぞっていう会社だった。それには翔もつくづくがっかりしていた。

例えばヤマト航空グループという言い方をしていたが、グループ意識は希薄《きはく》だった。

ヤマト航空には多くの関連会社がある。それらを総称してヤマト航空グループと言う。当然、ヤマト航空だろうが、関連会社だろうが関係なくヤマト航空グループ社員だ。なぜこんな当然のことを言うかといえば、関連会社の社員のみをグループ社員と称して、ヤマト航空の社員は、「ヤマト航空本体」などと、自分たちを区別して呼んでいることが多いからだ。

先輩が関連会社に出向になる際に、「今度ヤマト航空本体からヤマト航空グループに出向になりました」と挨拶《あいさつ》したことがある。何気ない言葉で聞き流せばなんでもないが、この言葉に違和感を覚えた記憶がある。ヤマト航空の社員が、一段上から関連会社の社員を見下ろしているような気がしたのだ。

周囲の社員たちは、結構平気で「ヤマト航空本体」と「ヤマト航空グループ」を使い分けている。自分たちはヤマト航空の社員であって関連会社の社員とは違うんだ、という意識が間違いなく底流にあるのだろう。

破綻の数ヶ月前、社内報でアンケート結果の報告を見たことがある。「あなたはヤマト航空社員ですか?」それとも「ヤマト航空グループ社員ですか?」という内容だった。十三社の百二十六名に尋《たず》ねたという。アンケートに協力したヤマト航空の二十五名のうち三名が、自分はヤマト航空グループの社員ではないと回答したのだ。

ヤマト航空の社員だけれども、ヤマト航空グループの社員ではない。たった三名じゃないか。気にすることはないさ。そういう声もあるだろう。しかし、これは社員の中に一体感がないことを示す証拠だ。

ヤマト航空と関連会社の間にある溝《みぞ》は、そのまま本社と現場、経営陣と一般社員などの間に溝を生み出しているのではないだろうか。

翔は、入社の際、ある人からヤマト航空には「ヤマト航空病」があると言われたことがある。

東大出身の官僚的な人材ばかりが出世する傾向にあるというのだ。翔は、東大出身ではないためにそんなことを意識したことはなかったが、言われてみれば、そうかもしれないと納得するところがあった。

東大卒の社員は、早くから経営企画的な部署に配属され、現場から遠ざかり、そのまま幹部になっていく。いわゆるキャリア官僚的なエリートだ。一方で翔のようなそれ以外の大学の出身者は、いつまでも現場で汗にまみれたまま終わることが多い。

航空会社というのは、パイロットやCA、整備担当が一番重要なはずだ。彼らがいなければ飛行機は飛ばないのだから。その他にも空港業務や営業など、さまざまな現場セクションがある。それなのにヤマト航空では、まるで霞《かすみ》が関《せき》官庁のコピーのように東大出身の本社社員ばかりが偉くなり、彼らが現場に指示を飛ばしている。これでは一体感が生まれようがない。

こんな官僚的な風土を、佐々木は、アメーバ経営で変えるつもりなのだろうか。それとも何か別の秘策があるのだろうか。

「この人、自分のことをド素人と言ったけど、それを言えるだけ偉いんじゃないかな。なかなかそうは言えないものだ。でも『ヤマト航空病』は根っこが深いから、どんな治療法をもってしても根治は難しいんじゃないかなぁ」

翔は、新聞に掲載された佐々木の顔をしげしげと見つめた。期待は大きいとは言えないが、それでもこの人物がどのようにヤマト航空を変えていくのか見たい気もする。しかし自分はおそらく無理だろう。真っ先にリストラされるだろうから……。

「おい、草薙、ちょっと来い」

課長が顔を出した。

「なんでしょうか」

「本社の人事部から呼び出しだ。また何かしでかしたのか」

課長の顔が変に歪《ゆが》んでいる。笑っているのか怒っているのか……。

「いよいよリストラですかね」

「どうだろうなぁ。ま、辞めろって言われたら気持ちよく辞めようじゃないか。お前には嫁さんも子どももいないから気楽だろう？　その点、俺《おれ》なんか、なんとかヤマトにしがみつきたいんだがな」

課長は目を潤《うる》ませ気味に、あらぬ方向を見た。

本当にリストラになるのか？

「では人事部に行ってきます。ここはお任せしていいんでしょうか」

「ああ、大丈夫だ。代わりの者を寄こすから。まあ、お前がいるよりマシだからな」

「課長、ひどいっすよ、その言い方」

「つべこべ言わずに。さっさと人事部に行ってこい。もしリストラを宣告されたら、潔く散るんだぞ」

3

翔は空港の出発ロビーに出た。ここから天王洲《てんのうず》の本社にモノレールに乗って行く。

ロビーは比較的落ち着いている。ヤマト航空が経営破綻したことに憤《いきどお》って、社員に苦情を言っている乗客もいない。どちらかというと静かすぎる感じがする。

破綻し、公的資金が投入されることをもっと怒ってもいいんじゃないかという思いと、静かでよかったという思いとが複雑に交錯《こうさく》する。

搭乗口《とうじょうぐち》で、空港スタッフが乗客に挨拶をしている。いつもなら飛行機の搭乗案内をするだけなのに、今日はちょっと雰囲気《ふんいき》が違う。

翔は、その場に近づき、遠目に眺《なが》めた。

スタッフは乗客に深々と頭を下げながら手書きのカードを渡している。幼い子どもには玩具《おもちゃ》やキャンディを渡している。彼女たちの表情は思い切りの笑顔だ。

乗客が途切れたので、翔はそのうちの一人に近づいた。彼女は他のスタッフと違い、国際線のCAだ。スカーフが国内線とは違う。

「お疲れ様です」

翔が近づいたことに気づき、彼女が振り向いた。

「疲れてなんかいられないわ」

彼女はきっぱりと言った。

「手荷物サービス係の草薙です。カード、見せていただけませんか」

そのカードは翔も記入したことがある。破綻前、ヤマト航空をなんとかしたいと若手社員たちが集まって企画した「がんばるヤマト大作戦」というものがあった。各職場でお客様への感謝の言葉をカードに記入し、それを空港ロビーや駅などで配布したのだ。

彼女はカードを見せてくれた。そこには「ご搭乗ありがとうございます♥♥　今後とも、応援のほど、よろしくお願いいたします　羽田旅客スタッフ」と丁寧《ていねい》な字で書かれていた。

「『がんばるヤマト大作戦』ですね」

「これからはもっと頑張らなければならないわ。飛行機がいつもと変わらず飛ぶだけで嬉《うれ》しいもの」

翔は彼女のネームプレートを見た。上原博子《うえはらひろこ》とあった。

「上原さん、お客様の反応はいかがですか」

「頑張ってねという声が多いわよ。厳しいことを言ってこられる方は、ほとんどいらっしゃらないわね」

「それはよかったですね」

翔の言葉に、なぜか博子は表情を曇《くも》らせた。

「何か不都合なことでも？」

翔は彼女の表情が気になった。

「今日も飛行機が飛ぶのよ。明日もね。何か変化があるかしら」

「ありません。昨日と同じです」

「お客様もね。先ほどカードをお渡ししたお客様にね、『あなたたちが暗い顔で接客したらだめよ』って言われたの。『最後の一人になってもヤマト航空に乗るからね』って。私、思わず涙が出てきちゃって……」

博子は、感激がこみあげてきたのか、目を潤ませた。

「嬉しいですね」

「草薙さん、経営が破綻するってどういうことだと思う？」

博子に真剣な目で見つめられ、翔はどう答えていいか、言葉に詰まった。

「会社がなくなることです。一般的には……」

なんとか答えにならない答えを言った。

「私は長く国際線のCAをやらせていただいているわ。とてもやりがいのある仕事だし、誇りに思っている。でもヤマト航空が破綻したら、当然、飛行機には乗れないと思っていた。会社がなくなり、債権者やお客様から罵声《ばせい》を浴びせられることも覚悟していたわ。それは当然よね。多くの方々にご迷惑をかけるんだもの。私は経営者じゃないわ。でも私にも何かが欠けていたから、こんな事態を招いたのだと思うの。ヤマト航空が破綻したのは、経営者だけの責任じゃない。私にも責任の一端はあると思う」


博子は、小声で話す。彼女の目の前を、乗客が「頑張ってね」という声をかけて搭乗口へと歩いていく。そのたびに博子と翔は頭を下げ、「ありがとうございます」と言い続ける。

「そうかもしれませんねぇ」

翔は、博子の言うことは理解できないわけではないが、会社が破綻することに社員の一人一人が責任を感じなければならないというのは、納得できない。

太平洋戦争の敗北に関して、「一億総懺悔《そうざんげ》」と言った政治家がいた。あれはおかしい。原爆が投下され、街は焼かれた。何百万人もの人が国内や名も知れぬ南海の孤島などで命を落とした。あれも国民一人一人に責任があったと言うのだろうか。みんなが悪いと言うことで、誰も責任を取らないことに繋がるような気がする。

ヤマト航空の破綻も社員の一人一人が悪かったからだと言われたら、翔は、よく言うよなぁと、不愉快な気持ちになる。

だが、博子はそうは思っていない。自分も悪かったのだと言う。

「感謝の気持ちを本当に持っていたのかなぁと思うの」

博子はしみじみと言った。

「私たちはずっとお客様には感謝していました。そう思います」

翔は言った。

「そうかしら？　本当にそうかしら？　明日も今日と同じ日が続くと思って、慣れっこになっていなかったかな、と反省しているのよ。それで私、今まで以上にこの状況に危機感を持っているわけ」

博子が翔を見つめた。

「というと？」

「だって飛行機は飛んでいるでしょう？　破綻前とどこか違う？　何も変わっていないような気がする。少なくとも外見上はね」

「外見上は？」

「私たちが、何も変わらずに飛行機が飛ぶ、この状況を当たり前だと思った瞬間から、お客様は離れていくに違いないわ。本当は私たちを怒鳴《どな》りたいの、怒りをぶつけたいのよ。それを何も言わないで乗ってくださるというのは、『もう二度と破綻なんかするな。今回は許してやるけど、次はない』という暗黙《あんもく》の意思表示だと思う。それを私たちが勘違《かんちが》いして、やっぱりヤマト航空は違う、どうしても必要な会社だから当然助けてもらえると思っていたら、お客様は一人離れ、二人離れして、そして誰もいなくなってしまうでしょうね。だから明日も今日と同じ日が続くことに慣れっこにならないで、本当にお客様に感謝するとはどういうことか、以前よりもっともっと真剣に考えないといけないって、そう思っているの」

博子は一気に話した。

翔は、ちょっと心を動かされた。明日も今日と同じ日が続くことに、本当に感謝しなければならないという博子の強い思いが、ひしひしと伝わってきたのだ。

こういう人と働きたいなと、ふと思った。

「ありがとうございました。お邪魔しました」

翔は、博子に会釈《えしゃく》をした。

「草薙さん、一緒に頑張りましょうね」

博子は翔に向けて笑《え》みを浮かべたあと、お母さんに手を引かれた幼い少女に近づいた。

「飛行機に乗ってくれてありがとうね」

膝を折り、少女と同じ目線になると、博子は、玩具とカードを彼女に手渡した。

「私、大きくなったらお姉さんみたいに飛行機でお仕事するの」

少女は興奮したように言った。

「嬉しいな。約束ね。きっとよ」

博子は小指を立てて、少女と指切りげんまんをした。

「うん、約束する」

少女は目を輝かせた。

4

「奥様は大丈夫ですか」

館野雄平《たてのゆうへい》が心配そうに、社長室で書類を読む小川に訊《き》いた。

小川は、新社長が就任するまで専務のまま社長代行に就任した。実質的な社長だ。

今朝は、朝礼で本社社員に向かって「破綻の事実を厳粛《げんしゅく》に受け止め、全員で力を合わせて再建に取り組もう」と訓辞をした。

「女房のことか」

「専務が社長代行になられたので驚かれているでしょう。それに多くの記者がご自宅におしかけているでしょうから」

舘野は表情を歪めた。

「心配には及ばないよ。うちの奴は何も言わない。心配はしているのだろうが、顔に出さない。助かっている。まあ、それにしても厳しい記者が多いなぁ。二次破綻の可能性なんてことを平気で訊いてくるんだ」

小川は苦笑した。

「奥様は偉いですね。もしうちだったらパニックになっていますよ。それにしても二次破綻ですか……。悔しいですね。そうならないために頑張るしかないです」

企業再生支援機構が策定したヤマト航空再建計画は、支援が完了する二〇一三年三月期の業績が九百四億円の黒字になるとしている。

急回復するのだ。それに対して、絵に描《か》いた餅《もち》、実現不可能、二次破綻確実などという怪文書が、政界やマスコミに流布《るふ》していた。いずれも公的な支援でヤマト航空が再建のスタートを切ったことを快く思わない者たちの仕業《しわざ》だ。ヤマト航空は二次破綻し、せっかく投入した九千億円の公的資金は無駄《むだ》になる、今からでも遅くないから太平洋航空と合併《がっぺい》させ、日本の空は一社に任せた方がいいと、彼らは主張する。堂々と論陣を張るのではなく、匿名《とくめい》で怪文書とは卑怯《ひきょう》だが、そうした声を耳に入れつつ再建を進めていかざるを得ない。

「私のことは心配しなくていい。新社長が就任すれば消えていく身だからな。心配なのは君のことだよ。大変だろうが、しっかりと頼む。もう私には何もできないが……」

「専務、申し訳ありません」

舘野は頭を下げた。

「そう頭を下げるな。下げるのはお客様に対してだ。やるべきことをやって、結果がこうなった。受け止めるしかない。私は思い残すことはないさ。後は君たち次第だ」

舘野は、小川とともに再建に奔走《ほんそう》してきた。なんとか破綻を回避しようと努力してきたが、結果が伴わなかったことについて虚脱感《きょだつかん》を拭《ぬぐ》うことができなかった。石嶺や小川らとともに破綻に殉《じゅん》じて、第二の人生を歩むのもいいと思っていた。

しかし、小川は舘野を真剣に慰留《いりゅう》した。

「去るも地獄、残るも地獄だ。同じ地獄なら、他の誰にもできないことをやる地獄に残れ。君にしかリストラはできない。君にしか政治家や官僚たちと新経営陣との間を取り持つことはできない」

小川は舘野に言い、使命感を持てと励《はげ》ましたのだ。

舘野は、小川の慰留を受け止めているうちに、ヤマト航空を誇りに思う気持ちに火がついた。

辞めるのはいつでもできる。しかし今辞めてしまっては、再建を成し遂《と》げたヤマト航空の飛行機が、ふたたび世界の空を自由に飛びまわるのを見ることはできない。飛行機が好きでヤマト航空に入社したのではなかったか。このまま終わっていいのか……。

舘野は残る地獄を選択した。それでも自分が残ることに対する後ろめたさなど、複雑な思いが吹っ切れたわけではなかった。

「それにしても、まさか新社長就任がずれ込むとは思いませんでしたね」

舘野が苦笑した。

「それは私も誤算だった。石嶺さんの退任と同時に新社長を発表する計画だったからね。佐々木さんは思いのほか慎重な方なんだな」

小川も苦笑した。

「まさか新社長が覆《くつがえ》るってことはないでしょうね」

「それは大丈夫だろう。石嶺さんともよく相談して本田《ほんだ》に決めたんだから」

次期社長には整備畑《せいびばた》を歩み、現在は子会社の社長をしている本田精一《せいいち》が就任することになっている。

ヤマト航空の社長ポストを巡《めぐ》る派閥《はばつ》争いはいつも熾烈《しれつ》を極めた。企画系派閥と営業系派閥の争いだ。そこに官僚の天下《あまくだ》り社長が送り込まれたり、幾つかある労組《ろうそ》の力が働いたりと、伏魔殿《ふくまでん》そのものだった。それが経営の力を削《そ》ぎ、組織を内向きにしてしまったことは否《いな》めない。

小川は、石嶺と図《はか》り、新時代にふさわしい社長を選びたいと思った。過去とのしがらみがない、若手から選ぶことを優先した。

ヤマト航空は昭和五十一年、五十二年と新卒採用を見送っていた。そのため若手から選択する場合は、五十三年入社以降からということになった。

多くの候補者の中から本田精一に白羽《しらは》の矢を立てた。

本田の最も良いところは物おじしないことだ。いいものはいい、悪いものは悪いとはっきり言う。打たれ強く、しぶとい。これからの困難な状況を考えれば、本田のメンタル面の強さが貴重になると思われた。

それに整備畑であるということも、新しいヤマト航空にふさわしいと思われた。

整備というのは、縁の下の力持ちだ。飛行機はパイロットやCA、そして整備担当者がいないと飛ばない。逆を言うと、彼らがいれば飛ぶのだ。企画担当や営業担当がいなくても、飛行機は飛ぶのだ。

ところが従来は、整備担当に光が当たっていたかと問われれば、首を傾《かし》げざるを得ない。

破綻後のヤマト航空に求められるのは、安全な運航だ。それには整備、運航業務など飛行機を飛ばす現場に精通し、彼らのモチベーションを引き上げてくれる人物が社長にふさわしい。

小川は、社長にふさわしいのは本田しかいないと考え、企業再生支援機構の了解を取りつけた。

本田に社長をやってもらいたいと頼んだ時、彼は驚いた顔をしたが、即座に「分かりました」と答えた。誰にも先が見通せない経営の舵取りに不安があるはずだが、本田は見込んだ通り、逃げることも逡巡《しゅんじゅん》することもなかった。

しかし会長に就任する佐々木が新経営陣と面談したいと言ったために、本田の社長就任は二月一日まで遅れることになってしまった。

「さて、彼がもうすぐ来ますよ。人事部から言われて来るはずです」

舘野がドアの方を振り向いた。

「ああ、そうだったな。草薙だな」

小川の表情が緩《ゆる》んだ。

小川は数日前、舘野が新体制の人事を検討しているリストの中に、草薙翔の名前を見つけた。広報部員の候補に挙がっていた。人間の記憶というのは不思議なもので、小川は何年も前に会った草薙の顔を覚えていた。

元気のある男だった……。

「この草薙を広報というのは？」

小川は舘野に訊いた。

「なかなか問題意識もあり、元気があるんです。彼も打たれ強いかと思いまして」

舘野は答えた。

「彼は、私が採用面接をしたんだよ」

「そうでしたか」

「順調にきているのか」

「それがちょっと生意気《なまいき》が祟《たた》りましてね。今は手荷物サービス係をさせています」

「いいじゃないか。現場で苦労していれば頭でっかちにはなっていないだろうから、本田社長を支えてくれるだろう」

「そう思っています」

舘野は穏《おだ》やかな笑みを浮かべた。

リストの中には、新体制の目玉になる「意識改革・人づくり推進部」の人事もある。そこには北京《ペキン》で苦労している森一昭《もりかずあき》や、国際線CAで信頼の厚い上原博子が候補に挙がっていた。

舘野は社員たちをよく知っていて目配《めくば》りが利《き》いていると、小川は感心した。

人事は経営のメッセージだ。誰をどのポストに持ってくるかで、社員のモチベーションを引き上げられるかどうかが決まる。

その点、舘野の人事案は、今までそれほど光が当たっていない、縁の下の力持ちたちを多く登用しようとしている。現場重視。それは、本田という整備畑の人材を社長に登用しようとしている石嶺や小川の考え方と同じだった。実際には、彼らがヤマト航空を支えているのだ。今まで光を当てなかった方がおかしいくらいだ。

ノックの音がした。

「到着したようです」

舘野がドアを開けた。

そこには神妙な顔をした翔が立っていた。

5

企業再生支援機構の支援で再生を目指すヤマト航空は二十七日、運航子会社・ヤマトエアコミューター（YAC、本社○○県△△市）の社長でヤマト航空の執行《しっこう》役員を兼務する本田精一氏（五十四歳）が、二月一日付で新しい社長に就任すると正式発表した。

（一月二十七日付・産日新聞）

本田が整備畑出身であることから、安全運航の確保が課題であるヤマト航空にとって、その経歴が決め手になったと報じる新聞もあった。

佐々木と本田が並んで記者会見を行っている。

会見場の隅《すみ》で、翔はステージの二人を見つめていた。

ついこの間まで窓のない手荷物サービス係の部屋でくすぶっていたのに、こんな場にいるなんて、自分でも信じられない。足元が浮いているような気がする。どうにも落ち着かない。

ステージの佐々木と本田には明るい光が当たっていて、一見、華やかな印象だが、破綻後の再出発を誓う記者会見ということで表情は硬い。客席には大勢の記者が陣取り、二人に厳しい質問を投げかけている。

＊

突然、人事部から呼び出しを受けた。リストラを言い渡されるのかと、翔は覚悟《かくご》をしていた。

「広報部に行ってほしい」

人事担当者から言われた。一瞬、何を言われているのか理解できなかった。

「何か取材ですか」

こんなだめ社員の取材なんてあるのだろうか？

「違う、違うよ。君が広報部員になるんだ」

人事担当者は苦笑《にがわら》いを浮かべた。

「人違いでしょう？」

「いや、君だよ。君が新しいヤマト航空の広報を担《にな》うんだ」

「なぜですか？」

翔は、首を傾げた。

広報という部署を希望したこともなければ、イメージもない。なぜ自分なのだという思いしか浮かんでこない。

「さあね」

人事担当者も首を傾げた。

「さあね、はないでしょう。私を選んだ理由があるはずです。経験も知識もありません。こんな私が広報でいいんでしょうか」

翔は、人事担当者に迫った。辞令を渡そうとしていた彼がとまどっている。

「まあ、ぐずぐず言わないで。これは冗談じゃないんだから。とにかく君は今日から広報部員だ。これから小川専務のところに行ってくれるかな。大部屋じゃなくて社長室にいらっしゃると思うからね」

人事担当者は、「広報部勤務を命ず」という辞令を翔に手渡すと、さっさとどこかに行ってしまった。

翔は、まじまじと辞令を見つめた。間違いなく広報部と書いてある。

小川専務のところに行ってくれ？　どういうことだろうか。小川は採用（試験）の際に面接してくれた役員だが、まさか自分を広報部に推薦《すいせん》してくれたのが彼だというのだろうか。

翔は、半信半疑、なんだか狐《きつね》につままれたような気持ちで社長室に行き、ドアをノックした。

入るようにという声を聞き、ドアを開けた。そこには、総務人事担当役員の舘野と社長代行となった小川がいた。二人の姿を見て、翔は緊張して足が棒のようになってしまった。

「こちらへ」

舘野に言われても、すぐに足が反応しない。人型ロボットのASIMO《アシモ》の方がス
ムーズに歩くだろうと思われるほど、ぎこちない。

「緊張しているのかい」

舘野が訊いた。

「はい。人事部からこちらに行くように言われまして。私、広報部への異動を命じ
られました」

翔は表情を強張《こわば》らせて言った。

「小川です。覚えているかい」

優しい笑顔だ。

「はい」

翔は、部屋の中に入り、小川の目をしっかりと見つめて答えた。

「君に広報をやってもらう。しっかり頼んだよ」

「はい。しかし、広報は経験がありません」

「経験があったら選ばないさ。ヤマト航空は経験のない飛行に飛び立ったんだから

ね」

「信じられません。なぜ私なんでしょうか」

翔の質問に小川は舘野と顔を見合わせ、苦笑いした。

「嫌なのかい？」

「いいえ、そういうわけではありませんが、私には大役すぎるかなと思いました」

舘野が前に出てきた。

「専務から、元気が良くて、でもくすぶっている若手がいないかと訊かれてね。君の名前を出したんだよ。すると覚えているってことになって、それで決まったんだ。ねえ、専務」

舘野が笑みを浮かべながら、小川を振り返った。

「元気、それだけですか」

「それだけじゃ悪いかね。まあ、強《し》いて言えば、必ずひと言返《こと》してくるところかな。昔、私に喰《く》ってかかったことがあったね。私はもうすぐこの会社を去る。私が採用した人に後を託すのは、いい気持ちだ」

小川が言った。何かふっ切れたような表情だ。

「お辞めになるのですか」

翔は、不安とも悲しみともつかぬ思いが湧《わ》き上がってきた。

「老兵は去らねばならないからね。新社長が来れば、私は用済みだよ」

「そうなんですか……」

翔は、どう答えていいか分からなかった。

「いずれにしても君の過去は問わない。とにかく新しいヤマト航空のために頑張ってくれ」

舘野が言った。

翔の過去とは、小川に喰ってかかったことと、ガムを噛《か》みながら乗客の前に出たことだろうと、即座に思い至った。

「分かりました。頑張ります。ありがとうございます」

翔は、気持ちを奮《ふる》い立たせた。

ヤマト航空は経営に失敗した。だからではないだろうが、失敗してくすぶっていた翔を見いだしてくれた。ありがたいと思った。このチャンスを活かさなければならない。

「元気、それだけですか」と生意気にも言ってしまったが、元気こそがヤマト航空の再建に必要なことなのだ。どうして自分が広報部になったのかなんて、気にする必要はない。自分の思う通りにやれと、小川も舘野も言ってくれているではないか。

「佐々木さんにはしっかり仕えてくれよ。彼の考え方をヤマト航空に浸透させることが、広報の重要な役割になるからね」

小川は、部屋を出ようとする翔に念を押すように言った。

佐々木の考え方を社内に浸透させるのが広報の重要な役割になるとは、いったいどういうことだろうか。

佐々木はカリスマ経営者と呼ばれている。そんなカリスマの考え方でヤマト航空が再建できるのだろうか。カリスマが君臨する会社というのは、自由な意見が封殺《ふうさつ》されてしまうイメージがある。それに彼は、航空業界のことはド素人だと言っている……。

ヤマト航空が破綻に至ったのは、半官半民の考え方から抜けきれず、派閥争いばかりしていたことに大きな原因があると翔は思っている。それは取りも直さず官に頼っていたからだ。官に頼り切っているから、乗客のことを考えずに派閥争いをしていられたのだ。

今度は佐々木というカリスマに頼ろうというのだろうか。そんな主体性のなさでは再建など覚束《おぼつか》ないだろう。

翔は、踵《きびす》を返して小川と舘野に向き合った。

「どうしたの？　何か言いたそうだね」

小川の笑みは変わらない。

「私は、佐々木会長の人となりを全く存じ上げません。私自身がその考え方に賛同できなければ、社内に浸透させることなど不可能です」

翔は、余計なことを口にしてしまったと後悔したが、もう後には引けない。

「それでいいさ」

小川はあっさりと言った。

「本当にそれでいいのですか」

翔は、聞き返した。

「ああ、それでいいさ。君らしくてよい」

*

「今頃、もう会社を出られたのかな?」

佐々木と本田の記者会見が始まると、小川はもう社長代行ではなくなる。今頃は社長室の私物を片づけて、会社を後にしているかもしれない。

翔は、胸が熱くなった。小川の悔しさを思うと、悲しみ、切なさがこみあげてくる。その反動で、ステージにいる佐々木と本田への反感を抑えることができない。

これでは、広報担当として失格ではないかと思う。無条件に経営トップを信頼し、支える覚悟がなくては、広報担当の任務を果たせない。

本田はまだいい。ヤマト航空の人間だ。しかし、佐々木は違う。いわば落下傘《らっかさん》人事だ。落下傘で突然、降りてきた人間に飛行機のことを語ってもらいたくない。小川のように、語りたくても語ることができなくなった人間がいることを忘れてもらっては困る。傷が疼《うず》くように、抑えても抑えても反感が頭をもたげてくる。

「古来、企業の盛衰《せいすい》は、まさにリーダーの資質にかかっていると言われております。その意味では、私の責任は重大であると自覚いたしております。航空運送事業には素人ではございますが、これまでの私の企業経営者としての経験から得た経営思想や経営管理システム、さらには私の人生から得ました人間としてあるべき姿や持つべき考え方を、ヤマト航空グループの社員の一人一人に伝え、全員が同じような思いを持ち、一丸となって、ヤマト航空の再建に取り組めるようにしていきたいと考えております。そのような体制を作りあげることができるかどうか、再建の成否はそこにかかっていると私は思っております」

佐々木と視線があった気がした。彼が話している内容は、まるで翔の気持ちを見《み》透《す》かしているようだった。

「会長をお受けになることに反対はありませんでしたか」

記者が質問する。

佐々木は、記者ににこやかな笑顔を向けた。自分の孫ほどの若い記者にも居丈高《いたけだか》にならず、丁寧に話そうという姿勢が見える。

「もうお歳《とし》なんだからおやめになった方がいいですよ、ということをおっしゃる方ばかりでした」

会場から笑いが洩《も》れた。空気が緩んだ。

「しかし、私はヤマト航空を再建することには、三つの大義があると考えております。まず一つ目は、日本経済への影響です。ヤマト航空は日本を代表する企業です。その企業が再建を果たせず二次破綻をすれば、やっぱり日本経済はだめかということになる。一方、再建を果たせれば、ヤマト航空でさえ再建できたのだから日本経済も再生できるということになり、日本国民が自信を取り戻すきっかけになるでしょう。二つ目は、ヤマト航空の社員たちの雇用《こよう》を守ることです。私は、今まで再建のために人員を解雇《かいこ》したことはありませんでした。しかし、今回は残念ながらそういうわけにはいかなかった。二次破綻しようものなら、残った社員全員が職を失うことになる。なんとしても残った社員の雇用を守らねばならない。三つ目は、国民、すなわち利用者の方々への責任です。もしヤマト航空が破綻してしまえば、日本国内で大手航空会社は一社だけとなり、競争原理が働きません。運賃は高止まりし、サービスは悪化するでしょう。それは利用者にとって良いことではありません。公正な競争の下《もと》で複数の航空会社が切磋琢磨《せっさたくま》してこそ、安価《あんか》で良いサービスが提供できるようになるのです。この三つの大義があると考え、引き受けたのです」

佐々木は、若い記者を説諭《せつゆ》するようにゆっくりと話した。会場は静かだ。咳《せき》ひとつない。いつの間にか記者たちは佐々木の話に聞き入っている。

翔も同じだった。佐々木を落下傘だと漠然《ばくぜん》とした反感を抱いているが、彼をよく知らなければ広報をできないこともまた事実だ。そのためには彼の話をよく聞かねばならない。聞いているうちに不思議と聞き入ってしまい、彼の話に時々頷いていている自分を見つけておかしな気持ちになった。

佐々木に続いて本田が話し始めた。

「安全運航は、航空会社の社会的責務です。私は整備畑を歩んできた者として、安全について一切の妥協《だきょう》を許さない。安全に対しては終わりなき追求をしてまいります。そういう信念は、私の中に深く刻まれています。この安全とともに航空会社の基本品質である定時性とサービスのさらなる向上に力を注ぎ、そしてこれらを強固なものにし、お客様に価値を見いだしていただける航空会社になることをお約束いたします」

定時性とは、定時に空港に到着するなど、運航の基本に関《かか》わることだ。

本田は、航空運送業界のプロらしく生真面目《きまじめ》に言った。

太い眉《まゆ》、はっきりした顔立ちの本田は、隣に座る好々爺然《こうこうやぜん》とした佐々木の息子のように見える。初々《ういうい》しいと言えば、社長の本田に失礼だが、そんな気がして、翔は自然と笑顔になった。

「晴れがましすぎませんか」

男が近づいてきた。細身の身体で髪の毛が耳までかかっている。何かを狙《ねら》っているような鋭い目つきだ。

「再出発ですので」

翔は、当たり障《さわ》りのない答えを返した。

この場所にいるということは、記者に違いない。

「広報部の草薙と申します」

翔は、名刺を出した。

男は、それを片手で受け取ると、無造作《むぞうさ》にスーツのポケットにしまい込んだ。そしてジャケットの胸ポケットから名刺を取り出した。そこには経済ジャーナリスト土橋剛志《どばしたけし》とあった。

「草薙さん、本気で再建できると思っているの?」

「はあ?」

「佐々木なんてお飾りだよ。幾つか会社を成功させて、やることをやったから、ヤマト航空会長という名誉を欲しがったんだ。だいたいこの会社の会長っていうのは、そういう名誉欲の塊《かたまり》が就くポストなんだ」

　土橋は、小声で口を曲げるようにして話す。その口元が非常に悪辣《あくらつ》な印象を与える。

「おっしゃっている意味が分かりませんが……」

　土橋は、ばかにしたような表情で草薙を見て、「誰も引き受け手がなくてさ。民主平和党の幹部が佐々木に頭を下げたってわけだよ。奴としても上手《うま》くいかなかったらさっさと逃げ出すさ。それにね。おたくの社内が一枚岩になるわけがないじゃないか」と薄笑いを浮かべた。

「二次破綻をするわけにはいきませんから、会長、社長が申し上げましたように社員……」

「こんなものが出回っているんですよ。それでも一枚岩って言うのかな」

　土橋は、一枚のペーパーを目の前に広げた。それは「ヤマト航空有志」の名前で、「このような未曾有《みぞう》の危機に、過去のしがらみにとらわれた、まさに今日の経営破綻を招来《しようらい》せしめた、その中心人物を要職に配置することは、絶対にあってはならないものと考えています」と佐々木、本田の新体制に、それまでの経営を支えてきた役員や主要部長がそのまま残っていることを批判していた。

「辞めていく者、無理やり辞めさせられた者、みんなが不満たらたらなんですよ。それは残っている者だって同じでしょうね。あいつにだけは命令、指示されたくないって思うことがいっぱいあるはずだ。ヤマト航空は、その辺を変えない限り、また迷走飛行を繰り返しますね、必ず。まあ、楽しみにしていますからね」

土橋は、その怪文書とでもいうべきペーパーを翔に渡そうとした。

「いりません」

翔は、受け取りを拒否した。土橋は一瞬、目を見開き、驚いた表情になったが、すぐに「ああ、そうですか」と言い、それを折りたたむとポケットにしまい込んだ。

「土橋さん、ヤマト航空は多少揺れがひどくなることがあるかとは思いますが、迷走飛行はしません。大丈夫です」

翔は、笑みを浮かべたが、頰《ほお》が引きつっているのを自覚していた。

「せいぜい頑張りなさい。よくウオッチさせてもらいますから」

土橋は、くるりと踵を返し、会場から消えた。

背後からは、佐々木が記者の質問に答えている声が聞こえていた。

第三章　改革者

1

森《もり》は壁に貼《は》られた「新しき計画の成就《じょうじゅ》は只不屈不撓《ただふくつふとう》の一心にあり　さらばひたむきに只想え　気高《けだか》く強く一筋に」という言葉を見つめていた。

＊

北京《ペキン》から急に帰国を命じられ、新しい部署ができるから、そこの責任者になれと言われた。

支店長に「どこですか」と訊《き》いた。彼は、首を傾《かし》げて「分からん」と答え、「意識改革を担当するらしいよ」と言った。自信なさげな様子だった。

北京支店は、破綻《はたん》後も業務に支障をきたしていない。社員たちも今までと変わらぬ仕事ぶりだ。破綻したことを意識することもないくらいだ。

いったいどうなるのだろう。これからも飛行機は飛ぶのだろうか。自分の処遇よりもそのことがずっと気になっていた。しかし、こうして何事もなかったように業務が進むと、なんだかあっけない。

中国でのヤマト航空の業績は、今までも決して順調とはいえなかった。北京に赴《ふ》任《にん》早々、リストラに追われた。西安《シーアン》や杭州《ハンチョウ》、青島《チンタオ》などの拠点を閉鎖し、社員を削減した。

拡大している時は、何もしなくてもエネルギーが湧《わ》いてくる。一方、拠点の撤退は、地元の政府関係者や社員などに説明するだけでも憂鬱《ゆううつ》になってくる。

明るく迎えてくれた政府関係者の表情が、みるみるうちに曇《くも》っていくのを見るのは辛《つら》い。社員に対しては、「悪いが拠点が閉鎖になるので辞《や》めてもらわないといけない」と言って、森は頭を下げた。一人の社員がどんと机を叩《たた》いて不満をあらわにした。彼は、その年に結婚したばかりだったのだ。

北京に来て以来、苦労が多かった。あまり楽しい記憶はない。こんなに苦労したのに、なぜ破綻なんかしやがったのだと腹立たしい思いになった。

今回も森は、中国人社員たちを集めて説明した。

「国が面倒をみてくれるんですね」

中国人社員が訊いてきた。

ヤマト航空は会社更生法《こうせい》を申請《しんせい》したが、これは会社を再建するためであり、日本政府が支援してくれる。

間違いではない。日本政府が支援してくれるから、燃料やその他の資材の仕入れが滞《とどこお》ることはない。だからこれまで通りみんなも安心して働き、安全運航に努めてほしいと伝えた。

中国は共産党の国だ。その国で国が支援するということは、国営企業になるという意味に理解されたのだろう。彼らは、一様に表情を緩《ゆる》めた。安心したのだ。

果たしてこれでいいのだろうか。

中国人社員は政府支援と聞いて喜ぶが、森は素直に喜べなかった。政府支援がふたたびヤマト航空を悪くしてしまうのではないかと、心配になってくる。

ヤマト航空は半官半民だった歴史がある。そのためナショナルフラッグと呼ばれていた。こうしたことがどうしようもない驕《おご》りとなって、経営を破綻させたのだ。とりあえず混乱なく業務が継続しているが、これに安心しきったら、結果は最悪になるだろう。

森は、中国人社員のにこやかな笑《え》みを複雑な思いで見つめていた。

＊

「みんなどうしているかなぁ」

森はひとりごちた。

「どうされたのですか、ぼんやりされて」

「上原《うえはら》さん、いたのですか。ちょっと北京のことを考えていたんです」

森が振り向くと、上原が両手に書類を抱《かか》えて立っていた。

上原博子《ひろこ》は森と同時期に「意識改革・人づくり推進部」へ配属になっていた。

森は、その部でフィロソフィグループのグループ長であり、博子はファシリテーターの役割を担《にな》うことになっている。

ファシリテーターとは、会議やシンポジウムで、司会進行役をしながら中立的な立場で議論を深めたり、活発化させる役割だ。

「フライト、お疲れ様でした」

森は言った。

博子はファシリテーターと同時に、現役のCAでもある。

「福岡まで飛んできました。新人CAを指導しながらですが、感動したことがあるんですよ」

博子が少し上気したように言った。

「何かいいことでも？」

「お客様が皆さん『頑張《がんば》って』と言ってくださるんです。厳しいことを言う方が一人もいない。感動して新人のCAが泣き出したんです」

博子は、書類を胸に当てた。高鳴る鼓動《こどう》を抑えているかのようだ。

「どうなんでしょう」

森は、わずかに首を傾げた。

「何がですか」

「お客様の反応です」

「おかしいですか」

「ええ」

森の苦笑が博子に影響したのか、博子が今度は首を傾げた。

「私は感動しましたけど」

「もっと厳しくてもいいんじゃないかと思うんです。むしろ叱《しか》られるべきじゃないかと……」

「そう言われれば、そうですが」

博子は眉根《まゆね》を寄せた。

「北京の仲間のことを考えていたんですが、中国人のスタッフも政府が支援してくれると言えば、安心して仕事を続けてくれました。お客様も応援するからと言ってくれました。破綻ってこんなものかって、ちょっと拍子《ひょうし》抜けしたというか……。あまりお客様から応援されると、緊張感がなくなってしまうんじゃないかと心配です」

「叱られる方がいいと?」

「何やっているんだと叱られた方が、身が引き締まるかと思います。ひょっとしたらお客様は、何も言わないでヤマト航空から離れていってるんじゃないかなと心配になりませんか?」

「新しき計画の成就は只不屈不撓の一心にあり　さらばひたむきに只想え　気高く強く一筋に……。中村天風《なかむらてんぷう》の言葉だそうですね。それで森さんはこの言葉を見つめていたのですか」

　中村天風は、日本で最初にヨガを極めた人として知られている。その教えに、多くの政財界の人たちが影響を受けている。

「そうなんです。自分自身に危機感が乏《とぼ》しいのに、どうしたら想いを込められるのか。なぜ自分がこんなポストに就《つ》いたのかを考えると、ちょっと憂鬱になったんです」

森は、もう一度、壁に貼られた言葉を見つめた。

「辞令をもらって佐々木《ささき》会長にお会いした際、『この言葉をいろいろなところに貼ってください。みんなで思いをひとつにすればいいんです。協力してください』と言われた時は、なんだかビリビリとした電気が走ったような……」

博子も文字を見つめた。

「私も同じです。本当に電気が走ったような気がしました。でも私はこの言葉を遺《のこ》した中村天風も知りませんし、正直言って佐々木会長のご本を一冊も読んだことがありません。すごい人だとは知っていますが、こんな言葉だけでヤマト航空が変わるのかなと、ちょっと信じられない思いです。それが正直なところなんです」

森はわずかに唇《くちびる》を曲げた。

博子は、その表情に森の複雑な思いが現れているように感じた。

「佐々木会長が、セラミックの会社を創業されて間もない頃、松下幸之助《まつしたこうのすけ》のダム式経営の講演をお聞きになったそうです。その時会場の一人が、『どうしたらダムのように人材やお金を集められるのか。それを知りたい』と質問しました。すると松下幸之助は、『まず、ダム式経営をやろうと想うことです』と答えたそうなんです。その答えに会場の人たちは、驚き、呆《あき》れ、もっといい方法を教えてくれとざわしました。でもその時、佐々木会長だけは、『そうか、何よりも想うことが大事なのだ』と松下幸之助の経営の神髄《しんずい》を悟《さと》ったそうです。そんな『想う』が、この言葉に込められているのではないでしょうか」

森は、博子が佐々木のエピソードを調べていることに感心した。

博子はまぶしそうに、掲《かか》げられた文字を見上げている。

「そうですか。私のような凡人は、その他大勢の聴衆と同じで、松下幸之助の言葉に反応できなかったでしょうね。ところでこの壁の言葉は、想像の『想う』ですね。この他に思考の思う、記憶の憶う、懐古の懐う、念願の念う、など幾種類かあります。ここではなぜ『想う』なのでしょうね」

「そうですね。なぜこの『想う』なんでしょうね。そこまで考えていませんでした。でも私なりに、こう考えるようにしたんです」

博子は胸を反《そ》らし、森を見つめた。

「チャンスを与えられたんだと思うんです」

「まあ、そうでしょうね。飛行機は飛んでいるわけですからね」

「今までと変わらぬ姿のような気がしますよね。それまで倒産するの？　破綻するの？　と不安や緊張感で押し潰《つぶ》されそうでした。普通に飛行機が飛ぶなんて思いもしませんでした。だから普通に飛んでいるのを見ると、なんだか虚脱感を抱いてしまうんだと思います」

「虚脱感……分かります。その感じ」

「今、私たちはまっさらな気持ちになったんだと思うんです。生まれたばかりの子どもの気持ちです。驚いているんですよ、破綻後の世界を見て。そのまっさらな気持ちに佐々木会長は、このまま普通通りに飛行機が飛び続けることの幸せを強く願いなさいと、おっしゃっているんだと思うのです」

博子の目が輝いていた。

「生まれたての子どもか……」

森には、博子が言わんとすることがなんとなく理解できた。

普通に飛行機が飛ぶ、その幸せが続くように本気で願わなければ、飛ばなくなるかもしれないということだろう。

しかし、あの壁の言葉で言えば、「ひたむきに只想う」だけでヤマト航空が再建できるのだろうか。今までだっていい会社になるように努力してきたのにと思うと、佐々木の言うことは甘いのではないかと疑念を持たざるを得なかった。

「私、新人になったつもりで頑張ります」

「そうだね。それが一番だね」

森は、素直《すなお》な博子がまぶしく思えた。自分は博子ほど素直になれない。迷っているなぁ、というのが本当の気持ちだ。

意識改革・人づくり推進部。他の会社では、このような部署は聞いたことはない。いったい何から手をつけていいかも分からない。自分が十分に理解できていない佐々木の考えを、社員に押しつけるようで気が重い。

それに何よりヤマト航空の将来に、まだ十分な確信を持てない自分がいることも事実だ。果たしてこんな気持ちで、社員の意識を改革し、新しいヤマト航空にふさわしい人材を育てることができるのだろうか。

「森さん、今日は広報との打ち合わせがあります。広報の草薙《くさなぎ》さんが来られます」

2

目の前にいる佐々木は穏《おだ》やかな慈愛に満ちた笑顔で、包み込むような柔《やわ》らかさがあった。大企業を立ち上げただけあって迫力は感じるが、威圧的ではない。幾《いく》つもの企業を創業し、再建してきた人物とは思えない。

翔《しょう》は、興奮していた。佐々木和人《かずと》という名高い経営者を、目の前で見ることができるからだ。

「君は、広報は初めてだね」

「はい」

翔は、息がつまる思いがした。

「君には、今までの社内報を一新して、ヤマト航空の経営状況、私の考えなどを包み隠さず現場に伝えてもらいたい。やってくれるか」

「はい」

翔は、大きな声で返事をした。まるで小学生だなと自分を笑いたくなる。

社内報を一新するといっても、今までどんな内容だったか知っているとは言い難い。それほど熱心な読者ではなかった。

「君は今までどんな部署にいたのかな」

佐々木が訊いた。

「手荷物サービス係です」

翔は動揺した。佐々木はその部署のことをなんと思うだろうか。経営企画などのエリート部署ではなく、乗客からの手荷物に関するクレームを受ける部署から広報に異動させるなんてと、人事部に文句を言うのではないだろうか。

「いい部署だね。そこはお客様からのお叱りが多いところだね」

「はい」

翔は、意外な感じを受けた。いい部署？　そんなふうには一度も考えたことはない。

「いろいろなお叱りがきたかい？」

翔はちょっと上目《うわめ》づかいになった。

「ええ、いろいろとありました」

「腹が立ったかい？」

どう答えていいのだろうか。腹が立つことが多かったと言えば、お客様の立場に立っていないと叱られるかもしれない。しかし嘘《うそ》は言いたくない。

「はい、理不尽《りふじん》なことが多くて腹が立つこともありました」

思い切って正直に言った。

佐々木は笑みを浮かべた。

「素直でよろしい。現場は宝の山だよ。現場には問題を解決するための生《なま》の情報がいっぱい溢《あふ》れている。私は、できるだけ現場に行きたいと思っているから、その時は頼むよ。ヤマト航空の経営が悪化したのは、幹部が現場を離れ、机上《きじょう》で理論や理屈をこねまわしていたからだ。現場を忘れてはいけないよ」

佐々木の視線が急に強くなった。翔の背後のドアが開いた。振り向くと舘野《たての》が入ってきた。表情が硬い。部屋の空気が一気に張り詰めた。

「会長、役員会が始まります」

舘野が背筋を伸ばして言った。緊張のあまり、翔の存在は彼の視界に入っていないようだ。

佐々木が経営を主導するようになり、舘野ら役員は戦々恐々としていた。

いったいどんな厳しい経営をするつもりなのだろうか。相当に細かな指示をすると聞いている。今までのような甘えは許されない。そうはいうものの、航空会社の経営は、佐々木が経営してきたメーカーとは大きく異なる。もっと複雑だ。コストダウンしたからといって上手《うま》くいくわけではない……。

特に舘野たちがどんなものなのだろうと気をもんでいるのが、アメーバ経営である。これは佐々木が提唱、実践している経営手法だ。この手法で企業を成長させ、また不振企業を再生してきた。

ひと言《こと》で言えば、部門ごとに収支責任を持つ手法だ。

企業というのは、ある部門の黒字で別の部門の赤字を埋めることが多い。それを健全な赤字と呼ぶ人もいる。しかし、佐々木はそれを許さない。各部門が責任を持って収益を上げることが、企業を強くすると言うのだ。

佐々木は、経営はシンプルであるべきだと言う。売上を最大に、経費を最小にすれば利益が出る、ただそれだけだ。

そのためには、組織を小さくすることで〝無駄《むだ》を見える化〟することが必要だ。社員が大きな組織の歯車ではなく、人間として生き生きと働くためにも組織を小さくしなければならない。

そこで佐々木が生み出したのが、アメーバ経営である。あたかもそれぞれの組織が中小企業のように経営責任を持ち、増殖し、影響しあって企業を成長させていく経営手法だ。

これをヤマト航空の再建にも応用する。今まで部門ごとの経費など考えてこなかったヤマト航空の幹部たちは、アメーバ経営や部門別収支管理の導入にとまどっていた。また一部には反発する者もいた。

「行きますかね」

佐々木が椅子《いす》からゆっくりと身体《からだ》を持ち上げた。

「よろしくお願いします」

舘野が頭を下げた。ちらりと翔を見た。何も言わない。翔は舘野に頭を下げた。

「舘野さん」

佐々木が呼びかけた。

「はい」

「経営実績の数字がなかなか上がってきませんね。これでは経営などとてもできません。早急に、各部門の実績がリアルタイムに出てくるようにしてください」

「ただいま準備しております」

　舘野は深く頭を下げた。

　佐々木の表情は、翔を見る時のような慈愛に満ちたものではない。厳しい経営者そのものだ。

「よくこんなことで今まで経営してきましたね。業績悪化が数ヶ月後に分かって、どうやって手を打ってきたのですか」

「申し訳ありません」

「とにかく早急に」

　佐々木は、頭を下げる舘野に強く言った。

　舘野にならって翔も頭を下げていた。

「あなたも参考のために会議を傍聴《ぼうちょう》しますか」

　佐々木が翔に、突然に訊いた。

　翔は顔を上げた。一瞬、舘野と視線が合った。舘野が小さく頭を横に振る。取締役たちの会議を傍聴するには、まだ経験不足だということだろう。

「すみません。今から別の打ち合わせがありますので、申し訳ありません」

「分かりました。広報は、どんなささいなことも社員の人たちに知らせるようにしてください。私は、経営の成否《せいひ》は、その企業に集《つど》う社員一人一人が心から会社を愛し、会社の発展のために協力を惜《お》しまないという社風を作ることができるかどうかにかかっていると思います。そのためには広報の役割は重要です。期待していますからね」

佐々木は翔を見て、微笑《ほほえ》んだ。

「頑張ります」

翔は、なぜか分からないが身体が熱くなってきた。期待されている、そう思うだけで身体が震《ふる》え、熱を帯びてくる。こんなにも単純な人間だったのかと、自分自身でも不思議だった。

3

翔は、かつて整備場として使用していた機装ビルに来ていた。整備関係は新しい場所に移ったため、ここは研修などに利用されている。

何もない。ガランとしたという言葉がぴったりである。ただ教室のように机が並んでいるだけだ。

目の前には、ギリシャ神話のアトラス神のごとく、天空の重みに耐えているような苦しげな表情の森がいた。その隣は、対照的に明るい博子だ。

森と博子は、意識改革・人づくり推進部だ。

「まさかあの時、草薙さんも広報部への辞令を受けていたとは偶然ですね」

博子が笑みを浮かべる。

翔が人事部に向かっている時、空港の搭乗口で乗客に感謝のカードを配っていた博子に会った。

博子もその後、すぐに人事部に呼ばれ、新しいポストに任命されたのだ。

「あの時、お互い頑張りましょうと言いましたね」

「そうですよ、草薙さん。こうやって皆様のお蔭《かげ》で、今まで通り空が飛べるんですから。頑張らないと罰《ばち》が当たります」

博子は笑みを絶やさない。

多くの女性は、生命力が強く、環境への順応力が高い。博子は、もうすっかり新しい経営体制に慣れ親しんでいる様子だ。

翔は確かに、佐々木から「期待しています」と言われて身体が熱くなった。だが、具体的に何をするかということになると、急に熱が冷めてしまいそうになる。これではいけないと思うのだが、目の前に高くそびえる壁のようなものを想像して、力が萎《な》えるのだ。

こういうところが佐々木のような創業者と、普通のサラリーマンの自分との違いだろうと思うと情けない。佐々木だったら壁が高ければ高いほど、意欲を燃やすはずだ。しかし翔は、そこまで気持ちを高められない。

とりわけ目の前にいる森の表情を見ると、やる気を出せというのが難しい。

「草薙さん、どうしたらいいんでしょう。私なんか総務しかやったことがないんです」

「そんなことを言われても、私だってチェックイン業務と手荷物サービス係しかやったことがないですからね」

森が悩んでいるのは、リーダー研修のことだった。

森の部署で、リーダー研修の名の下《もと》に、経営幹部を再教育するプログラムを組めと言われたのだ。

関連会社も含めた経営幹部の再教育？　いったい何が始まるのか。森は想像もつかないのだ。

「佐々木会長にお会いしたら、圧倒されますよね。素晴らしい人です。でも意識改革だとかなんとか、言葉は悪いですが、洗脳されるような感じでちょっと嫌ではないですか」

翔は、佐々木の穏やかな表情を思い浮かべながら、森に言った。あの表情の中に、ヤマト航空の社員の頭の中まで変えていこうという激しさが宿っているとは、想像もつかない。

「同感です。みんなが自由に発想し、自由にものを言ってこそ、経営改革ができるような気がします。佐々木会長の思想に全員が染まらねばならないのかと思うと、憂鬱で……。ましてや、プライドの高いヤマト航空の経営幹部の方々が受け入れるのかと……」

「二人とも、何を暗い気持ちになっているのですか」

博子が翔と森の間に割って入った。

「上原さんは、悩まないんですか」

翔が訊いた。

「悩みません。むしろ嬉《うれ》しいです」

博子はきっぱりと言った。

「なぜですか」

森が訊いた。

博子は、涼やかな目を翔と森に向けた。

「考えてもみてください。今までヤマト航空の経営幹部の方々が、ひとつの考えになったことがありますか。同じベクトルと言いますか、同じ方向を向いたことがありますか。私はただのCAですから、詳しいことは分かりません。でもお互いに足を引っ張ったり、いがみ合ったりしていたような気がします。その結果が、破綻なのではないでしょうか」

「そう言われれば、そうだけど……」

森の表情はあくまで暗い。

「私もその通りだと思います」

翔は博子に同意した。

「この会社を良くしていくためには、役員など経営幹部の方々も社員も同じベクトルに向かうことが大事なのだと思います。そのベクトルというのは、飛行機が飛ぶことへの感謝、そしてお客様への感謝だと思うんです。そんな思いを上から下まで共有できれば、いい会社になると思いませんか」

「上原さんの考えは、経営幹部の教育ばかりではなく、社員もみんな教育することなんですね」

翔は、ちょっと驚き、博子を見つめた。

「組織を変えるには、まず頭からって言うじゃないですか。その後は胸、腰、足……。順番です」

博子は夢を語るように生き生きとしている。

「じゃあ、職種や階層別に教育する考えなの？　今までだって、あったような気がするけどね」

森が自信なさげに言った。

「そんな今まで通りじゃなくて、全《すべ》ての職種を一緒にやりましょうよ。ごちゃ混ぜです。それってCLMで経験済みじゃないですか」

博子の顔がさらに明るくなった。

「CLM？」

翔は目を見開いた。CLMというのは、コミュニケーション・リーダー・ミーティング。現場から自然発生的に生まれた活動だ。でもCLMとリーダー研修を結びつける博子の発想が、まだ十分に理解できない。

「CLMは、現場の私たちが声を上げて始まりましたよね」

航空会社は多くの職種に分かれている。正直言って、お互い何をしているかよく分かっていない。仕事の内容も、その考え方もだ。だから無駄なことが多かったり、乗客をなおざりにしてしまうこともある。

例えば、乗客が飛行機に乗り遅れそうな場合、定時性にこだわっていたら、お互いにぎくしゃくする。空港スタッフは乗客を急がせようと慌《あわ》て、焦《あせ》る。CAやパイロットは、乗客を待っていらいらする。

しかし、お互いが顔を合わせ、話し合う機会が持てたらどうだろうか。そうすることで、お互いの立場を理解し合うことができる。定時性に配慮しつつ、焦ったり、いらいらしない方法が見つかるだろう。これは乗客にも喜ばれる。

CLMによって小さな改善が幾つも進められている。現場発の試みに、当初は会社側も手さぐり状態だった。そのため社員が任意に集まっていたのだが、今ではヤマト航空の現場に草の根のように広がっている。

「CLMか……」

森の表情がわずかに晴れた。

「私たちには、会社を変えていく土壌《どじょう》があるってことですか」

翔が訊いた。

「CLMは、何を言っても変わらないことに嫌気が差したんじゃなくて、そんなに変わらないなら、現場から自分たちで変えていこうっていうことで広がっていったでしょう? それこそアメーバのようにね」

博子が笑みを浮かべた。

「そうですね。それこそアメーバのようでした」

翔も微笑んだ。

「改善できたのは、現場のほんのささやかなことばかりです。お子様に渡す玩具《おもちゃ》を無駄にしないためにはどうしたらいいのかとか、ブリテンのコピー枚数を減らすとかね。今度はこれをヤマト航空全体でやれるんですよ、みんなで協力してね。今までCLMに参加しなかった人も参加して」

博子の表情が輝いている。

「そうか……。CLMの進化形と考えればいいのか。役員や幹部たちも含めてね。それならできるかな」

森が何かを摑《つか》んだような表情になった。

「でも現場から変えていこうとするCLMと、佐々木会長の思想をみんなに植えつけるのとは、ちょっと違うかも……」

翔の表情が曇った。

「佐々木会長の思想を植えつけるんじゃなくて、ヤマト航空の経営者と一緒になってCLMを実践する、と考えればいいんじゃないですか」

博子はあくまで前向きだ。

「そうですね。トップも現場も一緒に、CLMをすればいいんですね」

翔は、周囲を見渡した。部屋の広さが冷え冷えとした感触を伝えてくる。本当にここで、役員たちが意識を変えるほど熱くなれるだろうか。ふと心配になる。

「意識改革を担う私たちが、真っ先に変わるべきだと思うわ」

博子の声が部屋に木霊《こだま》した。

4

舘野は、佐々木の叱責《しっせき》に耐えながら、考え続けていた。

飛行機を飛ばすとはどういうことか。

営業はお客様に座席を売り、発券する。整備は機体を点検し、問題があれば機体の部品などを交換する。運航担当は、パイロットと最適な飛行経路や方式を協議し、燃料の搭載量《とうさいりょう》などを考える。

パイロットやCAたちクルーは、飛行計画や安全、サービスについて互いに確認し、飛行機に乗り込む。空港スタッフは、乗客のチェックインから搭乗《とうじょう》までの案内をする。グランドハンドリングのスタッフは、機内サービス品や乗客の預けた荷物、貨物などを積み込む。この他にも多くの業務が行われ、ようやく飛行機は飛び立つのだ。

飛行機を安全に、定時に飛び立たせるために、何人ものスタッフが必死になる。だから飛行機が青い空に吸い込まれていく時は、心から嬉しくなる。この喜びはプライドにも通じる。誰にでもできることではない。自動車や半導体を作るのとはわけが違う。飛行機を飛ばすことができるのは我々だけだ。

隣に路線計画担当の役員が座っている。彼も目を伏せ、うつむき、微動だにしない。まさか眠っているということはないだろうが、息をしているのかさえ疑わしい。

以前の役員会といえば、大会議室で五十人以上が顔を合わせていた。しかし、今はその大会議室があったビルは売却したため、狭い部屋で行う。会議室の広さに合わせたわけではないが、役員の数も三十人程に削減された。

佐々木は今までの代表者のように、役員会の楕円形《だえんけい》テーブルの上座には着かない。会議室の入り口近くの、今までなら最も下座に位置する席を自分の場所と決めている。

それには彼なりの理由がある。役員たちと近い場所ということのようだ。舘野の席は佐々木の向かいになる。この位置は、佐々木の声が大砲の砲弾のように当たる。両足で踏ん張っていないと身体ごと飛ばされてしまう。

佐々木の声は迫力がある。

「君には、経営状態がリアルタイムに把握《はあく》できるようにしてくださいと、再三申し上げていますね。それはどうなっていますか」

財務担当役員が強張《こわば》った表情で立ち上がった。青ざめて身体を細かく震わせている。

「今、やっております」

彼は息を大きく吸い込んだ。

「やっておりますということを、もう何度も聞きました。いくら収益が上がっているか即座に分からなくて、どうやって今まで経営をしていたのですか」

「はあ、運航計画……」

彼は言葉に詰まった。

「もういい。座りなさい。言い訳を許しません。あなたはなぜ破綻したか、全く理解していない！」

佐々木の激しい言葉が槍《やり》のように突き刺さってくる。舘野は思わず首をすくめた。財務担当役員は目を剝《む》き、腰から砕けるように席に着いた。

「彼だけじゃない。あなた方は甘い。なぜ破綻したのか。舘野さん、答えなさい！」

「はい」

舘野は全身が硬直《こうちょく》した。すぐに立ち上がれない。よろけそうになり、テーブルに手をつく。

隣の路線計画担当の役員が薄眼を開け、目だけを舘野に向ける。

「コスト意識が不足していたかと思いますが……」

佐々木の鋭い視線に射すくめられ身が縮む。

「全く具体性がない。ではなぜこんなに子会社が多いのかね」

ヤマト航空は、整備や旅客部門などを子会社にしていた。

「私は子会社化には関与していませんが……」

佐々木の表情が、またたく間に険《けわ》しくなった。

しまった。佐々木の厳しい追及に、つい余計なことを言ってしまった。なぜ、自分は関与していないなどと言ってしまったのか……。

「君は失格だ。そんな当事者意識がないようで再建などできるか。前任者がやったことだから自分は責任がないなどと言えるのかね。そんなことだから破綻するのだ」

他の役員たちも首をすくめている。社長の本田《ほんだ》だけが真《ま》っ直《す》ぐ前を向いている。

佐々木は役員たちを見渡す。

「今、飛行機が飛んでいるという事実に甘えてはいませんか？　破綻したことをもっと真剣に受け止めましょう。再建はそこからです。高コスト体質で破綻した？　それも事実でしょう。だから子会社を作って人件費を見掛けだけ減らす。これで社員のやる気が起きますか？　あなた方役員は、社員を何がなんでも守ろうという気《き》概《がい》がない。社員を守れないで、お客様を守れるはずがない。頭を徹底的に切り替えなさい……」

佐々木の激しい叱責が続く。

舘野の唇に歯の跡がくっきりとついた。もっと力を込めれば皮膚《ひふ》が破れ、血が噴き出るだろう。

この気持ちを何と表現すればいいのだろう。悔《くや》しさだろうか。悲しさだろうか。

プライド、プライド、プライドを失うな。飛行機を飛ばすことができるのは選ばれた者なのだ。プライド、プライド……。

舘野は頭の中で同じ言葉を繰り返した。

こんな飛行機野郎の気持ちは、突然、落下傘《らっかさん》で降りてきた佐々木に分かるはずがない。また分かれと言いたくもない。こんな思いのままで、佐々木を近くでサポートしなくてはならない総務人事担当役員として、仕えることができるだろうか。

しかし……と舘野は眉根を寄せた。佐々木は当然すぎることを言っている。破綻したという事実を真剣に受け止めねば、再出発はない。

しかし……とまた舘野は思う。

いろいろなことをやった。できることはなんでもやった。コストも思い切り削減した。路線も廃止したり、見直したりした。

それでも破綻してしまった。最後まであがいた。小川とともに、官僚にも政治家にも頭を下げ続けた。みんな無駄になった。なぜなんだろうか。なぜこんなことになってしまったのか。辛《かろ》うじてプライドを保とうと努力しているが、こんなプライドは何の価値もないのだろう。

「この路線はなぜ廃止しないのかね」

佐々木が今度は、路線計画担当の役員を名指しして訊いた。

隣に座っていた役員がゆっくりと立ち上がった。わざとそうしているようだ。慌てている様を見せたくないのか。それもプライドか。

「公共のためです。航空路線はただ収益が上がればいいというものではありません」

彼は、しっかりと目を見開き、よく通る声で佐々木に向かって話した。

「君は何かね？　役所の人間か」

佐々木は厳しい視線で彼をとらえた。

「私はヤマト航空の人間です。航空会社というものは公益を担っております。そのことを会長にご理解いただきたいと思います」

舘野は、彼を見上げるのが怖《こわ》い気がした。自分のように、航空会社に勤務している人間としてのプライドに辛うじて寄りかかり、佐々木の言葉に抵抗するのとは違い、堂々と反論している。

「君は間違っている。どのような会社も、世の中に役立つという意味では公益を担っている。航空会社だけではない。しかし民間企業が公益を担うとは、収益を上げてこそだ。収益を上げていないのに公益を担えるはずがない。そこを勘違いしてはいけない」

「しかし、たとえ利益が上がらなくとも、世のために必要な路線があります」

「その路線の赤字を他の路線の黒字で埋めるという経営が、破綻の道に繋《つな》がったのだ。それは断じて許されない。民間企業は利益を上げなければ成り立たない。その利益の中から税金を納め、社員の給料を支払い、株主に配当を行い、将来のための蓄積をする。そうやって安定的に存続してこそ、社会に貢献《こうけん》できる企業になれるのだ。私はあなたの言うことを全面的に否定するつもりはないが、あなたの考えがこの会社を悪くしたことは事実である」

佐々木に反論され、彼は握った拳《こぶし》に力を入れた。口を小さくすぼめ、何か言いたげに言葉を抑えている。

「路線ごと、部門ごとに収支管理をしっかりとやっていただくことを期待する。それは決して、安全運航や公共の利益に反することではない。分かったかね」

佐々木は最後の言葉に力を込めた。

「分かりました。路線ごとの採算管理に注力いたします」

彼は押し殺したように言い、頭を下げた。十分に納得したとは言い難い雰囲気《ふんいき》を醸《かも》し出している。

　舘野は、路線計画担当役員にどうしようもなく同調している自分がいることに気づいていた。

　ヤマト航空はただの民間企業ではない。ナショナルフラッグだったのだ。それが我々のプライドなのだ。舘野は声に出して言いたい衝動に駆《か》られた。このプライドを踏みにじられては、気持ちが落ち込み、積極的になることができない。苦悩ばかりが増してしまう。

「あなた方は優秀な人ばかりだ。能力もある。やる気も十分にあると言っていい。しかし考え方がだめなんだ。人生や仕事の結果は、能力と熱意と考え方のかけ合わせで決まる。このうち能力と熱意は、〇《れい》点から百点まである」

　佐々木が役員たちを見渡して、ゆっくりと話し始めた。

「だから能力があっても、それを鼻にかけ努力を怠《おこた》った人よりも、能力は低くとも、それだから余計に努力した人の方が素晴らしい結果を残す。ここに考え方という要素が加わると、また違ってくる。考え方とは生きる姿勢だ。これはマイナス百点からプラス百点まである。だから否定的な考え方だと、能力や熱意があっても、人生の結果はマイナスになってしまう。だから能力、熱意とともに、人間として正しい考え方を持つことが、何よりも大切なことなのだ。皆さんはこれから、自分の行動が人間として正しい考え方によるものかと、自らに問いかけてほしい」

舘野は、目を見開いた。佐々木のような立志伝中の経営者の言葉には、重みがある。その重みがずしりと腹に収まってくる。

人として正しい考え方か、自らに問いかけよ。能力、熱意があっても、考え方次第で人生の結果が変わる……。

隣の路線計画担当の役員も、身を乗り出すようにして佐々木を見つめている。舘野と同じように、佐々木の言葉の重みが腹にずしりときたのだろう。

我々はなぜ破綻したのか。能力も熱意もあった。しかし考え方が悪かったのか。プライドだけ高く、お客様のことや企業の存続のことなどを、ナショナルフラッグという名の下に忘れてしまっていたのかもしれない……。

「皆さんに私の考えを学んでもらうために、リーダー研修を行いたい。その様子は、全社員に社内報で知らせることにする」

佐々木が言った。

リーダー研修？　今さら何をするのだ。

しかし、舘野が自分の考え方を変えなければならないのではないかと、少しずつ思い始めていたのも事実だった。

——能力×熱意×考え方……。考え方が悪ければ、人生の結果は全てマイナスになるのか。

舘野は、周りに聞こえないようにひとりごちた。

5

佐々木は社員が集まる場所に積極的に顔を出した。

翔は、カメラを持ち、どこへでもついていった。

どこでも大騒ぎだった。佐々木をひと目見ようと多くの社員が集まった。成田オペレーションセンターでは、会場に入りきれない社員たちがビルの回廊に鈴なりになった。身体を乗り出し、下に落ちてしまわないかとハラハラさせる社員もいた。

圧巻だったのは、羽田航空機整備センターに行った時だ。体育館の何倍もある広い格納庫に、千人以上の社員が集まった。

普段は飛行機が入っている格納庫が、社員でいっぱいになった。彼らの熱気で、二月なのに汗ばむほどに暑い。

佐々木は威圧感もなく、ひょいと演壇に上がる。それは急ごしらえの演壇で、プラスチックのケースを幾つも並べ、その上に板を置いた程度のものだ。それでも全く気にしない。

社員たちが一斉《いっせい》に拍手をする。誰かが指示したわけではない。自然発生的だ。

佐々木は少し照れたのか、目の周りを赤く染めた。

社員たちは、カリスマ経営者と呼ばれる佐々木を自分の目で見たかったのだ。

今まで何人も経営者が交代した。しかし現場に足を運んだ人は少ない。現場が重要だと言いながら、口先だけだった。現場の社員たちは、佐々木が今までと同じように、口先だけで現場が重要と言っているのか見極めたいという気持ちもあるのだろう。

翔もここに来るのは初めてだった。翔のように事務系の社員が整備場や格納庫に来ることは、ほとんどないと言っていい。翔は浮き立つような気持ちになり、カメラを抱え、あちこちにレンズを向けてシャッターを切った。遠足に来た気分だ。

佐々木が演壇に立った。翔は、集まった社員たちの後ろからカメラを構える。

社員たちは、佐々木の言葉を静かに聞いている。現場の社員に向けての佐々木の口調は、幹部社員への火の出るような激しさが抑えられ、優しさに満ちている。

「つまり企業の宝とは、そこに集う社員であり、さらには社員の心だと思っています。社員が心の底から会社発展のために貢献したいと思うなら、会社は発展するでしょう。しかし、自分の利益だけを考えて仕事にあたるなら、どれだけ資金やブランドがあったとしても、その会社は発展しません。みんな一緒に力を合わせましょう」

翔は、佐々木の発言をICレコーダーに収録し、メモもとった。後から記事にして、さらに多くの社員に伝えねばならない。

「皆さん、小善《しょうぜん》は大悪《だいあく》に似たり、大善《だいぜん》は非情に似たりと言います」

佐々木のすごいところは、言葉が面白く深いことだ。覚えやすく、聞く人の心にすっと入っていく。翔は、メモを忘れて聞き入った。

「信念もなく部下に迎合《げいごう》し、厳しいことを言わない上司は、一見愛情があるように見えますが、結果は部下をだめにしてしまいます。逆に信念を持ち、非常に厳しく指導する上司は、煙《けむ》たがられますが、長い目で見れば部下を大きく育てます。これが大善です。大善というのは薄情《はくじょう》で非情に思えますが、実は真《しん》の愛情なのです。皆さんも会社再建のために甘さを忘れ、真の愛情に目覚めて、自らを、そして人を鍛《きた》え、育ててください」

佐々木は、話し終えると演壇を降りた。佐々木が入ってきた時と同じように拍手が起きた。

「小善は大悪に似たりか……」

翔は、社員にインタビューを試みることにした。佐々木の言葉が本当に社員に届いているのか知りたいと思ったからだ。

「すみません。お話を聞かせてくださいますか」

翔は整備のユニフォームを着た社員を捕まえた。がっしりした身体つきで、年齢は五十歳を過ぎているだろう。

持ち場に戻るところだった社員は一瞬、とまどった。

「話って？」

面倒くさそうに顔をしかめた。

「今の佐々木会長の話を聞いた、率直《そっちょく》な感想をお聞かせいただきたいのですが」

彼は、山口満男《やまぐちみつお》。整備関係のグループ会社ヤマト航空エンジニアリングの整備課長だった。

「俺《おれ》、期待してるんだ」

「佐々木会長にですか」

「そうだよ。残った身としてはやるしかないだろう。おっしゃる通りさ。仕事を続けられることに感謝しないとな。今日も蒲田《かまた》駅前の居酒屋で送別会があるんだよ」

山口は、目を潤《うる》ませた。

「送別会が続いているのですか」

「ああ、俺を鍛えてくださった先輩たちも歳《とし》だからなぁ。辞めていくんだ、俺たちにポストを空《あ》けるためにね」

「寂《さび》しいですね」

山口が片手で翔の胸を軽くつき、厳しい目をした。

「簡単に言うな。佐々木会長の話にあった小善は大悪に似たり、大善は非情に似たりという言葉を聞いただろう。まさにあの言葉通りで俺を鍛えてくださった先輩が、泣く泣く辞めていくんだぜ。つい二週間前まで辞めないで一緒に頑張ろうと言っていた先輩が、今日、辞めるんだぞ。俺が辞めた方が会社のためになるからってな。辞めるのも地獄、残るのも地獄だよ。こうなったらいい会社にするしかないだろう」

「その通りですね」

「こんな悲しい思いは、もう二度と嫌だよ」

「なぜヤマト航空は破綻してしまったのだと思いますか」

翔の質問に山口は、一層、険しい表情になった。

「そりゃ経営者がしっかりしていなかったと言えば簡単だけど、俺たちもだめだったんだろうな」

「そうですね」

「お前、返事が軽いぞ。そうですね、はないだろう。俺たちなりに一生懸命やっていたが、まだまだ危機感が足りなかったんだろうな」

「佐々木会長のどういうところに期待されますか」

翔の質問に、山口は考える素振《そぶ》りをみせた。

「あんな人はいないな。さっき、整備工場にも来られたんだけど、整備をしている機体の近くまで来てさ」

「今まではいなかった？」

「ああ、いなかった。整備のために機体から部品を外《はず》していたんだが、本当に機体のギリギリのところまでいらしてさ、真剣に俺の話を聞いてくれたんだ。それで、しっかりお願いしますって挨拶《あいさつ》されたんだ。油で汚れた俺のこの手を握ってな」

山口は、佐々木の手の感触をもう一度確かめるように目を細めた。

「握手ですか」

「あの人、俺たち社員を大事にしてくれそうな気がする。苦労されているから」

「はい」

翔は、山口に向きあった。

「整備の仕事ってやりがいがあるんだぜ。俺はそれを続けられるだけで満足だ。俺が整備した飛行機が駐機場にあってな。お客様がボーディングブリッジを歩いて乗っていかれるだろう。その時飛行機を見て、お客様が笑っているのが見えると心底《しんそこ》嬉しくなってくるんだ。エンジンがかかって、ゆっくり飛行機が動いていく。俺が手を振ると、お客様が窓からそれに応《こた》えて手を振り返してくれるんだ。もう泣きたくなるくらいだよ」

山口は目を閉じた。自分が整備した飛行機が飛び立っていく様子を思い浮かべているのだろう。

「ありがとうございました」

翔は、山口に頭を下げた。翔は感動していた。佐々木は、少なくとも山口の心には火をつけたようだ。彼のような真面目《まじめ》で実直な社員が一人ずつ熱くなり始めたら、大きな力になるだろう。

「なあ、広報さんよ」

「草薙といいます」

「じゃあ、草薙さん。俺たち、後がないんだぜ。それだけは確かだ。どんな経営者の下だろうが、やらねばならないことをやるだけだ。だけどな」

「だけど？」

「あの佐々木会長は、もう功《こう》成り名を遂《と》げた人じゃないか。何も好き好んで火中《かちゅう》の栗《くり》を拾うことはない。それを拾ってくれたんだ。他の人より信用してもいいと思わないか？」

山口は真剣な表情になった。

森と博子のことを思い浮かべた。彼らはリーダー研修の準備をしている。翔は、その研修で佐々木がリーダー、すなわち幹部たちに何を語ったかを、社内報で紹介する役割を担うことになっている。

リーダー研修の後は、CLMを拡充させたような社員たちの研修を行うべきだと博子が言った。翔は山口を見て、博子の提案を早く実行に移したいと思った。山口のような実直で真面目な社員を一人ずつ増やしていくことができれば、ヤマト航空は必ず良くなっていくだろう。そんな気がする。

「山口さん」

「なんだ？　草薙さん」

「私、今まであまりこの会社の役に立っていませんでした。だから辞めるべき人間だと思っていました」

山口が意外そうに目を大きくして翔を見つめた。

「若いんだ。まだこれからだろう」

「今日、山口さんに会えて、頑張ってみようという気持ちが強くなりました」

「そりゃよかった。俺も嬉しいよ。一緒に頑張ろうぜ」

山口は手を差し出した。

翔は、その手を握った。硬く、鍛えられた手だった。山口が翔の手を強く握った。痛い、と思ったが、それは心地《ここち》よい痛さだった。

第四章　とまどいの改革

1

博子《ひろこ》は、飯田橋《いいだばし》の駅で降り、外堀《そとぼり》通りと早稲田《わせだ》通りの交差点、神楽坂下《かぐらざかした》に立っていた。

信号は、赤。博子の行く手を遮《さえぎ》る。周りは信号待ちの人で溢《あふ》れていた。

神楽坂の街は、いつからこんなに混雑するようになったのか。昔は、こんなではなかった。静かな町だった。着物姿の芸者さんが歩いていたっておかしくなかったのに……。ばかだなぁって思う。昔と言っても、いったいいつ頃のことを言っているのか。それに自分の頭の中に、つい、「昔」という言葉が浮かんでくるほど、すっかり「おばさん」になったってわけね。

信号が、青になった。博子は人の流れに逆らわないように歩き始める。坂道を上り切った辺り、毘沙門天《びしゃもんてん》の近くに目指す店がある。

ここのところ連日、送別会だ。もう出席したくないと思っても、一緒に働いた仲間の再出発を祝わないわけにはいかない。

若い人が多い。恋人同士なのだろう。仲良く手を繋《つな》いで歩いている。独身の博子には羨《うらや》ましい。黒っぽいスーツを着たサラリーマンの男たちも目立つ。ちょっとゴマスリっぽい人が、上司の前を歩き、店を探している。きょろきょろした動作がおかしい。

狭い坂道にさまざまなタイプの人たちが歩いている。経営者、サラリーマン、OL、学生、家族連れ……。それが神楽坂の魅力だ。彼らに合わせて、飲食店もバラエティに富んでいる。安価なイタリアンレストランやラーメン屋があるかと思えば、料亭や高級寿司《すし》店などもある。

通りをタクシーが通る。できれば通りへの自動車乗り入れを禁止してほしい。そうすれば、路上をもっと楽しく歩くことができるのにと思う。街を栄えさせたいなら、せめて最も人通りの多いところだけでも自動車を進入禁止にすべきだ。

左手に毘沙門天が見えてきた。正式には善國寺《ぜんこくじ》という。朱塗《しゅぬ》りの鮮やかな門構えの寺だ。毘沙門天像が祀《まつ》ってあることから、神楽坂の毘沙門天で通っている。目指す店はもうすぐだ。

「ここね」

博子は、毘沙門天を過ぎた辺り、路地を入ったところにある雑居ビルに小さな看板を見つけた。店の名は「デリット」。注意していないと見過ごしてしまうほどだ。

博子の先輩CAが始めたイタリアンレストランである。時計を見た。約束の時間より三十分も過ぎている。まずいなとちょっと憂鬱《ゆううつ》な思いにとらわれながら、エレベーターに乗り四階のボタンを押す。

エレベーターのドアが開くと、入り口に花が飾ってある。通りからほんの少し入っただけなのに静かだ。

入り口は、レンガ色の落ち着いたドアだ。みんな来ているんだろうなとそっとドアを押し開けようとすると、中からさっと開いた。男性が笑顔で迎えてくれた。彼はソムリエのようだ。ソムリエ・バッジが胸に輝いている。

「博子、遅いぞ」

店内から声が上がった。席は十席ほどしかない。いつもは四人掛けテーブルが適《てき》宜《ぎ》配置してあるようだが、今夜は貸し切りのため、ひとつの大きなテーブル席のように並べ替えられていた。柔《やわ》らかな明かりに映《は》えて、白いテーブルクロスが輝いている。

「博子、いらっしゃい」

オーナーになった先輩CAの美幸《みゆき》がワインのボトルを抱《かか》えて、博子に振り向いた。キッチンには、清潔な白いコックコートを身につけたシェフが笑《え》みを浮かべている。美幸の夫だ。優しい笑みである。軽く頭を下げる。

「ごめん、ごめん」

博子がテーブルに向かって手を上げる。

「こっち、こっち」

退職する予定の小百合《さゆり》が、自分の隣の席を指差している。

小百合は、同期入社だ。明るく積極的。でも少し言葉が過ぎるところがある。

「ちょっと出るのに手間取っちゃった」

博子が席に着くと、ソムリエの彼が、シャンパンをグラスに注《つ》いでくれた。

幹事の朋美《ともみ》が立ち上がった。

「さあ、全員揃《そろ》ったところで、もう一度乾杯しましょう！」

シャンパングラスを高く掲《かか》げた。博子は、到着直後でまだ落ち着かなかったが、グラスを持ち上げた。

「小百合、恵理子《えりこ》が退職します。とても残念です。でも残るも地獄、去るも地獄……」

「地獄はないわよ、ねぇ」

誰かが、声をかけると、笑いが起きる。博子も苦笑した。

「まあ、地獄はさておきまして、みんなの幸せを祈って乾杯しましょう。グラスの用意はいいですか」

「いいわよ」

「乾杯！」

ヤマト航空は、かってないほどの大量リストラを断行する。約五万人の人員から一万六千人も削減することを決定した。

特別早期退職制度を導入し、四月末、五月末に一気に約三千六百人を削減する。リストラを免《まぬが》れる聖域の職場はない。今まではタブーとされていた運航乗務員、すなわちパイロットやＣＡも対象となった。

今夜、送別会に集まった博子たちベテランＣＡが、職場に居づらくなったことは事実だった。

「おばさんはいらないのよ。おばさんに乾杯！」

まだシャンパンしか飲んでいないのに、顔を赤くして小百合が声を上げた。

2

からすみのスパゲッティが運ばれてきた。イタリアのサルディーニャ島から取り寄せたボッタルガ（からすみ）を使った、この店自慢のスパゲッティだ。

「美幸さんもここに来て、飲んでよ」

小百合が、オーナーの美幸を無理やり席に着かせようとする。相当にワインを飲んでいるようだ。目が少しうつろだ。

いつもはもっとしっかりしているのに。今夜は、彼女の送別会だから仕方がないか……。博子は黙ってスパゲッティを食べ始めた。からすみの塩味が絶妙だ。

「私は、皆さんに美味《おい》しい料理とお酒を出すのが仕事なの」

美幸が笑う。

美幸は、CAをしている時に、有名イタリアンレストランのチーフシェフをしていた現在の夫と出会い、結婚して退職した。辞《や》めないという選択もあったが、さっさと辞めてしまった。それでしばらくして、この店をオープンした。

「美幸さんは、どうしてCAを辞めたの？」

小百合がからむように訊《き》いた。

「私？　そうね。結婚して、あの人と店を持ちたいと思ったからかな」

美幸が、ワインを小百合のグラスに注ぐ。

「へえ、いいなぁ。ご馳走様《ちそうさま》」

小百合が厨房《ちゆうぼう》にいる美幸の夫を見た。小太りで優しそうな雰囲気《ふんいき》を全身から漂《ただよ》わせている。料理というのは、作る人の人柄が出ると言われる。その説からすると、彼は、本当に優しいのだろう。料理に人柄の良さが滲《にじ》み出ている。

「小百合は、どうするの？　辞めて」

博子は訊いた。

小百合は、国際線CAとして活躍していた。破綻《はたん》後もヤマト航空の飛行機が飛ぶことを一番喜んでいた。だから、退職を決めたと聞いた時は意外だった。

小百合は暗い表情になった。

「どうしようかな。さしあたってはノー・プランよ」

「結婚は？」

「結婚……。もう、おばさんだもの。そういう博子だって独身じゃない」

私も今年、四十歳を過ぎてしまったと、博子は小百合を見つめた。

結婚を考えたこともあった。しかし、CAの仕事が面白くてやりがいがあって、いつの間にかそんな年齢になっていた。でも後悔していない……。

「私はまだヤマト航空で頑張《がんば》るから。小百合も頑張ると思っていたのに」

「そうね。でもね、なんとなく辞めてほしいっていう雰囲気を感じたでしょう。博子は感じなかった？　おばさんには用はないって」

小百合が顔をしかめた。

「そんな雰囲気だったの？」

美幸が訊いた。

「そうよ。私たちみたいなベテランは、給料が高くて文句が多いからね」

小百合が皮肉っぽく言った。

「でも若い人ばかりになったら、空の安全が保たれないでしょう。ベテランと若手のコンビネーションがあってこそじゃないの」

美幸が少し憤慨《ふんがい》気味に言った。

「美幸さん、いいこと言うわね。その通り」

退職する恵理子が話に加わってきた。

「まあ、そんなことを言っても、私はさっさと辞めちゃったから、あまり発言資格はないけどね」

美幸が言った。

「用がないって……。そんな雰囲気があったかなぁ？」

博子が首を傾《かし》げた。

「あなたはすぐに今の部署、なんて言ったたっけなぁ。変な名前の……」

小百合が薄く笑いながら言った。

「変な部署じゃないわ。意識改革・人づくり推進部というのよ」

博子は、微妙に心がざわついた。不機嫌になったといってもよい。変な名前という言葉に、過敏に反応してしまった。アルコールが回っているのかもしれない。

「そうそう、そのなんだか宗教団体みたいな仕事についたから、そういう気分にならなかったのよ」

恵理子が、持っていた赤ワインを空《あ》けた。彼女も酔っている。

「『あなた、辞めます？　どうしますか』って会社に問われたのよ。あんなに頑張っていたのに。私たちがいるから飛行機は飛ぶんじゃないの？　それに対するリスペクトが全くないのよ」

小百合が泣き顔になっている。ワインのせいだろう。こんなにアルコールに弱かったとは意外だ。

「あのね、恵理子、訂正《ていせい》してくれない」

博子は厳しい口調で言った。いつものよう笑いとばすような気分になれず、なぜか苛《いら》ついている。

「何を訂正するのよ」

恵理子が反抗的な表情をした。

「宗教団体みたいって言葉よ。ヤマト航空が破綻したのを根本的に変えようというんだから、人から変えなきゃ良くならないでしょう。宗教団体って、なんのことを言っているのよ」

宗教団体とは、佐々木《ささき》の経営が佐々木教《きょう》と揶揄《やゆ》されていることからだと博子には分かっていた。

「恵理子、訂正なんかする必要ないわよ。博子は、すぐに洗脳されちゃうんだから。あの佐々木っていう人、おかしいわよ。なぜヤマト航空が破綻したのか。みんなが悪かったから。だからみんなが変わりましょうね。それ、おかしいでしょう。私たちは頑張っていたわ。そうでしょう？　会社の業績が悪いってことが分かっていたから、給料減額にも、処遇の悪化にも、客からの罵声《ばせい》にも耐えてきたじゃない。いつもにこにこしてさ。経営者が言っていた『必ず再建できる』っていう言葉を信じていたからよ。それなのに、そんな私たちにどうして『辞めてくれ』なの！　みんなで頑張ろうって言うのが経営者じゃないの！　辞めるのは、そっちでしょう！」

小百合が一気に話した。博子を睨《にら》んでいる。その顔は、どうして一緒に辞めなかったのかと問いかけているようだ。

「だから頑張ろうっていうんじゃないの。破綻したのは事実だもの。どうしようもないじゃない」

博子は冷静になろうとするが、ついつい声が高くなってしまう。

「変わるべきは経営者でしょう。辞めるべきは経営者でしょう。責任もとらないで、新しく佐々木なんとかさんがやってくれば、ホイホイと言いなりになる……。そんなばかなことないわ。今まで頑張ってきた私たちはなんなのよ」

恵理子も小百合に加勢する。他のメンバーも複雑な表情で博子たちを見つめている。

「博子は、何をするの？　本当に噂《うわさ》みたいなことなの？　私は、どんなに雰囲気が悪くなっても辞めないわよ。飛ぶなって言われない限りね……」

幹事の朋美が訊いた。彼女は退職しない。

「噂というと、どんなの？」

「佐々木教って言われているくらいしか知らないけど、とても厳しくて、自分の考え方に社員を洗脳してしまうって……。嫌だなぁ。洗脳されるなんて……」

朋美が嘆いた。

「こんな記事があったわ」

別の仲間が、テーブルの上に一枚のコピーを置いた。

経済雑誌の記事だった。

「見せて、見せて」

小百合が覗《のぞ》きこんだ。

「なになに」と、小百合は記事を手に取って読み始めた。それは、辛口《からくち》で有名な経済評論家が佐々木について語っている記事だ。

「『彼は、都《みやこ》セラ教の教祖ですよ。社員をマインドコントロールして、労働基準法とか蹴《け》っ飛ばした経営をして、業績を伸ばしてきたんです』ってさ。嫌だわ。辞めるという判断、よかったぁ。博子も辞めようよ」

小百合は、テーブルに記事を置いて、博子にからんできた。

「辞めないわよ。CAのプライドにかけてね。絶対に復活するんだから」

博子は、ワインを一息に飲んだ。くらっと頭が揺れた。

「マインドコントロールなんかされないでね。今度会った時、博子や朋美が別人になっていたりしてさ」

恵理子が少し笑った。

「こんな記事なんかどうでもいいわよ。私ね、マインドコントロールだろうがなんだろうが、そんなものどうでもいい。とにかく復活して堂々と空を飛びたい。ヤマト航空の飛行機をもう一度青空に羽ばたかせたい。正直言って、うちの会社っていろいろあったわ。大きな事故も不祥事《ふしょうじ》も……。その時、大きく変わっていれば、破綻しなかったかもしれないって思うのよ。その時、中途半端――ごめんね、小百合や恵理子のことじゃないわよ、中途半端にしか変わらなかったから、破綻したんじゃないの。確かに悪いのは経営者よ。だけどね、私たちだって真剣に変わらないと、二度と飛べなくなる……」

博子は涙が溢れてきた。

「私だって、辞めたくないっていうのが本当の気持ちよ」

小百合が呟《つぶや》いた。目が潤《うる》んでいる。

「とりあえずヤマト航空は辞めるけどさ。別の会社で飛んでいるかもしれないし。そうそう、客になったらちゃんとサービスすんのよ」

恵理子も泣き始めた。

美幸が困惑《こんわく》して、「みんなヤマト航空が好きなのよね。ねえ、辞める人は、残った人を応援しようよ」と励《はげ》ますように言った。

「このままじゃ悔《くや》しい。一時は、辞めてやろうかと思ったわ。でも今は、もう少し頑張ろうかなって思っているの」

幹事の朋美が言い、唇《くちびる》を引き締めた。

「博子、ごめんね。変なこと言って。あんたの言う通りよ。もっと頑張ればよかったのかもしれないわね。そうしたら破綻なんかしなかった……」

小百合が泣いている。

「私、ちゃんとやるから。やらなければならないことはやるからね」

博子の涙が止まらない。

「頑張ってね。私、博子や朋美のフライトに乗るから」

美幸が笑顔で言った。

「ねえ、美幸さん、辞めてから飛行機に乗りたくなるってことなかった？」

博子は涙を拭《ぬぐ》って訊いた。小百合や恵理子たちも耳を傾けている。

美幸は、少し考えるような表情になった。

「そうね。辞めた当初は、毎日、空を飛んでいる夢を見たわね。でも私は、ワインと彼の作る料理が好きだった。それで、もっと好きなようにワインをセレクトしてお客様に喜んでもらえたらと思ったの。店に来ていただくお客様の喜ぶ顔を見ていたら、空を飛ぶ夢は見なくなった……。疲れてぐっすり寝るからかなぁ」

「本当に後悔はない？」

博子は訊いた。

「うん、一度も。それぞれ選べる道はひとつ。進み始めたら、絶対に後悔はしないことよ」

美幸は小さく笑った。

3

森《もり》が、意識改革・人づくり推進部にやってきた翔《しょう》に、一枚の記事のコピーを見せた。

「この記事読みました?」

翔は、それを見て、スーツの内ポケットから、一枚のコピーを取り出した。

「これですか」

翔が取り出したのも記事のコピーだった。

「同じ雑誌の記事ですね」

森が驚いた。

「ひどい記事だと思いませんが」

森が表情を曇《くも》らせた。

「同感です」

翔が言った。

「燃えカス経営者か……。佐々木会長は……」

記事のタイトルは「もはや『燃えカス』経営者　佐々木和人《かずと》」とつけられてい

た。記事内容は佐々木をけなし、非難するものだった。

まず、佐々木がヤマト航空の会長に就任したのは、民主平和党と親密な関係にあるからだという。

そして、佐々木の辣腕《らつわん》ぶりを「佐々木教」という言葉で表現し、その独裁者ぶりを批判する。

ある経営者との比較がなされている。

佐々木と対極にあるとされている経営者が、「限界まで社員を追いこむような経営では上手《うま》くいかない」と佐々木の経営を批判すると、佐々木は「あなたのように、面白おかしく、などとふざけたことを言っていると、会社は潰《つぶ》れるぞ」と反論したエピソードが紹介されている。

佐々木のやり方が猛烈であることは有名だ。ヤマト航空の中からも、懸念《けねん》する社員の声が翔の耳にも入ってくる。

「佐々木会長って猛烈じゃないんですか」

「記事によると『燃えカス』のようですね」

なぜ「燃えカス」なのかというと、佐々木が会長を引き受ける際に「報酬《ほうしゅう》ゼロで引き受けたい」と言い、それを条件にしたからだ。

記事は、「これは美談《びだん》に見えるが、報酬も受け取らず、自社株式も所有しないのであれば、商法上の経営責任を負わないと言っているに等しい」と書き、「あまりに腰が引けている。果たして、出勤は高齢につき週三～四日とか。『私も今までやったことがない』と洩《も》らすリストラも控える中、それで伏魔殿《ふくまでん》・ヤマト航空再建の『最適任者』と言えるだろうか」と、からかうように指摘する。

「こんな記事もありました」

翔は別の経済雑誌の記事のコピーを内ポケットから取り出した。

それは、「佐々木会長に辞任説。ヤマト航空再建計画『コックピット不在』」という見出しだ。

「いろいろ書かれますね。コックピット不在とは、あまり気分のいいシャレではない」

森が苦笑した。

「佐々木の経営方針に対してヤマト航空社内は面従腹背《めんじゅうふくはい》で、上手くいっていない」と、記事は書く。

最近、佐々木は親しい経営者に、「えらい会社に来てもうた」と嘆息《たんそく》を洩らしたらしい。「えらい」というのは「しんどい」「疲れる」という意味の関西弁だ。

ヤマト航空を巡《めぐ》る複雑な政財界の情勢や、リストラ案に必ずしも満足していない銀行団など、もはや経営は機能不全に陥《おちい》っており、ヤマト航空の二次破綻の可能性を、記事は強く示唆《しさ》していた。

「この記事を書いた人は、ヤマト航空が、再度、破綻した方がいいと思っているんでしょうかね」

普段は穏《おだ》やかな森の表情が険《けわ》しい。

ふと翔は、経済ジャーナリストの土橋《どばし》の顔を思い浮かべた。

佐々木がヤマト航空の経営に参画《さんかく》したことなどを、好ましく思っていないジャーナリストだ。

「騒ぎや問題が大きくなればいいと思っている人もいるでしょうね。人は、他人の成功より失敗を喜ぶところがありますから」

「嫌なことですね」

「でも私たちがちゃんとやらねば、そういう人たちの思う壺《つぼ》です」

「佐々木会長で本当に大丈夫なんでしょうか」

森が不安そうな表情をした。

「分かりませんね。本当に『燃えカス』かもしれませんよ」

「ええっ、本当に？」

翔は、初めて佐々木に会った時、強い衝撃を受けた。今までの社内報を一新してくれという言葉は力強かった。決して疲れていたり、ため息をついたりする燃えカスではないと思った。

「冗談ですよ。私たちの方こそ、燃えカスにならないようにしないといけませんね」

「私はまだ、草薙《くさなぎ》さんみたいに意欲的になれないんですよ。これ捨てていいですか」

森は、記事のコピーをひらひらとさせた。

「ええ」

翔が答えると、森は、両手で記事を割《さ》いた。驚くほど大きな音がした。

「すっきりしました。人を呪《のろ》わば穴二つですからね」

他人を呪い殺そうとすれば、禍《わざわい》が自分にも降りかかるから墓穴が二つ必要だという諺《ことわざ》だ。森は記事を書いた記者のことを恨《うら》みたくはないと思っているのだろう。

「それより草薙さんは、ヤマト航空の再建成功を信じていますか?」

森が真剣な目で見つめた。

「改めて問われると、うーんって唸《うな》っちゃいますね。でも自分の勤務している会社だし、ここがだめになったら、仕事を探さないといけませんよね……」

翔は森への回答になっていないと思った。信じています、と言えば済むことだ。信じているからこそ仕事に就《つ》き、役割を果たそうとしている。

「でも草薙さんは、とても意欲的に見えますよ」

「それは……、認めてもらったからだと思います」

翔は、小川《おがわ》の顔を思い浮かべた。今は、もうヤマト航空にはいない。最後の一時期、石嶺《いしみね》に代わって社長代行を務めた。

しかし、本田《ほんだ》が社長に就任し、佐々木が本格的に動き始めると、静かに去っていった。

翔は、悲しみという表現がふさわしいか分からないが、寂《さび》しさを覚えた。それは、ヤマト航空の最後のリーダーだった石嶺や小川が、誰からも拍手をされることもなく本社を去っていったからだ。

よく大臣や自治体の首長が交代する時、たいして仕事をしていなくても花束をもらい、職員の拍手で送られている映像がテレビに流れる。あの映像を見るたびに、この大臣、この市長、何をしたんだっけなぁ？　と首をひねる。

それに比べれば、石嶺も小川も、大げさではなく他人の何倍も苦労をした。思えば今、こうやって仕事をしていられるのも、彼らのお蔭《かげ》だと思う。

でも、誰も彼らを花束や拍手で送ることはしなかった。そのうえ、彼らの存在そのものを忘れようとしているかのようだ。口に出せば、現在の佐々木・本田体制に水を差すとでも思っているかのように……。

それが悲しく、寂しい。翔が、ここにいて広報というやりがいのある仕事を与えられたのは、小川のお蔭だ。小川に認められたからこそ、今、ここにいる。心底、感謝したい。自分を認めてくれた小川のためにも、ヤマト航空の復活を信じて頑張りたいと思う。

「認めて、ねぇ。そうですね。私、自分が何をやったらいいか、分かりかねています。仕方がないですね。少し前までと全く違う仕事ですからね。意識改革、人づくりなんてね。私も認められたから、ここにいるんでしょうね。でもね、勤務していた会社が破綻して、それですぐに頭が切り替わって、さあ、頑張ろうなんて、人間、そんなに単純じゃないですよね。難しいなぁ」

森は、深くため息をついた。

「誰も彼も、破綻、再生と不連続なのに、連続しているように錯覚《さっかく》している状況じゃないですか」

翔は、今の自分たちの気分を説明した。

「不連続と連続？」

森が首を傾げた。

「人は誰でも、昨日がずっと明日まで続いていると思うことで安心するのだと思うんです。私たちだって同じヤマト航空がずっと続いていると思いたいのです。変化しましょう、変化しなければならないというのは経営者の言葉で、私たち勤めている者は、実は、変化を嫌うんじゃないでしょうか。でもね、今、私たちは不連続なんです。以前のヤマト航空は、破綻という事実で、一旦《いったん》、途切れたんです。不連続と認識しなければ、頭は切り替わりません。私は、そうなるように努力するつもりです。なかなか難しいですが……」

「草薙さんの言う通りだなぁ。言うは易《やす》し、行うは難《かた》しだけれどね。さあ、リーダー研修の準備をしないと……。頑張りましょう」

森は、「はいっ」と気合を込め、右腕を曲げると、力瘤《ちからこぶ》を作った。

「リーダー研修に出席する経営幹部は決まったのですか」

「それが……」と森は憂鬱そうな表情で、「佐々木会長は当然ですが、本田社長以下役員全員、あと主要な部長さんたち、総勢五十二名もです。二十五階の会議室で、これから週四回、延べ十七日間の集中勉強会なんです。これだけ多くの偉い人を、この忙しい中、集めるなんて気おくれがして……」。

「週四回、十七日間もですか。今、やらねばならないことがいっぱいあるのに、それだけ拘束するんですか」

翔は驚いた。

「研修の後は、コンパをやるということです。何を準備したらいいか分からないので、都セラの皆さんに教えてもらっているんですが……」

「コンパ？」

「みんなで缶ビールを片手に、本音のディスカッションをするようです」

翔は、何かの記事で読んだ記憶があった。

佐々木の関係する会社では、役員や部長たち、若手社員が酒を飲みながら経営について議論をするらしい。

「佐々木会長が経営再建に成功されたビジネス機器メーカーでもコンパが行われて、都セラに対する警戒感や佐々木会長に対する誤解などが解けていき、若手から活発な意見が出るようになったそうです。そのビジネス機器メーカーの人は、心がひとつになると、これほど強いのかって驚かれていました。これも草薙さんが言った不連続の認識じゃないですかねぇ」

「大変ですね」

翔は、リーダー研修の事務局を預かる森の苦労を思った。

佐々木の肝入《きもい》りの会議であれば、役員や幹部たちは、自分の仕事を中断しても集まるだろう。

しかし、日々が連続していると認識している幹部は、なぜ、研修などに時間を割くのだと不満に思うに違いない。今、処理しなければならない日常業務がたくさんあるのだから、そう思うのは当然のことだが……。

「皆さんに集まってくださいと言うのは憂鬱ですが、集まった人たちがどう変わっていくのか、その結果自分もどう変わるのか、見てみたいという興味はあります」

森は笑って、準備のために部屋を出ていった。

翔は、スーツの内ポケットから手帳を取り出した。そこには、佐々木が会長に就任した際に語った言葉の一節が書き留められていた。

翔はそのページを開く。

「企業の宝とは、そこに集《つど》う社員であり、さらには社員の心だと思っています。社員が心の底から会社発展のために貢献したいと思うなら、その企業は必ず発展し、またその繁栄を継続することもできるでしょう」

佐々木の言葉は、どこにも難しい表現はない。すっと沁《し》み込んでくる。

しかし「心」ってなんだろうか。今までだって、みんなで心をひとつにして頑張ろうと言ってきたではないか。それができなかったから破綻したのだろうか。

「心」ってそれほど重要なのだろうか。

翔は、佐々木の言葉に込められた、その深さへの理解が及ばない自分にもどかしさを感じていた。

4

「私たち一人一人が、どういう考え方、どういう信念、どのような人生観を持って毎日生きていくのか……」

佐々木が正面に設営された横長のテーブル席に座り、マイクを使って話し始めた。

ゆっくりと、ひと言《こと》、ひと言、言葉を噛《か》みしめている。

役員や経営幹部たちが、教室形式に並べられた席に、まるで寺子屋の生徒のように座っていた。

舘野《たての》は、じっと佐々木を見据《みす》えている。その口から出る言葉を聞き逃《のが》さないように気を張っていた。他の参加者たちも、姿勢を正して耳を傾けている。

佐々木は、何よりもリーダーの変革が優先すると言い、研修が始まったのだが、実際に経営再建に効果を発揮するのか、舘野はまだ自信が持てなかった。

自信がないからといって、リーダー研修に疑問を抱いているわけではない。ヤマト航空は変わらねばならない、という強い気持ちはある。

倒産すれば、飛行機は空を飛べなくなり、自分たちは失業し、債権《さいけん》者の怒声《どせい》に怯《おび》えることになるのが通常の姿だ。

それが、今はどうだろう。今までと変わらず飛行機は飛び、自分たちは失業することもなく、怒声の代わりに激励《げきれい》の声が聞こえてくる。

これって甘くないだろうか。

ヤマト航空は社会に絶対に必要な会社だから、何があってもなくなることはないと思ってはいないだろうか。

再建されて当然だと、傲《おご》りがあるのではないだろうか。

これらの疑問を払拭《ふっしょく》するために、私たちは「新しいヤマト航空」を作らねばならない。昨日までの「ヤマト航空」ではだめなのだ。舘野は、そう強く思っている。

そのために何をやるか。再建のために多くの施策を行う。リストラや路線廃止なども行う。それらに加えて、今までと違う何かを行わねばならない。それがリーダー研修ではないのか。

自分たち幹部が変わらなければ、ヤマト航空は変わらない。まず自分たちが変わる必要があるのだ。

外部からは、佐々木の話を聞くなんて、迂遠《うえん》な方法だ、他にやることはあるだろう、佐々木教だなどと批判されていることは承知している。

しかし、再建に絶対という方法はない。佐々木は、多くの企業を創業し、成長させ、また再建してきた。その経験に基づく方法が、ヤマト航空でも有効に働くはずだと考えて取り入れるのは、当然のことだ。

その方法を活かし、根づかせ、成功に導くのは自分たちだ。もしこの方法が失敗すれば、それは佐々木の失敗ではない。自分たちの失敗だ。後はない……。

佐々木の言葉が耳に入ってくるたびに、いろいろな思いが湧《わ》き上がってくる。何も考えずに、まるで坐禅《ざぜん》でも組むようなつもりで聞いているが、悟《さと》りには程遠い。なぜ破綻したのかという自らへの問いかけに、反省、悔恨《かいこん》など、悔《く》やんでも悔やみきれない思いが浮かんできて、心を鷲摑《わしづか》みにする。

舘野は、不思議な感覚にとらわれていた。真っ暗な中に自分が一人で座っているのだ。周りには誰もいない。少し離れた場所がぼんやりとした明かりに照らされ、そこには佐々木が座っている。

どれだけ広い空間なのか、暗くて分からない。しかし、不思議と不安は感じない。その空間の中に、佐々木と舘野の二人きりだ。

佐々木が舘野に語りかける。他の幹部たちはいったいどこに行ってしまったのか。どうして佐々木と二人きりになってしまったのか。

しまった。眠ってしまったのか。ここ数日、ほとんど十分な睡眠《すいみん》を取っていない。再建のために、多くの仕事を一気にこなさなければ間に合わないからだ。疲れているからといって、それが居眠りの言い訳にはならない。

舘野は、思い切り腕の皮膚《ひふ》を摘《つま》み、ねじった。痛みが走る。しかし周囲の様子は変化しない。居眠りをしたのではないようだ。佐々木と一対一はそのままだ。

佐々木会長は自分に語りかけている……。舘野は、この不思議な世界に身を委《ゆだ》ねることにした。

「自分の能力が高いことで傲慢《ごうまん》になり、努力を惜《お》しむ人よりも、謙虚に自分にはたいした能力はないと思って誰よりも情熱を燃やして努力した人の方が、はるかに素晴らしい結果を残すことになります……」

能力より熱意か。自分は、どうだったのか。たいした能力もないくせに、能力があると思っていたのではないだろうか。熱意はどうだろうか。あるように見せていただけで、実際は、他人任せにしていなかっただろうか。業績が上がらないのも、景気が悪い、SARS《サーズ》などの病気が流行《はや》った、政府が景気対策をしないから……。

「考え方が重要です。考え方とは、生きる姿勢です。ほんの少しの否定的な考え方を持ったとしても、人生の結果は全《すべ》てマイナスになってしまいます。能力や熱意とともに、人間として正しい考え方を持つことが何より大切なのです」

考え方、それは「心」だ。考え方が否定的なら、どんなに能力や熱意があっても良い結果を生まないと佐々木は言う。

マイナス思考からは、マイナスの結果しか生まれない。当たり前のことだが、人生の成功もヤマト航空の再建成功もみんな、当然のことができるかどうかにかかっているのだ。

舘野は何かが摑《つか》めてきたような気になり、感動が静かに押し寄せてきた。佐々木が、ふっと笑みを浮かべたような気がした。

周囲が明るくなった。隣にも、その隣にも、先ほどと同じように経営幹部たちが座って佐々木の話に耳を傾けている。違うのは、どの表情にも自分と同じような感動が浮かんでいるような気がしたことだ。

佐々木は、正面に座って話し続けている。

「例えば、ベンチャービジネスの事業家がいます。彼は、能力も熱意も人一倍あります。そのお蔭《かげ》で、一時期は大成功をおさめます。しかし結局、失敗し、中には不正を行って逮捕《たいほ》されてしまう人も現れます。なぜでしょうか。それは考え方が悪かったということです。世のため人のための事業でなくてはなりません。金のため、自分の儲《もう》けのために事業を行ったから失敗したのです……」

佐々木はベンチャー企業の雄《ゆう》と言われる。彼は都セラミックを創業し、一流企業に育て上げた。しかし、もはや都セラミックはベンチャー企業ではない。一流、大企業の雄と言われるべきだ。それなのに、今もなおベンチャー企業の雄と言われるのは、次々と新しい企業を創業し、また破綻した企業の再建を手掛けるなど、ベンチャー精神を失わないからだ。

日本では多くのベンチャー企業が生まれ、そして消えていく。うたかたのごとくだ。なぜ長く続かないでたちまち消えていくのか。佐々木は考え方が悪いからだと言う。

ベンチャー企業ばかりではない。ヤマト航空という大企業も同じだ。考え方が悪ければ破綻する。舘野は、身震《みぶる》いを覚えた。

「十分間の休憩をします」

進行担当の森の声が会場に響いた。佐々木が退場した。

「ふうっ」

隣に座っている部長が、ため息をつき、テーブルにうつぶせになった。疲れているのだろう。法人営業を担当している部長だ。

「いい話でしたね」

舘野は、彼に言った。

彼は顔を上げた。目が赤く充血している。眠そうだ。

「そうですかね？」

彼は、不平、不満に満ちたような重苦しい表情を舘野に向けた。

「私はいい話だと思いますが」

「当たり前のことっていいますか、そんなこと、今さら言われなくてもって感じがしましたけどね。おっと、大きな声で言って聞こえたらまずいですね」

彼は周囲を見渡して、声をひそめた。

「当たり前といったら、それまでですが……」

舘野は眉《まゆ》をひそめた。

「考え方を変えただけで会社は良くなるって、安易《あんい》すぎませんか。今までだって、何度も考え方を変えようとしてきたじゃないですか。お前たちの考え方が悪い、なっていないから破綻したんだと言われているようで、気分が悪いですよ」

彼の表情に怒りがこもっていた。

「でも破綻したわけですから、何かが悪かったんじゃないですか」

「そりゃそうでしょう。悪くなかったら、破綻なんかしませんから」

彼の声が大きくなってきた。もはや周囲を気にしていない。

「なぜ破綻したか、突き詰めないと本当の再建はできません」

「なぜ破綻したかって？　それは政治家の言いなりになってきたからでしょう。ジャンボジェット機をいっぱい買わされ、ガラ空きのまま空を飛ばなきゃならなかったなんて、政治家のせいですよ。もっと政治家に毅然《きぜん》としていりゃ、こんなことにはなってません」

彼は吐《は》き捨てるように言った。

「そういう面もありましたが、今さら言っても仕方がないでしょう。変わらなきゃならないのは私たちですから」

「お言葉ですが、それが腹立たしいんですよ。佐々木会長には申し訳ないが、我が社の歴史も航空運送事業についても全くご存じなくて、『あなた方の考え方が悪かったから破綻した、再建するには考え方を変えなければならない』。こんなの、ハイ、そうですかと納得できますか。なんだか毎日、頑張っているのがアホらしくなってきますよ。でもちゃんと働きますよ。この歳《とし》でクビになったらおしまいですからね」

彼は、もう話したくないとばかりに、ふたたび机に伏せった。

舘野は、彼を見つめた。そして周囲の幹部たちを見渡した。先ほどまでは、彼らの表情に感動が浮かんでいるように見えていた。誰もが自分と同じように、佐々木の話を素直《すなお》に受け止めていると思っていた。しかし、今は、どの顔にもとまどいが浮かび、不平、不満が満ちているように見えてきた。

短い休憩が終わった。

テーブルが並べ替えられた。

「これからグループでディスカッションをしていただきます」

　森が言った。

　幹部たちから、歓声というよりも呻《うめ》き声が発せられた。いったい今から何が始まるのだろうという思いがこもっていた。

　テーブルには、舘野以外に四人の幹部が集まった。その中には、先ほど隣に座っていた法人営業の部長がいた。名札を見ると、早瀬耕助《はやせこうすけ》と書いてある。

「皆さんで、先ほどの佐々木会長のお話を踏まえて、自由に意見を出し合ってください。ここでは相手の立場に対する遠慮や気づかいは無用です」

　森が指示する。

　舘野は、四人の幹部を見つめた。

　人事も担当している舘野は、彼らの顔は知っている。しかし、話したことはない。ヤマト航空ほどの大企業ともなれば、幹部同士が親しく言葉を交わすということはない。初めて話をすると言っていい状態だ。

　言葉はない。誰もが様子見だ。警戒しているのだ。きっかけを作らなければ、このまま無言で時間だけが過ぎていく可能性がある。

　先ほど、言葉を交わした早瀬を見た。早瀬は、舘野の名札に視線を向けた。舘野が、人事や総務を担当する執行《しっこう》役員だと気づいたのか、やや気まずそうに顔を背《そむ》けた。

他のテーブルも、それほど活発な意見を交わしている様子はない。誰もが、穴倉に入って出てこない。これはヤマト航空の欠点でもある。隣は何をする人ぞという姿勢の社員が多いのだ。いい意味では、お互いの立場をおもんぱかって干渉《かんしょう》しない紳士的な会社だということになるが、悪くするとセクショナリズムに陥ってしまう。

もう一度、同じテーブルの幹部を見つめた。誰もが口を固くつぐんでいる。余計なことは言わないでおこうと心に決めているようだ。

舘野は、自分から言葉を発することにした。

「舘野といいます。今さら、自己紹介というのもおかしいですが、人事や総務を担当していますが。何を話せばいいでしょうかねぇ。司会者は、さっきの佐々木会長のお話を踏まえてということでしたが……」

舘野はわずかに目線を上に向け、話すことを考えた。

「私の家庭のことを話します。私には妻と娘が一人います。娘は今度、大学受験です」

四人の幹部たちの視線が、自分に集まるのを感じた。人事、総務担当だから、佐々木の話を無条件で礼賛《らいさん》すると思っていたのだろう。それなのに、家族のことを話し始めたので、様子が違うことに興味を覚えたようだ。

「破綻した時は、私以上にショックを受けていましたね。私は、仕事に忙殺《ぼうさつ》されていましたし、ある程度の覚悟《かくご》もあったのですが、娘は、全く寝耳に水の事態だったものですから」

早瀬が、何度か頷《うなず》いている。同じような思いを抱いているのかもしれない。

「泣かれましてね。パパ、どうなるの？　って。だってヤマト航空って最高の会社だって話していたじゃない。私だって、CAを目指したいと思っているのにってね。娘は、殊勝《しゅしょう》にも、私が失業して我が家にお金がなくなるんだったら、大学進学を諦《あきら》めてもいいって言うんですよ」

舘野は、その時を思い出して、鼻をぐずらせた。

「私は、申し訳ないなぁと思いましたね、痛烈《つうれつ》に。娘にこんな心配をさせるなんて父親失格だと思いました。私は、娘に謝りました。心配かけてごめん。それで、お前は心配しなくていいから、ちゃんと勉強しなさい。大学には行っていいから。お父さんは頑張るからって。情けない父親になりたくないですからね。それに輪をかけて情けないのは、今回、人事を担当していて、多くの仲間に去ってもらわざるを得ないことです。自分が辞めれば楽なのにと、いつも思っています。これは辛《つら》いです。本人だけじゃなくて、私の娘のように家族をも悲しませているわけですから。

私は、情けない人間になりたくない。だからどんなことをしてでも再建したいと思っています。ヤマト航空は、潰れたんです。後には引けないんです。そういう思いで、ここに座っています」

舘野は話を終えた。自分の思いが彼らに伝わっただろうか。

「私が話していいですか」

早瀬が他の幹部たちを見て言った。

「どうぞ、どうぞ」

別の幹部が早瀬に発言を促《うなが》した。

「舘野さんの話を聞いて、その通りだなと思いました。私にも息子がいます。今、中学生ですが、生意気《なまいき》で、オヤジの会社、潰れちまったじゃねえかとため口をきかれてしまって……」

早瀬は頭を掻《か》いて苦笑した。

舘野も笑った。

「私は、ため口をきかれて悔しいものですから、大丈夫だ、心配するんじゃねぇ、オヤジは頑張るからと言ってやりましたが、でも実際はどうなるか、我が社はどうなるのか、不安でいっぱいです。こんなところで、のんきに会長の話を聞いていていいのかと思っている次第です。今日だって、会長からの指示だから出席しているだけで、ここで時間を潰すくらいなら、一件でもお客様のところを回りたいんです。こんな当たり前のことを聞かされるだけで、どうして再建できるというんですか。悪いのは、君たちだ、心を入れ替えなさいと言われるのも心外です。私も舘野さんと同じで息子に情けない父親だと思われたくないので、必死で頑張ります。しかし、ここでの研修は時間の無駄《むだ》のような気がします……」

早瀬は言い終わると、ふうとため息をついた。そして、「遠慮は無用と言われましたので、失礼しました」と呟くように言った。

ふたたび、テーブルが沈黙に支配された。早瀬が、リーダー研修などは無駄だと言ったために、意見の方向をどうしたらいいのか、他の幹部たちが迷っているのだろう。

せっかく娘のことを例に出して話しやすくしたのに、これでは藪《やぶ》へびだ。

「私も、このリーダー研修の意味が本当のところ、よく分かりません」

別の部長が言った。

いったいどういう流れのディスカッションになっていくのだろうか。

第五章　変わり始めた組織

1

「君たちは！」

佐々木《ささき》が大きな声で言った。

役員たちが緊張した顔で車座になっている。その輪のなかに座っているのは佐々木だ。上着を脱ぎ、その場に無造作に置いている。目の前には、缶ビールとスルメやおかきなどのつまみが、ささやかに置かれている。佐々木は、別の車座で、すでに缶ビールを一本、空《あ》けていた。今、二本目だ。

舘野《たての》が周りを見渡すと、会議室にはあちこちに車座ができ、役員や幹部たちがごちゃ混ぜになって議論をしている。佐々木は、それらの車座を順番に回り、つい先ほど、舘野のいる車座にやってきた。そして座るなり、力強い声を張り上げた。

「社員を守る気概《きがい》がなかったんじゃないか。役員の仕事は、社員を守ることだ。彼らを守るためには、あなた方はもっともっと必死にならないといけない」

佐々木は、わずかに頬《ほお》を赤らめ、眼鏡《めがね》の奥で目を光らせた。

リーダー研修が始まって一ヶ月が過ぎた。

舘野は、その間、今まで話したこともない役員や幹部たちとグループになり、話し合った。

「コンパ」と銘打《めいう》って酒とつまみが用意され、さらに本音で語り合おうというのだ。

「コンパ」とは、なんとも懐かしい響きの言葉だ。学生時代に親睦《しんぼく》を深めるために「コンパ」と称して仲間とよく酒を飲んだが、それ以来ではないだろうか。

「コンパ」は「カンパニー」の略だ。仲間とか会社などと訳されるが、会社とは仲間が集まっている場所なのだろう。そこは社長、役員、社員という上下関係ではなく、ちょうどこの車座のように「円」の関係なのではないだろうか。

舘野は、佐々木を見た。随分と佐々木を身近に感じ始めている自分に驚いていた。何かが変わり始めていた。それは舘野だけではなく、他の役員や幹部たちも同じだった。

＊

ある日のリーダー研修で、トイレに入ろうとした時のことだ。ばったりと早瀬《はやせ》に会った。彼とは、研修の初日に同じグループになった。あの時、佐々木や研修そのものに疑問を抱《いだ》いていたのを思い出した。

早瀬が、トイレを出る時に明かりを消した。

「あっ」

舘野が声を上げた。急に暗くなったからだ。

「すみません」

早瀬が慌《あわ》ててスイッチを入れた。トイレがふたたび明るくなった。

「驚きましたよ。停電したのかと思いました」

舘野は早瀬に振り返った。

「舘野さん、すみません。癖《くせ》になっているものですから」

早瀬は、頭を掻《か》きながら、「すみません」を繰り返した。

「いえ、いいんですよ。でも癖ですか。家だと女房に叱《しか》られますからね。電気代がもったいないって」

「そうじゃないんです。家で躾《しつ》けられたんじゃないんですよ。佐々木会長に躾けられました」

早瀬は真面目《まじめ》な顔で言った。

舘野は、立ち止まった。

「佐々木会長に？」

思いがけない早瀬の言葉に、舘野は首を傾《かし》げた。

「最初、舘野さんに、こんなリーダー研修をやっていたって会社は良くならない、そんな時間があったら、お客様のところにセールスに行かせてほしいなんて言っていたのを覚えておられますか」

「ええ、まあ。覚えています。リーダー研修が始まった頃ですよね」

舘野は、返事を躊躇《ちゅうちょ》した。覚えていると言っていいものかどうか、考えてしまったのだ。

「本当にあの時はいらいらしていました。くだらないと思っていました。ところが不思議ですね。何回かリーダー研修を繰り返しているうちに、考えが徐々に変わってきたのです。いろいろな人たちや役員の人たちと話をしたのが良かったですね。本音をぶつけ合ったのがきいたんじゃないかと思います」

「そうですね。随分と言い争いめいたこともありましたね」

舘野は、微笑《ほほえ》んだ。

「ある役員が、旅客数が伸びないのは、中国で感染症のSARS《サーズ》が発生したり、リーマン・ショックのような予期せぬことが起きたからだと、なんだか自分には全く関係ないといったような発言をしたんですよ。私、かっとしましてね。SARSとリーマン・ショックでも倒産しなかった会社もありますよ。経営悪化を外的要因に責任転嫁《てんか》するなんて、役員の責任放棄だなんて言ってしまったんです」

「そうだったのですか。それは厳しいことを言いましたね」

「そうしたらそのグループの他のメンバーも、潰《つぶ》れたのが外的要因なら、どこの会社も平等に潰れたはずだって言い出しましてね」

「早瀬さんの意見に賛成したんですね」

「その時、はっと気づいたんです。外に原因を求めちゃいけないってね。自分で口に出しながら、本当にそうだと腑《ふ》に落ちました」

「その役員は、どうですか」

「口ごもっていましたが、確かにそうした事態は、いつ起きるか分からない。それに対処するのが経営だったと反省しておられました。偉いですよね。素直《すなお》に間違いを認めるなんて、なかなかできることじゃない。その時、思わず拍手しましたよ」

早瀬は、拍手をする真似《まね》をした。

早瀬はいつまで話し続けるつもりなのだろうか。嬉《うれ》しそうに話すのを止めるのも申し訳ないが……。

「それで佐々木会長に、電気のスイッチを切ることを躾けられたという話はどうなりましたか」

「ああ、そうでした、そうでした。その話でしたね。責任転嫁をしてはいけないと思ったら、佐々木会長の話が素直に耳に入るようになってきたのです。すると『売上を最大に、経費を最小に、これこそがヤマト航空を高収益企業にする』という佐々木会長の当たり前すぎる言葉が聞こえてきて、売上が伸びない時には経費を節減しようという気になったのです。それなら余計な電気をつけないようにしよう。こんなささいなことだけど、積み重なれば大きいだろうと思ったのです。少しでも経費を節約して、その分、お客様に喜んでもらえるようにしよう。そう思えるようになったのです」

早瀬は、照れたように微笑んだ。

「そういうことですか……」

「まあ、人間というものはいつでも変われるということですね。それがよく分かりました。私は、良い方に変わったのだと思います」

早瀬は、ようやく話し終えたのか、舘野に背を向けた。

舘野は、すっかり尿意が抜けていたが、それでももと思い、トイレに行こうとした。

「舘野さん、電気、消してくださいね」

早瀬が振り返った。その顔には素直な喜びが浮かんでいた。

「はい、そうします」

舘野は答えた。

早瀬が立ち去っていく後ろ姿を眺《なが》めながら、「人間というものはいつでも変われる、か……」と舘野は呟《つぶや》き、ふっと笑《え》みを洩《も》らした。

＊

「会長、お言葉ですが」

ある役員が、佐々木の話に反応した。

「そんなもったいぶった言い方はしなくていい」

佐々木はつまみのおかきを口に入れた。

「そうでした。すみません」

役員は苦笑した。車座になった他の役員や幹部たちも笑みを浮かべた。

以前なら、社内には慇懃《いんぎん》無礼《ぶれい》な言い方が蔓延《まんえん》していた。しかしリーダー研修でそれぞれが顔見知りになり、徐々に本音で語り合えるようになると、そういう言い方はなくなってきた。それは佐々木に対しても同じだ。各自が、役職や立場を超えて、近い関係になってきたのだ。

「私は社員を守る気概は十分に持っているつもりです」

役員は、佐々木の言葉に反発した。

「そうかね？」

佐々木は小首を傾げた。

「そうです」

「では聞くが、必死に行動したか。あなたは自分の担当現場に何度足を運んだかね。現場にいる社員たちの名前をここで挙げることができるか。彼らがどれほどコスト削減に努力し、また反対に無駄《むだ》なことを行っているか、金額換算した上で把握《はあく》しているか。説明しなさい」

佐々木は容赦《ようしゃ》なく畳《たた》みかけた。役員は困惑し、黙りこんだ。

彼が担当する部門には、いったい何人の社員が働いているのだろうか。部長、課長の名前くらいは知っているだろうが、それ以外は知らないだろう。

また仕事内容やコストなども、役員は全体を把握していれば良しとされている。それぞれの部門ごとのコストなど、詳細には把握していない。そんな細かいことに目を向けていられないというのが理由だ。

「それは、ちょっと……」

役員は、ようやく絞《しぼ》り出すように言葉を発した。

あまりの苦しそうな声に、車座の中で失笑が起きた。

「今、笑った人がいたね。その人は、全《すべ》ての現場を把握しているか？」

佐々木は厳しい目で笑いが起きた場所を睨《にら》んだ。

舘野は、佐々木の目を正直、怖《こわ》いと思った。

「それは役員の仕事ではないのではありませんか」

役員が言った。

「では誰の仕事だと言うのかね」

佐々木は迫った。

「それは現場の責任者の仕事です。役員は全体を監視、監督するのが仕事で、細かいことは現場が掌握《しょうあく》しています。そこまで口を挟《はさ》むと、かえって現場のモチベーションを下げてしまいます」

「役員が現場の詳細を把握しないで、どうやってコストダウンを図《はか》り、お客様へ最高のサービスを提供するんだ。役員や幹部の皆さんは現場に出向き、現場の実情をつぶさに把握しなさい。必ず現場の士気は向上する」

「あまりミクロにとらわれますと、全体を見失うのではないでしょうか」

いつの間にか役員の表情には、真剣さの中にも、どこかゆとりが感じられるようになってきた。

佐々木との議論を楽しんでいるかのようだ。今までなかったことだ。リーダー研修が始まった頃は、誰もが自分の考えを胸の中に収めていた。決して表には出さず、黙って佐々木の話を聞き、時間が過ぎていくのを堪《こら》えていただけのようだった。

しかし、今では、佐々木と議論することで自分の考えを深めるようになっている。

人間というものは、いつでも変われる……。早瀬の言葉を思い出しながら、舘野は佐々木と役員の対話を聞いていた。

「会社経営というのは現場が基本である。問題が発生したり、新しいことをやろう、新しいヤマト航空を作ろうとする時、いつでも現場に立ち戻ることが大事だ。机上《きじょう》の空論では何も前進しない。現場主義こそ、ヤマト航空の新しい価値観である。私は、ヤマト航空が潰れた大きな原因のひとつに、本社の間接部門、あなた方のことだが、その間接部門と現場とが本音で語り合い、ベクトルを一致させていなかったことがあると考えている。ベクトルを合わせなければならない。現場は宝の山だ。ヤマト航空再建のカギとなる生《なま》の情報が、現場には多く隠されている。今こそ、あなた方は現場に足を運び、現場の社員たちと本音で語り合ってほしい。あなた方は現場の彼ら以上に、現場のことを知ることが大事だ。そうでないと再建はできない」

佐々木はきっぱりと言い切り、役員をじっと見つめている。

「このリーダー研修で学んだフィロソフィを現場のみんなと共有したいと思いますが、会長、どうでしょうか」

役員が提案した。

「それは大賛成だね。私も同じ考えだよ。リーダー研修を踏まえて、皆さんの手でヤマト航空フィロソフィを作成してほしい。素晴らしいフィロソフィを作成しよう」

佐々木が言った。

車座の役員や幹部たちが背筋を伸ばし、緊張して佐々木を見つめた。

佐々木はベクトルを合わせなければならないと言った。

ベクトルとは、皆で同じ方向を見ることだ。同じ方向、それはヤマト航空を再建するという方向だ。役員も経営幹部も一般社員も同じ方向に向かって努力すれば、一プラス一が二ではなく、五にも十にもなるだろう。

そのためにヤマト航空のフィロソフィが必要なのだ。問題が起きた時、何かを始めようとする時、企業の経営哲学、経営理念に立ち返らねばならない。それが背骨だ。しっかりした背骨がなかったから、ヤマト航空は潰れてしまったのだ。今度こそ、どんなことがあっても折れない背骨を作らねばならない。

役員や幹部たちは徐々に変わり始めている。次は社員たちだ。社員たちも、同じベクトルに向かうように変わってくれるだろうか。

舘野は、唇《くちびる》を引き締め、じっと佐々木を見つめていた。

2

「CLMに行きましょうか」

博子《ひろこ》が翔《しょう》に声をかけてきた。

CLMとは、コミニュケーション・リーダー・ミーティングだ。異なった部署の若手が集まってきて、業務の改善を図るものだ。

最近、博子と取材に行くことが多くなった。翔は、社内報を根本から変えてほしいと佐々木に命じられた。そのため翔は、社内で起きている新しい芽を見つけようと努力している。

意識改革・人づくり推進部に属している博子は、翔にいろいろな情報を提供してくれる。

「ＣＬＭですか」

「最近、以前にも増して盛り上がっているのよ」

「行きましょう、行きましょう」

翔は、カメラを持った。

ＣＬＭは、それぞれの職場のリーダーが呼びかけて自発的に行っている。会社もその効果を理解するようになり、公式な活動として認められた。しかし公式だろうが、非公式だろうが、あまり関係はない。

「盛り上がっているというのは本当ですか」

「そうなの。以前も熱心に行われていたのだけれども、再建が決まってから、もっと盛んになったわ」

「いいことですね。現場で、みんながなんとかしたいと思うようになってきたということでしょうか」

「そういうことじゃないかしら。もう二度と潰れるわけにはいかないから必死になっているのよ」

本社からモノレールに乗って羽田空港に到着した。

午後五時半になろうとしている。

「早く行きましょう」

博子は早足で歩く。CLMが行われているのは、CAたちが出発前に打ち合わせをするフロアの一角だ。博子は、今でも現役のCAだ。慣れた場所へ行くのは早い。翔は、息を切らせながらついていく。

「着きましたね」

何人かがテーブルを囲んでいる。CLMは強制ではない。各自がテーマを持ち寄って、時間が空いているメンバーで話し合う。

テーマにはすぐに解決できるものもあれば、後で検討しなくてはならないもの、上司と相談しなくてはならないものなどもある。メーカーで行われているQC活動に似ているかもしれない。

「おっ、広報じゃないの」

整備担当の社員が翔を見て言った。

「すみません。皆さんが熱心に議論されているところを取材させてください」

翔は、カメラを構えた。

「上原《うえはら》さん、こっち、こっち」

若手CAが自分の隣の席をあける。

「あれ？　上原さんもメンバーなんですか。自分のメンバーを取材させるんですか」

翔は訊《き》いた。

「そうよ。いいじゃない、熱心にやっているんだもの。最近、本社での仕事が忙しかったから、ちょっと参加できていなかったのだけれどね」

博子は、笑顔で若いCAの隣に座った。

「今日のテーマは定時性についてです。飛行機を時間通りに出発させることにこだわって、お客様のことを忘れていませんかってことです」

若手CAがテーマを出した。定時性とは、飛行機の発着時間を守ることだ。これはいわば、フライトの基本だ。

「定時性そのものが、お客様へのサービスになっているんじゃないですか。整備も定時性には真剣に取り組んでいますから」

整備担当が発言した。

「でもぎりぎりの十分前くらいに来たお客様に、どのように対応したらいいんでしょうか。お断りするんですか」

チェックイン担当の女性社員が言った。グループ会社の社員だ。

「締め切りは十五分前でしょう。ちゃんと断りを入れてあるしね。マニュアルでも締め切りを守ることと書いてあるわ」

博子が発言した。敢《あ》えて否定的な発言をしているようだ。

「私、一度、ぎりぎりに来られたお客様を必死でご案内したんです。するとみんなに文句を言われはしないけど、白い目で見られたような気がして嫌な気持ちになりました」

チェックイン担当が言う。

実際、空港では乗り遅れを防ぐために、放送で呼びかけたり、案内係がお客様を探したりと大変な苦労をする。遅れる乗客は多様だ。飛行機に乗りなれていない方、体調を崩している方なども いる。

一番、困るのは常連客だ。乗りなれているからこそ、これくらいは大丈夫だろうとゆっくりしている。もしチェックインカウンターが閉鎖していたら、以前はやってくれたのにどうしてだめなんだと、クレームをつけてくる。自分が遅れたことで、他の多くの乗客に迷惑をかけるという想像力が働かない。

「でも……私、自分が遅れた時に、ものすごく感激したことがあるんです」

彼女が言った。

「どういうこと？」

博子が話を促《うなが》した。

「日本ではないんですが、ジャカルタでガルーダ航空に乗ろうとしたんです。そしたら渋滞でバスが遅れて、空港に着いてから必死で走りました」と彼女は走る真似をする。笑いが起きる。

「それでどうなったの？」

博子が訊いた。

「カウンターに着いたら、クローズしていたんですよ。担当の人はいたので、私、もうなりふり構わずお願いしました。あの飛行機に乗らないと日本に帰れないって……」

「そりゃ大変だったね。ヤマト航空にすればよかったのに」

整備担当が茶化した。

「私、いろいろな会社の飛行機に乗るのが好きなんです。そうするとサービスの違いが分かって、参考になるでしょう？　お客様って、他社にも乗っておられるから、うちの良さも悪さも分かるんですよ。だからプライベートでは、できるだけ他社の便に乗るように心がけています」

彼女は言った。

「えらい」

翔は思わず口に出してしまった。

「ありがとうございます」

彼女が照れくさそうに頭を下げた。

「それで乗れたのですか」

　若手ＣＡが言う。

「乗れたんですよ」

　彼女は満面の笑みになった。

「すごいわね。クローズしてたんでしょう」

　博子が驚いた表情をする。

「ええ、でもすぐにチェックインをして、係員の人が、急げって一緒に走ってくれて。日本に帰るのか、インドネシアはどうだったって走りながら訊くんですよ。私、返事するのに息が切れるほどだったのですが、最高だった、バリもジャカルタも最高って。それで私が席に着くと、すぐに出発でした。離陸してすぐＣＡがお水を持ってきてくれて、お疲れ様って」

「他のお客様は怒らなかったのですか」

　若手ＣＡが訊いた。

「ええ、誰も。隣に座っていた欧米の人は、間に合ってよかったね。インドネシアは融通《ゆうずう》がきくからねって」

　彼女は答えた。

「いい話だと思います。今の発言を聞いてどうですか。私たちもマニュアルにないサービスをしてこそ、お客様に喜ばれるのではないでしょうか」

整備担当が言いながら、周りを見る。

「でもルールは必要よね」

博子は、チェックイン担当の彼女の発言に安易に同調することなく、議論を深めようとしている。

「何が一番、嬉しかったのですか」

若手CAが彼女に訊いた。

「えっ？」

「何が一番嬉しかったかってお訊きしたんです」

意外な質問に、彼女は首を傾げて、しばらく考えていた。

「まずは、とにかく飛行機に乗れたことですよね」

「そりゃそうだ。遅れたのは自己責任でもね。乗れなきゃ、日本には帰れていないからね」

整備担当が笑う。

「それと私の苦境を理解してくれて、私のために、スタッフの人たちが一生懸命になってくれたことかな」

彼女は言葉を噛《か》みしめるように言った。

「とても大切なことを言っているように思うわ。サービスって一律じゃない。マニュアル通りにしたからって、お客様に心は通じない。サービスは、『個』と『個』なのよね」

博子が言った。

――サービスは、「個」と「個」か……。上原さんもいいことを言うじゃないか。

手荷物サービス係をしている時だ。荷物が到着せず不安になっていたお客様に丁寧《ていねい》に応対したら、珍しくありがとうと言われて、本社にまで礼状がきたことがある。暇だったから丁寧に対応できたようなところがあった翔は、上司に褒《ほ》められて、バツが悪い思いをしたが、お客様は自分だけ特別扱いしてもらったと思ったに違いない。

以前、サービスで名高いホテル、ザ・リッツ・カールトンには、「クレド」というサービスの基本を記載したカードがあると聞いたことがある。社員が常時携帯していて、何かあるとそれを見て、お客様が本当に喜ぶサービスとは何かを確認して行動するという。

「クレド」を社員に持たせるのは、お客様が満足するサービスは、マニュアルから生まれるのではなく、個々の対応から生まれるのだと知っているからだろう。

「『個』と『個』ですか。一対一だということですね」

彼女が言った。博子が褒めてくれたことが嬉しいのか、弾《はじ》けるような笑顔だ。

「お客様が何を望まれているかを丁寧に汲《く》み取り、最も好ましい形で提供することが大事ね。十五分前を過ぎたからチェックインは無理ですとマニュアル通りにお断りするんじゃなくて、そのお客様のためにどうしてあげることができるか、真剣に考えて対応することね」

博子が言った。

「でもそのためにはチェックイン担当、CA、整備など、みんなが連携していないと、個人プレーになってしまうよ。お前だけいい子になるなってことになったら、元も子もないからね」

整備担当が言った。

「その通りです。余計なことをしなけりゃよかったと後悔しないためにも、そういう場合はどこに連絡して、どのように連携するか、マニュアルにしておくことが……、あれ？　マニュアルにないサービスをマニュアルにしようなんて、おかしい」

若手CAは自分で言ったことがおかしかったのか、口に手を当てて笑いだした。

翔もそれにつられて笑った。

「もし誰かがお客様のために真剣に行動しているなら、それを前向きに評価して、チームで支えるというふうに決めておけばいいんじゃないですか。そしてそういう良い事例を社内報で紹介してもらう、ねぇ広報さん」

博子が翔を見て、笑みを浮かべた。

「はい、了解です。しっかり伝えます」

翔は、ＣＬＭの様子を社内報に載せようと決めた。ヤマト航空は現場から変わりつつあるのだ。そして、この変化を全社に広げなくてはならない。まだまだ過去を引きずっている部署や人がいるに違いないから。

3

二〇一〇年十一月三十日に東京地裁は、ヤマト航空が同年八月三十一日に申請していた更生《こうせい》計画案を認可した。

株式会社ヤマト航空、株式会社ヤマト航空インターナショナル及び株式会社ヤマトキャピタルは、平成二十二年八月三十一日に東京地方裁判所に更生計画案を提出いたしましたが、同年十一月十九日までの書面投票の結果、九六％以上の多数の債《さい》権《けん》者の皆さまより更生計画案へのご賛同を賜《たまわ》り、本日、東京地方裁判所により認可決定をいただくことができました。

これもひとえに債権者の皆さま方、弊社《へいしゃ》をご利用いただいているお客さま、その他ご関係の皆さま方のご支援、ご協力の賜《たまもの》と心より感謝申し上げます。今後は、更生手続終結に向けて、新しく選任された役員のリーダーシップにより、一日も早い再生を目指して更生計画の遂行《すいこう》に全力を注いでまいります。

今後ともご支援とご協力を賜りますようお願い申し上げます。


（リリースペーパーより）


翔は、記者クラブで配り終えたヤマト航空の見解を改めて読んだ。

なんだかあっさりしすぎているような文章だが、ここに込められた思いや苦労を考えると、薄い紙がずっしりと重く感じられた。

翔が不安になっていたのは、更生計画は認可されないのではないかという話を頻繁《ひんぱん》に耳にしたからだ。いわゆる「二次破綻《はたん》」の懸念《けねん》のためだ。

更生計画を提出した際、管財人に対して記者が二次破綻の懸念について質問した。管財人は、「誰がそんなことを言っているのか」と血相を変えて否定したが、多くの人たちが質問した記者と同じ思いを抱いていた。

その最右翼《さいうよく》は金融機関だった。そのため更生計画立案の段階から金融機関は抵抗し、再建に非協力的だった。

金融機関の支援を得られなければ、再建は不可能だ。

ヤマト航空とすれば、金融機関にリファイナンスという借り換え融資を実施してもらい、債権者に対して更生債権、更生担保権《たんぽけん》などを一括《いっかつ》繰り上げ早期弁済を実施したいと考えていた。しかし、なかなか理解が得られなかった。

翔は、金融機関の立場も理解できた。

「約五千二百億円もの債権を放棄させられ、その上でまた融資をお願いしますとは、虫がよすぎはしないかと言う金融機関幹部がいますよ」

記者が嘲笑《あざわら》うように言ったことは、一度や二度ではない。

「航空会社って、そう簡単に儲《もう》かる仕事じゃない。SARSみたいな感染症やリーマン・ショックなど、どうしようもないイベントリスクに最も晒《さら》される業種ですからね。もし不測の事態が起きたら、どこまで資金を投入しなくてはならないか分からないですから。泥沼に足を取られたくないと、金融機関も政府も思っていますよ」

記者は、まるで二次破綻を楽しみにしているかのように翔に言った。

フリーの経済ジャーナリストの土橋《どばし》は、ヤマト航空に批判的な記事ばかり書いているが、彼はメールで「大手金融機関の幹部が、ヤマト航空にリファイナンスなんかすれば、株主代表訴訟のリスクがあると言っています。これでは更生計画は認可されないでしょう」と伝えてきた。

土橋をここに呼びつけてやりたい。

「認可されました。金融機関も立派ですね」と言ったら、彼は何と言うだろうか。悔《くや》しそうに歯ぎしりするに違いない。

いや、

「更生計画が認可されただけですよ。再建が成功するかどうかはまだ分からない。二次破綻して、皆さんが悲しむ顔を楽しみにしています」

土橋なら、それくらいのことは言いかねない。

ヤマト航空は、もう前に進むしかないのだ。そして来年、二〇一一年三月末を目《め》途《ど》に更生手続を終結させ、普通の会社に戻らなければ、最後は土橋が嗤《わら》うことになってしまう。そんなことになるわけにはいかない。

悲しいのは、整理解雇《かいこ》が行われることだ。整理解雇とは、希望退職などとは違い、事業継続のために、どうしても人員削減しなくてはならない際に実施される解雇だ。本人の希望の有無《うむ》にかかわらず解雇されるところが、従業員には厳しい。

佐々木は、企業を再建するのに人員削減をしたことがないと言っていた。

しかし、ヤマト航空再建にあたっては、それをやらざるを得ない。人員削減数が更生計画案通りに実施できないようでは、金融機関からの支援が得られないためだ。佐々木は、相当抵抗したが、最後は押し切られてしまった。

「整理解雇は、筋肉質の体制にするため、忍びがたきを忍び、それでもなんとしてもやり抜きます」

佐々木は会見で言った。その表情は悔しさに溢《あふ》れていた。

社長の本田《ほんだ》も記者会見で、「整理解雇という決断に対しては、ともにヤマト航空を支えてきた者として、私も耐えがたい痛みを感じております」と苦渋《くじゅう》の色を浮かべた。

労働組合が、この整理解雇には強く反発している。社内の融和が壊《こわ》れ、再建に支障をきたさないかが不安だ。翔は、これからが本番だと気を引き締めた。

二〇一一年になった。

翔は、配布された二〇一一年一月号の社内報『WAY』を手に取っていた。

「どうも地味だったかなぁ」

いつもの『WAY』と変わった作りにはしていない。富士山を背景にした飛行場に、ヤマト航空の機体が今にも離陸しようとしている写真が正月らしいと言えば、らしいが……。

カラーにしたいと思わないでもなかった。しかし、コストのことや、浮かれているように思われるのではないかと考え、止《や》めた。

この『ＷＡＹ』は、二〇〇八年十月に創刊された。結局、ヤマト航空は二〇一〇年一月十九日に会社更生法を申請して破綻したのだが、再生への道『ＷＡＹ』を歩み出そうという強い思いが込められた名称だ。

破綻を契機に、名称を変更してもよかったかもしれない。しかし、途中に破綻という大きな壁にぶち当たったものの、幹部も社員もこの『ＷＡＹ』で経営情報を共有しながら、再生の道を歩み続けていることに変わりはない。

比較のために一年前の『ＷＡＹ』を取り出してきた。ページを開く。

ヤマト航空グループの二〇〇九年度中間決算を発表する石嶺《いしみね》の硬い表情の写真が掲載されている。

売上高の大幅な減少、巨額の営業損失を発表する石嶺の心中は、いかばかりだっただろう。再建に向けて一歩ずつ前進しましょうと呼びかけてはいるが、すでにこの時、更生法申請の覚悟をしていたのだろうか。

中ほどのページにＯＣＣ（オペレーションコントロールセンター）の社員が、「『平常通りの運航』ですが」というエッセイを投稿している。そのタイトルの意味を、「日々さまざまな細かいイレギュラーが発生しており、可能な限り、大事に至らないように努めています。それがインフォメーション・ボードの『平常通りの運航……』に繋《つな》がっています」と書いている。

皮肉だな、と翔は思った。この時、すでにヤマト航空の経営は、決して平常通りではなかったのだから。

今回の号で工夫したのは、

「新しき計画の成就《じょうじゅ》は
只《ただ》不屈《ふくつ》不撓《ふとう》の一心にあり
さらばひたむきに只想《おも》え
気高く強く一筋に」

という中村天風《なかむらてんぷう》の言葉を表紙に添えたことだ。

佐々木は、この言葉に、再建が成就するかどうかは、どんなことがあってもくじけない不屈不撓の心にかかっているという思いを込めているのだ。

この言葉が『WAY』に初めて登場したのは、二〇一〇年の九月号だ。この言葉は、リーダー研修の場など各所に掲《かか》げられているが、新年号にも掲載させることにした。改めてみんなに徹底したいと考えたからだ。

佐々木と本田に、社員向けの年頭のメッセージをもらった。

翔は、原稿をもらった時の佐々木の表情が忘れられない。新年を迎えるという慶びの雰囲気《ふんいき》は、全くそこには感じられなかった。

受け取った原稿を見て、その理由《わけ》が理解できた。佐々木の原稿は、「まず初めに昨年十二月三十一日付の整理解雇について触れさせていただきたいと思います」で始まっていたのだ。

佐々木は、整理解雇が再建への苦渋の決断だったことを述べ、中村天風の「不屈不撓」の言葉を引用し、会社に残ることになった者の責任として、早期再建の達成を誓い合おうと呼びかけた。

本田も佐々木と同じように整理解雇に触れ、「自分たちの会社を自分たちの力で再生させる」という強い気概を持とうと呼びかけた。

嬉しいニュースも掲載することができた。それは二〇一〇年度の上半期の実績だ。

上期の営業利益が千九十六億六千万円となったのだ。それは計画していた六百四十一億円を大幅に上回るものだった。

しかし記事の扱いは小さい。昨年の新年号には、業績悪化に苦しむ石嶺の写真が掲載されていたが、今回は業績が改善しても、喜んでいる本田の写真は掲載していない。それは破綻し、金融機関に巨額の債権放棄などをしてもらったという特殊要因があるからだ。まだまだ手放しで喜べる状況ではない。

「そうはいうものの、現場も頑張《がんば》ったんだけどなぁ」

翔は、扱いをもう少し大きくしてもよかったかなと少し後悔した。しかし、もっと大手《おおで》を振って回復した業績を掲載できる時がくるはずだと思い直した。

机の電話が鳴った。新年号を置き、急いで受話器を摑《つか》んだ。

「はい、広報部草薙《くさなぎ》です」

「あけましておめでとう。舘野です」

「あけましておめでとうございます。今年もよろしくお願いします」

新年になったが、儀礼的な社内挨拶《あいさつ》など時間の無駄であり、誰もが通常の仕事に就《つ》いていた。舘野と会話するのは、今年になって初めてだ。

舘野を尊敬するのは、どんなに苦しい時でも言葉が荒れないことだ。苛立《いらだ》ちを表に出さない。笑顔を浮かべ、静かに丁寧に話す。これはなかなか真似のできることではない。翔は少しでも舘野の域に近づきたいと思っていた。

「すぐに私の部屋に来てくれないか」

なんとなく舘野の声が弾《はず》んでいる。いいことのようだ。気持ちが自然と浮き立ってくる。

「はい、すぐに参ります」

「待っているからね」

舘野が電話を切るのを確認して、翔は受話器を置いた。席を蹴《け》るようにして立ち上がると、役員フロアの舘野の部屋に向かった。

4

「『ヤマト航空フィロソフィ』が完成したんだ。これを全社員が携帯し、学ぶことになるんだ」

舘野は手帳大の本を翔に差し出した。

「完成したのですね」

翔は舘野の手からそれを受け取ると、じっと見つめた。

「リーダー研修を続けて、学んだことなどが全て盛り込んであります」

フィロソフィがない経営は経営ではないというのが佐々木の持論だ。このヤマト航空フィロソフィは、社長の本田がリーダーになり、各セクションの幹部たちが集まり、議論し、作りあげたものだ。

「中を見ていいですか」

「どうぞ、どうぞ、見てください。これが、これからのヤマト航空の社員の指針となるんだからね」

舘野の笑みには心からの喜びが滲《にじ》み出ている。余程自信のあるものができたのだろう。

翔は、最初に企業理念の箇所《かしょ》を見た。

「えっ」

翔は、驚き、企業理念が書かれたページと舘野の顔を、何度も見比べた。

舘野が嬉しそうに笑っている。

「舘野常務、私が驚いている理由がお分かりのようですね」

「分かるよ。『ヤマト航空グループは、全社員の物心両面の幸福を追求し』という箇所だろう?」

「ええ、その通りです。これでいいのですか」

翔は、顔を曇《くも》らせた。

企業理念とは、その企業が存在するための骨格となる哲学だ。それこそフィロソフィだ。その一番最初に、社員の幸福追求が掲げられている。その上で「お客さまに最高のサービスを提供します」「企業価値を高め、社会の進歩発展に貢献します」という構図になっている。

これに驚かない社員はいないだろう。ヤマト航空グループは破綻したのだ。その結果、多くの人に迷惑をかけた。多くの人に支えられて存続が許されている状況なのだ。その会社が、社員の幸福追求を第一に掲げていいのだろうか。反発を招くのではないだろうか。

「これは佐々木会長の根本的な考え方なんだ。会長が、この考え方をお話しされた時、この私だって抵抗を感じたんだ」と舘野は目を丸くし、自分を指差しながら言った。

「そうでしょうね」

翔は、妙に納得した。

「航空会社の基本である安全のこともないだろう？　これじゃ世間は納得しません、何様だって思われてしまいますと会長に申し上げたんだ」

「そうですか……」

議論の様子が目に浮かぶ。

あまりにも今までの企業理念と違いすぎる。以前は、

「安全・品質を徹底して追求します」

が、第一番目に掲げられていたのだが……。

「ところが会長は、そうじゃないとおっしゃった。『この会社は、経営者のものでもないし、誰のものでもない。社員のものなんだとね。経営者も社員も、みんなが一致協力して幸せを追求していく、そのことが良いサービスに繋がっていくんだ。社員にしてみれば、自分が経営者だと思って責任を持って仕事をしていかない限り、利益も生み出せないし、再建もできない』っておっしゃるんだ。だから物心両

面の幸せを追求することになると、さも当たり前のようにおっしゃるんだよ」

「それで納得されたのですか」

翔は、身を乗り出すようにして訊いた。社員の幸福追求が、良いサービスにも再建にも繋がるとは驚きだ。良いサービスをして、再建をして、その結果が社員の幸福に繋がるのではないのか。

舘野は苦笑して、「すっとここに」とみぞおちを指差し、「落ちてはこなかったよ。でもね、いろいろ議論しているうちに、発想を変えなきゃいけないなと思うようになった。なぜ経営者である私たちは働いているんだろう？　なぜ社員たちは働いているんだろう？　それは自分たちが幸福になるためじゃないか。自分たちが幸福になれば、お客様が不幸になるはずがないじゃないかって思うようになってきたんだよ。そう思うと、すっとここに収まった」とふたたび、みぞおちを指差した。

「会社が良くなるのも、お客様へのサービスが良くなるのも、全て自分たち次第と言われているようで、身が引き締まる感じがします」

翔は、素直に言った。社員の幸福を追求しますという言葉の心地《ここち》よい響きに、うっとりすることはできない。反対に、言い訳は許さないという鋭い合口《あいくち》を突き付けられたような気持ちになった。

「その通りだよ。本田社長が、そこに書いているけど」と舘野は、フィロソフィのページをめくった。

開いたページには「新しいヤマト航空グループを創るために」と題して、本田が寄稿していた。

「『他人任せにしていませんでしたか』という箇所ですね」

翔は言った。

「私たちは甘えていたんだね。幸福を追求する努力を必死にしていたんじゃなくて、最初から当然のように幸福の権利を享受《きょうじゅ》していたんじゃないかな。それが当たり前だと思っていた。親方日の丸意識とでもいうのかな。でもそれは間違いだった。幸福の権利というのは、真剣に、必死になって追求しなければ、得られるものではなかったのだよ。それが普通なんだ。そのことにやっと気づいた……」

翔は、企業が破綻するということの重みを改めて考えさせられた。それはまさに、革命が起きたのと同じなのだ。今までと同じではいけない。

ヤマト航空の社員である自分たちは幸福を追求して、必死で獲得しなければならないのだ。そしてそれを堂々と追求してもよいと、佐々木は教えてくれているのだろう。それが全ての基本だと。

「これを全社員に配布して、みんなでリーダー研修と同じように学んでもらうことにする。みんなのマインドセットを変えるんだ」

舘野は力強く言った。

「変わるでしょうか」

翔は敢えて訊いた。

「変わるさ。人間というものは、いつでも変われるものだよ。それを良い方向に導けば、良い方向に変わる。私だって、少しずつだけど変わりつつあるくらいだからね」

「私も、みんな良い方向に変わると思います。ヤマト航空には、このフィロソフィを受け入れる土台がありますから」

翔は、CLMでの活発な議論を思い浮かべていた。誰もが良い方向に変わりたいと願っている。このフィロソフィは、それを加速させるに違いない。

二〇一一年一月十九日、ヤマト航空グループは、新しい企業理念とヤマト航空フィロソフィを発表した。

『WAY』二月号は、それらの特集を組んだ。

新しい企業理念に、「全社員の物心両面の幸福を追求」することを掲げた理由として、社員の一人一人が「ヤマト航空で働いていて良かった」と思える企業を目指すことが、お客様に最高のサービスを提供することになると説明した。社員の誰もが、すぐに理解してくれるとは思えない。しかし、これからフィロソフィを学んでいく過程で理解されるようになるだろうと、翔は思った。

本田は、「ヤマト航空フィロソフィを共通の判断基準にしよう」と呼びかけ、佐々木は、「フィロソフィは作っただけでは意味がない。実践してこそ価値がある」と強調した。

翔は、フィロソフィを部長から手渡された。各職場で、上司から直接手渡されることになっている。多くの人の意見を汲みいれて作成されたフィロソフィだが、その重要性について、渡す方も渡される方も、十分な自覚があるとは思えない。全てはこれからだ。

翔は、意識改革・人づくり推進部に行き、博子に会った。

「いよいよ始まりますね。私たちを変える試みが……」

翔は、勢い込んで言った。

博子は笑みを浮かべながら、「草薙さん、変えるんじゃなくて、自ら変わるんですよ」と言った。

「またいろいろ雑音が入ってくるでしょうね」

「当然だと思います。整理解雇された方は裁判に訴えていますし、私たちが順調にいけばいくほど、恨《うら》みを深める方もいると思います。でも……」

「でも、それらの全ての思いを呑《の》み込んだ上で、変わることが私たちに与えられた責務だとおっしゃるのでしょう、上原さん」

「私たちは、この背中に大いなる責任を担《にな》っているんだと思います」

博子は、真剣な表情になった。

「ところで、フィロソフィ教育はいつから始めるのですか」

翔は訊いた。

「今月から始めます」

博子は言った。

「私も受講します」

「当然でしょう。しっかり学んでくださいね」

翔は、身体《からだ》の中から、何か熱いエネルギーのようなものが湧《わ》き上がってくるのを感じ、胸のポケットに入れたフィロソフィを触った。

第六章　フィロソフィ教育

1

いよいよフィロソフィ教育が始まった。

ヤマト航空グループの全社員が対象だ。役員も一緒に受講する。

場所は、機装《きそう》ビルの一室だ。以前は、機体整備に使用されていたが、教育センターとして蘇《よみがえ》った。

翔《しょう》は、モノレールの整備場駅で下車した。外に出てみる。きれいな青空だ。第一回のフィロソフィ教育にふさわしい空である。それにしても殺風景な駅だ。駅の周囲は空き地が広がり、その先に白い機装ビルが見える。

同じ駅で多くの人が降りた。フィロソフィ教育に行くヤマト航空グループの社員たちだ。整備の人は職場からそのままの格好で来ている。ダークスーツの人やカジュアルな服装の女性もいる。

「森《もり》さんや上原《うえはら》さんはどうしているかな」

フィロソフィ教育を取りまとめているのは、意識改革・人づくり推進部。彼らは、ビル内を教育の場にふさわしいように、整理整頓《せいとん》をして今日を迎えた。ビルの入り口に、機装ビルという表示と並んで、ヤマト航空教育センターと大きく表示してある。

フィロソフィ教育の会場は、五階だ。

テーブルで受付が作ってある。客室、整備、運航など部門ごとの貼《は》り紙があり、そこに名簿が置かれていた。

ホワイトボードには、会場の案内が手書きされている。マーカーで五〇一号室から五〇四号室の位置が表示されていた。カラフルな色遣いのマーカーで書かれているのは、少しでも楽しさを演出しようという意識改革・人づくり推進部のスタッフの願いが込められている。

森と博子《ひろこ》がいた。

「おめでとうございます」

翔は二人に言った。

「おめでとうって言われると照れくさいです。今からだと思っています」

森が言った。

「この会場はみんな、私たちスタッフがセッティングしたのよ」

博子が言った。誇らしげだ。

「誇り高き部屋ならいいけど、埃《ほこり》だらけの部屋だったわ。それを掃除《そうじ》して片づけて、椅子《いす》やテーブルはあちこちから不要になったものを持ちこんだの」

会場を覗《のぞ》きこむと、テーブルや椅子が不揃《ふぞろ》いだ。

「大変だったんですね」

「まあ、お金をかけられないですからね。自分たちで工夫しなくちゃいけません」

森が笑った。これもフィロソフィ教育の賜《たまもの》とでも言いたげだ。

続々と社員たちが集まってきた。

「ねえ、私たちって長続きしたことが、あまりないんですよね」

博子がわずかに顔を曇《くも》らせた。

「どういうことですか？」

森が訊《き》いた。

「今までいろんなイベントやキャンペーンが実行されてきたんだけど、いつもなんとなく終わってしまって……。でも今回はそういうわけにはいかないと思うんです。私たち、これをいい加減にすると、また破綻《はたん》しちゃうかもしれないって……」

「それくらいの覚悟でやりましょう。上原さんは、ファシリテーターのリーダーでもあるんですから」

　森が励《はげ》ますように言った。

「ファシリテーターって進行役のことですね」

　翔は訊いた。耳慣れない言葉だったからだ。

「ええ。私の他にもいろんなセクションから選ばれた社員が、進行役を務めます」

　博子がふたたび明るい表情に戻った。

「それは楽しみです。それじゃ僕は会場に入ります。飲み物、持ちこんでいいんですね」

「どうぞ、どうぞ」

　博子が自動販売機を指差した。

「濃いコーヒーを買って、せいぜい眠らないようにします」

「まあっ」

　博子が、森と顔を見合わせて笑った。

　各会場は正面にスクリーン。テーブルの数は十三くらいか。それぞれを六人で囲んでいる。

翔は、指定された番号のテーブルに着いた。目の前にはスーツ姿の男性。かなり緊張しているのか、うつむいている。彼の向かって右隣はジャケットを着た女性。そして同じく左隣は整備の男性だ。翔の左隣はラフなジャケットの男性。右隣はまだ来ていない。

「失礼します」

明るいオレンジと黄色のセーターを着た女性が、翔の右隣に座った。

翔は、横目でちらりと見た。

可愛《かわい》いじゃないか……。

翔は、嬉《うれ》しくなった。小顔で目がくりくりとしている。キュートという言葉が似合う。

「ラッキー」

思わず小声で呟《つぶや》いた。

彼女は、ちらりと翔の方を向いた。

2

テーブルを囲んだメンバーは、緊張して何も言わない。

今まで他の部署の人と同じテーブルを囲んで話すなどという経験は、皆無《かいむ》だから仕方がない。翔は、何か面白いことでも喋《しゃべ》ろうと思ったが、どうしても言葉が出ない。

「早く始まりませんかね。今日は休みだったんですけど」

左隣のラフなジャケットの男性が不満そうに言った。

翔は、苦笑《にがわら》いを浮かべるだけで何も口に出せない。なんだか、もどかしい。

正面に博子が現れた。緊張しているのか、いつもより笑顔が硬い。

「皆さん、こんにちは。本日の進行役を務めます上原博子といいます。よろしくお願いします」

博子がCA仕込みのきれいなお辞儀をした。

まばらな拍手が返ってきた。まだ誰も、部屋の空気に馴染《なじ》んでいない。

「今日からフィロソフィ教育が始まります。皆さん、先日配布されたフィロソフィ手帳を持ってきてくださいましたね」

数人が「はい」という返事。しかし、さすがに忘れた人はいないようだ。翔は、妙にほっとする。

「初めてですからどういう展開になるか分かりませんが、この研修は皆さんと一緒に作っていくものです。私が困ったら、助けてくださいね」

博子は、親しい人に呼びかけるように話す。

「では最初に、本田《ほんだ》社長の挨拶《あいさつ》の映像を見ていただきます」

正面のスクリーンに本田の顔が映された。

「『ヤマト航空フィロソフィ』を、私たちが仕事をしていく上での基本的考えとします……」

本田は、フィロソフィを学ぶことの重要性を話した。

ん？　何か聞こえる。いびきだ。目の前のスーツの男性が眠っている。会場が少し暗くなったせいだ。誰か起こしてあげてよ、と言いたくなるが、そのままだ。

翔は身体《からだ》を乗りだして、テーブルに置かれた男性の腕を持っていたボールペンでつついた。

男性が、弾《はじ》かれたように身体を起こした。翔と目が合った。男性は、何度か小さく頷《うなず》いた。

「くすっ」

翔の右隣の女性が笑《え》みをこぼした。

「続いて佐々木《ささき》会長のご挨拶です」

博子が言った。

スクリーンには佐々木の姿が映された。いつものように言葉を噛《か》みしめるように話す。

「このフィロソフィは、作っただけでは意味がありません。学んだだけでも、意味はありません。実行してこそ、価値があるものです」

佐々木は、フィロソフィを実践することを社員に要請した。

「私たちを洗脳する気なんでしょうかね。ばかばかしい」

左隣のラフなジャケットの男性が言った。

翔は、何も言わない。彼がどんな背景を持っている人なのか、全く分からないからだ。

部屋の明かりが元に戻った。

博子が言った。

「では、今日は、まず自己紹介から始めます。その後、テーマを提供させていただきますので、それに関して皆さんで話し合ってもらいます」

自己紹介と聞いた瞬間に、翔は緊張した。今日、ここに集まった人とは、親しく話したことも一緒に仕事をしたこともないと改めて気がついたからだ。

ヤマト航空という同じ会社で働いているはずなのに、なぜ？

そんなこと当たり前じゃないか。同じ会社にいるからって、みんなを知っているはずがない。いったい何人を知っているというんだ。せいぜい数十人じゃないのか？

自問自答を繰り返す。

しかし、おかしいと思う。同じ会社にいるんだったら、一人でも多くの顔見知りを作るべきだ。そうでなければ、同じ会社に勤務しているなんて言えないだろう。

無理、無理……。そんなことは無理だ。

すぐに否定的な考えが浮かんでくる。

まず自己紹介から始めるのは、一人でも知り合いを増やそうという試みだと思う。顔を知っていれば、もし問題が起きても一緒に解決しようと思うのが人間だ。

——上原さん、いいアイデアだよ。

翔は、緊張しつつも、俄然《がぜん》、やる気が出てきた。特に右隣の女性の情報は絶対にゲットしたい。

「皆さん、今からお一人二十分で自己紹介をしてください。何を話されても結構です。もちろん、このフィロソフィ教育についてでも結構ですよ」

博子が言った。

「あのう、二十分もですか？　所属と名前だけではいけないんですか？」

右斜め前に座っているジャケットの女性が訊いた。

「せっかくの機会ですから、できるだけ多くお話ししてください」

博子は優しく言った。

女性は、顔をわずかに歪《ゆが》めた。

「では始めてください」

博子が言った。

3

首を左右に動かす。こりこりと音がした。誰もじっとテーブルばかり見つめている。何も言わない。

博子から自己紹介のスタートが宣言されたが、自分が真っ先にやりましょうという人は現れない。

他のテーブルもたいして変わらない状況だ。会場内は、不思議な静けさに包まれている。

二十分も何を話したらいいのか。それを考えると口火が切れない。しかし、このままでは無言のまま終わってしまう。

「じゃあ、私から話しましょうかね。一番、年配のようだから」

左隣のラフなジャケットの男性が言った。

翔や他のメンバーが、軽く頭を下げた。

「私は、葛岡《くずおか》といいます。国際線のパイロットです。今日は休みなんで、こんなラフな格好で来てしまいました」

葛岡駿太郎《しゅんたろう》はゆっくりとした口調で話し始めた。

誰もが静かに聞いている。

葛岡は、出身地やヤマト航空に入社した動機、初めてのフライトの感激などを話した。

「破綻のことは当日、フライト前に聞かされましたね。ああ、そうか、ついにって感じでしたね。特に大きなショックを受けなかった気がします。前から給料が下がったり、悪い噂《うわさ》が流れたりしていましたからね。何を今さらって……。私は、ただ飛行機を飛ばすことにしか関心がありませんでしたからね。経営のことは、敬遠していたというか……。それがいけなかったんでしょうか。まあ、これくらいかな」

葛岡は時計を見た。

「あれ、まだ五分ほど残っていますね」

ちょっと照れたように言った。

「話に詰まった人がいらしたら、周りの人が質問してもいいですよ」

博子がアドバイスをしながらテーブルを回る。

「なかなか二十分も話せませんね。私の人生、十五分かよって感じかな」

葛岡が苦笑した。

「よろしいですか」

　翔が言った。

「どうぞ、なんでも」

「あのぉ、先ほど洗脳する気なのか、ばかばかしいとおっしゃっていたように思うのですが、フィロソフィ教育は反対ですか」

　こんな質問は葛岡の機嫌を損《そこ》ねるのではないかと思ったが、大事だと思ったので、翔は思い切って質問をした。

「反対ですね。今日だって来たくはなかったですよ。でも、まあ、強制みたいなもんですからね」

「なぜ反対なんですか」

「なぜって訊かれてもね。まあ、こんな新興宗教みたいなことに、体質的に反感があるんですよ。こんなこといくら勉強したって飛行機がスムーズに飛んでくれるわけじゃなし、安全に飛べるわけじゃなし……。あなた、賛成なんですか？」

　葛岡は、逆に翔に質問してきた。

「ええ、まあ……」

　翔は、言葉に詰まった。

「次は私が、自己紹介していいですか」

右隣の女性だ。

「どうぞ、どうぞ。ちょうど私の持ち時間がなくなりましたから。最後にひと言《こと》。反対ですが、仕事ですからちゃんとやります。もう私は、年配ですからね。若い人がヤマト航空を新しくしていけばいい、なんて思っています」

葛岡は話し終えた。

フィロソフィ教育に全員が賛成しているわけがないと思ってはいたが、のっけから反対と言われ、翔は、この教育の難しさを実感した。

博子を見た。にこやかな笑みを浮かべて、テーブルを回っている。議論を活発化させようとしているのだろうが、どのテーブルにも葛岡のように反対意見を言う社員がいるに違いない。どういう気持ちだろうか。

「私、仙台空港の空港スタッフをしています。瀬尾《せお》遥《はるか》といいます」

遥は、入社年次、どんな仕事をしているかなどを話した。

話すと、さらに明るくて活発な印象が強くなる。

「仕事で、今まで一番嬉しかったことは……」遥は、言葉を詰まらせる。「破綻した時です」

「へっ、破綻した時が一番嬉しかったの？」

翔は、思わず訊いてしまった。

「変な言い方をしてごめんなさい。そうじゃないんです。私は、普段、何げなくチェックインの仕事をしていたと思うんです。お客様にも、特に感謝せずに。遅れた人がいたら、ちょっとくらい迷惑そうな顔をしたかもしれません」

遥は、誤解されずに自分の思いが翔たちに伝わっているかどうか、心配しながら話している。

「ところがあの日だけは違いました。お客様が、私たちを見て、誰一人厳しい言葉を口にせず、頑張《がんば》ってと声をかけてくださったのです。もう嬉しくて、嬉しくって」

遥は泣き顔になった。その日のことを思い出したのだろう。

「私、その時、お客様に『ごめんなさい』って言っていました。なぜかっていいますと、今までそれほど感謝していなかったからです。混み合うと、なんとなく嫌だったし、忙しいのを喜んでいませんでした。それなのにお客様は、『仙台空港をなくさないでね、皆さんが頑張るのよ』と言ってくださいました」

「よかったね」

翔は、思わず言った。

「ありがとうございます。それで、先ほど葛岡さんが洗脳と言われましたけど、これでヤマト航空が良くなるんだったら、なんでもやったらいいと思います。特に、フィロソフィの中の美しい心を持つという言葉に感動しました。今回の経験で自分だけ良ければいいんじゃなくて、利他《りた》の心、お客様を思う心が大事なんだなって。そういうことを学ばせてもらえるなんて、いい機会だと思っています」

翔は、葛岡を見た。何か言いたげだったが、不満そうに口を閉じていた。自分を批判されたことが面白くないのだろう。

「私は、営業の山下《やました》といいます。簡単に自己紹介しますと……」

遥が話し終えないうちにスーツの男が話し始めた。

「まだ私の持ち時間が三分ほどあります」

遥が言った。

「そうなの？　ごめん」

山下慎平《しんぺい》は話すのを中断した。

「いえ、結構です。どうぞお話しください」

遥が言った。

だいぶ緊張がほぐれて、話しやすい空気になってきた。

山下は、ひと通り自己紹介した後、突如《とつじょ》、怒ったように喋りだした。

「だいたいさぁ。営業がどんなに苦労してチケット売っているのか、知ってんのかなぁ。あんたパイロットだろう。空《から》の飛行機、飛ばしたくないだろう」

山下は葛岡に挑《いど》むように言った。

「どういう意味だね」

葛岡が訊いた。

「ホント、売るのって難しいんですよ。感謝してほしいんですよね。会社の評判が落ちてくると、てきめんにチケットが売れなくなるんです。先ほどの方は、お客様がみんな頑張ってと言ってくれたって嬉しがっていたけどさ。そんなの一部だ。営業の俺《おれ》たちなんか、ぼろくそに言われるんだよ」

「本当ですか？」

遥がびっくりしたように訊いた。

「株を持ってくださっていた法人のお客様なんかは、『もう君の会社の飛行機には乗らない』ってね」

山下は、何か得意になっているかのように言った。

「営業の苦労は、よく分かりますよ。ＣＡは、お客様がいるのが当然だと思っていますからね。満席だと、ちょっと面倒だなと思ったりしますから。本当に申し訳ないことだと思います」

ジャケットを着た女性が、静かな口調で言った。

「理解してくれますか」

山下が女性に向かって言った。

「ええ、私は、主に国内線のフライトに乗務しています、結城《ゆうき》と申します。自己紹介させてくださいませ」

結城菜美子《なみこ》は、丁寧《ていねい》な口調で言った。どちらかというと慇懃《いんぎん》なくらいだ。

結城は、経歴や過去のフライトのことなどを話した。

「先ほどの営業の方も感謝ということについて話されましたが、団体のパック旅行などで客席がいっぱいになると、ちょっとうんざりしたものです。座席に着いた時から、お酒の匂《にお》いをぷんぷんさせておられる方もいらっしゃいますから。そんな時、どうしてもっといい客を、失礼、感じのいいお客様を営業は連れてこないのかなどと、不満に思ったことがあります」

「そうそう、それなんだよね」

山下は妙に納得したように言った。

「何かご経験があるのですか」

翔が訊いた。

「いえね、その部署にはその部署の言い分があるんですよ。でもね、お客様というのはよく見ていてね。あのCAは感じが良かった。あのCAはだめだったなんて言うんですよ。お客様にとってCAは会社そのものなんですよね」

山下が言った。

「自戒《じかい》いたしますわ」

結城が答えた。

「そろそろ私もよろしいですか？　どうも自己紹介をしないと話に加わり辛《づら》くてね」

笑みを浮かべながら話し出したのは、整備服の男性だ。

「もうこの制服でお分かりのように、整備関係の仕事に従事しています国谷《くにや》といいます」

国谷正治《まさはる》は、がっしりした体格で髪には白いものが交じっている。五十歳にはなっているだろう。

「整備は、縁の下の力持ちです」

国谷も自己紹介と入社の動機などを話した。

「実はね、こんな話、いいのかな……」

国谷は笑みを浮かべた。

「何かもったいぶりますね。聞きたいな」

遥が、早く聞きたいという顔で言った。

「佐々木会長とは、同郷で同じ高校なんですよ」

「えっ、お知り合い？」

遥が訊いた。翔も驚いて国谷を見た。

「そんなわけがありませんよ。こっちは高校の偉人だからよく存じ上げていますがね。向こうは全く知らないでしょうね」

「なんだ……」

遥が、がっかりしたように言った。

「でもね、同じ高校だというだけで近い感じがするんですよ。この間、整備の現場に来てくださったんですけどね。感動しましたね。こんな現場にまでトップの方が足を運んでくださったのは初めてのことでしたから。この人なら、ひょっとしたらヤマト航空を変えてくれるかもしれないと思いましたね」

「みんなそうやって現場視察をするんだよ。一種のパフォーマンスだよ」

葛岡が否定的に言う。

「いえいえ、そんなことはありません。私、質問にお答えしたんですけどね。とても興味深そうにされていて、質問も意外に専門的でね。驚いたくらいです」

国谷が否定する。

「そんなのね、広報が事前に質問を用意しているんだよ。こんな質問をしていただけると、現場が喜びます、なんてね」

葛岡は皮肉っぽく言った。

「あのう、最後になりましたが、私もよろしいでしょうか」

翔は言った。

「どうぞ、お願いします」

国谷が促《うなが》した。

「私は、広報の草薙《くさなぎ》といいます。自己紹介の前ですが、佐々木会長が現場視察をされるのに、事前にそのような質問を用意しておくなんてことはありません」

翔は、葛岡に言った。

「そう、それは失礼しました」

葛岡はあっさりと謝った。

翔は、他のメンバーと同じように自己紹介や、なぜヤマト航空に入社したかなどを話した。

そして数々の失敗をしたことと、突然、広報に異動となり驚いたことなどを話した。

「広報なんていうと、いつも佐々木会長と一緒なのかい？」

国谷が羨《うらや》ましそうな顔をしている。

翔は、自分に注目が集まっているのを感じた。いつも一緒ですと自慢げに言いたい気持ちになったが、実際はそれほどでもない。

「各地に同行はいたしますが、身近で同席させていただいたのは一度だけです。あの時は緊張しました。目の前に経営の神様がいるわけでしょう？　広報の立場を忘れて、一言一句、メモをしましたね」

「何か印象的な言葉はありましたか」

葛岡が訊いた。

翔は、少し考えた。

「ヤマト航空がなぜ倒産したのかって、おっしゃっていましたね」

「なんて言われたのですが」

遥が訊いた。

「いろいろな部署の人が自主的に考えて行動する仕組みと、一部のトップだけが考えて他の部署を手足のように使う仕組み、この二つの対極の仕組みの会社があるとすれば、ヤマト航空は後者だって……」

「一部の者だけが考えて他を動かす仕組みね」

葛岡が繰り返した。

「そんな会社だから倒産したんだっておっしゃいました。それ、言いすぎでしょうと腹が立ちましたが、今になってみると、自分たちで自主的に考えることが少なかったなぁと思うようになりましたね」

「まあ、ばらばらだったことは事実ですね」

山下があっさりと言った。

「たしかに、そうですな」

国谷が応じた。

「パイロット、CA、営業、整備……。みんな真面目《まじめ》なんだけど、一緒じゃなかった……。そんな会社でしたね」

結城が言い、葛岡を見た。

「私も、経営が右向こうが左向こうが、関心がなかった。もし倒産しても、別の会社で飛べばいいと思っていたからね」

葛岡が答えた。

「私たち、地方空港に勤務していますと、ヤマト航空って意識がなくなってしまうんです。あまり交流もないですからね」

遥が言った。

「盛り上がっているようですね」

博子が声をかけてきた。

「少しずつ緊張がほぐれてきました」

翔が答えた。

「それはよかったです」

博子が笑みを浮かべた。

4

休憩時間になった。翔は、缶コーヒーを飲んでいた。他のメンバーたちは会場の外に出てしまったようだ。

「草薙さんは、外に行かないんですか」

翔が振り返ると、遥がいた。

「ええ、理由はないですけど」

遥を見つめた。遥も缶コーヒーを持っている。

「仙台の私たちを取材に来てくださいよ。『WAY』に載せてほしいなぁ」

遥は自分の椅子に座った。

「いいところでしょうね」

「いいところですよ。食べ物は美味《おい》しいし、もし本当に来てくれたら、美味しい牛タンのお店なんかを紹介します」

「ぜひ頼みますね」

翔は、嬉しくなって缶コーヒーを一気に飲みほした。

「私たち、中国語を自主的に勉強しているんですよ」

「へぇ、偉いですね」

「仙台空港も中国人のお客様が増えたんです。それで、みんなでやろうって……」

「喜ばれるでしょう」

「それはもう。やはり自分の国の言葉で話しかけてもらうのって嬉しいでしょう？　これリストラのお蔭《かげ》でもあるんです」

遥が意外なことを言った。

翔は、首を傾《かし》げた。

「人が減らされたでしょう。そうするとゲート業務を一人でやらなければならないんです。今まで三人でやってたんですよ。そんなの無理じゃんと思いました。三人でも決して余裕なんて感じじゃなかったんですから」

翔は、遥が話すのをじっと聞いていた。誰かに話したいという浮き浮きとした気持ちが溢《あふ》れているのが、聞いていて伝わってくる。

「最初は『できない』理由ばかり浮かんできたんです。でも、やんなきゃいけない。みんなで工夫しました。どういうお客様が乗ってこられるのか、もっと詳しく把握《はあく》しておこうとか、パネルを活用してお客様へのご案内を分かりやすくしようとかね。その中で、外国人のお客様への応対が問題になったんです。私たちが一人でゲート業務をやっていたら、外国人のお客様は質問したくてもできないんじゃないかって……」

外国人は言葉の壁を感じている。彼女たちが忙しそうにしていると、きっと遠慮して話しかけにくいに違いない。

「それで中国語を勉強しようと……」

「そうなんです。英語さえできればなんとかなると思っていたのですが、英語の分からない中国の方もいらっしゃるんです。そんなことにもこれまでは気持ちが及ばなくてね。こんなに変わり始めたんですよ。私たち」

遥は、明るい表情を翔に向けた。

「勉強した成果はありましたか」

「もちろんです。中国のお客様に中国語でご案内したら、お上手ねって言われました」

「それはよかったですね。あっ、そろそろ再開しますよ」

他のメンバーが戻ってきた。

「草薙さんがガムを噛んで叱《しか》られた話、とても面白かったです」

遥が笑みを浮かべた。

翔が、前日の深酒の匂いを消すために、ガムを噛んで接客した失敗の話のことだ。

「お恥ずかしい」

翔は頭を掻《か》いた。

5

「皆さん、十分に自己紹介はできましたか。初めてですからとまどわれたかと思いますが、これからの時間で話し足りなかったことをお話しください」

博子が言った。

「まだ何かやるんですかね」

相変わらず葛岡は、フィロソフィ教育に対して斜《しゃ》に構えている。

「次は、フィロソフィの中の言葉を選んで、それをテーマに、皆さんで話し合っていただきます。話し合うことで、フィロソフィがより身近になると思います。今回のテーマは採算性です」

「ええっ、いきなり重いテーマですね」

誰かが声を上げた。

「重いかなとも考えたんですけど。破綻した企業にとっては、喫緊《きっきん》の課題だと思ったものですから」

　博子が言うと、「その通りだから、きついね」と誰かが応じた。会場に笑いが洩《も》れた。

「フィロソフィでは、民間企業として採算意識を高め、企業価値を高める努力を続けなければならないと書いてあります。そして『売上を最大に、経費を最小に』『採算意識を高める』『公明正大に利益を追求する』『正しい数字をもとに経営を行う』という四つの項目があり、その考え方が示されています。

　企業価値を高めるっていうのは、顧客満足度を高めるということだと理解しているのですが、でも採算意識と顧客満足って、私の中で上手《うま》くリンクしないって気がするんです」

　博子は本音を言っていると思った。自由に発言できる雰囲気《ふんいき》を作り出すためなのだろうか。でもファシリテーターが、フィロソフィに疑問を呈《てい》するような意見を言うのは勇気がいるだろう。

「なかなかいいこと言いますね、彼女。その通りですよ。採算と顧客満足ってリンクしませんよ。ケチれば、それははっきり出ますからね。儲《もう》かった、儲かったって喜んでいるのは経費が減っただけ。お客様は、何も言わずに去っていきますからね」

葛岡が、ぶつぶつと呟いている。

「でもこんな経験をしました。ある日、チェックインカウンターでお客様とスタッフが話をしています。私が通りかかったのを見て、スタッフが『上原さん』って声をかけてきたんです。何かなとカウンターに行き、事情を伺《うかが》いました。お客様は、スーパー先得《さきとく》チケットで函館《はこだて》まで行く予定が、体調が悪くなって、お医者様に診《み》てもらわざるを得なくなった。それで飛行機に乗れなかったんです。でも午後になって体調が戻ったので、どうしても函館に行きたい。それで、そのスーパー先得チケットで乗れないかというご相談だったんです。函館便を正規で再度購入しなおせば、ご夫婦で片道七万円ほどかかってしまいます。お医者様の診断書も持っていらっしゃいません。お客様は単に遅刻されただけかもしれないんです」

「まあ、だめでしょうな」

葛岡はぐずぐず言っている。

「私なら、乗せちゃうけど」

遥が、それに反論するように呟いている。

博子は、どういう対応をしたのだろうか。

新たにチケットを購入してもらえば、ヤマト航空の利益になる。チェックインカウンターでもファーストクラスへのアップグレードを勧めているほど、社内では採算意識が徹底している。旅行代理店が売れば手数料を支払わねばならないが、カウンターで売れば、その必要はない。

「私、乗っていただきましょうと言いました。すぐに彼女の上司にも相談しましたら、お客様がお喜びになるのならいいんじゃないか、とのことでした。お客様は、とてもご満足されました。私はこれでよかったのだと思いましたが、皆さん、どう思われますか？」

一人の男性が手を上げ発言を求めた。

「ご意見をどうぞ」

博子が男性を指した。

「ミッションディレクターの能見《のうみ》といいます。採算という観点からすると、それはノーでしょうね。すでにお客様がお乗りになれなかった段階で契約は切れていま す。そうであれば新たな契約を締結していただくのが正しいと思います。お客様が嘘《うそ》をついておられる可能性もあるわけです。私の考えでは、多くの現場で融通《ゆうずう》をきかせすぎるとお客様はお喜びになるかもしれませんが、採算上はマイナスになると思います。いかがでしょうか」

「おっしゃることはその通りだと思います。また、今までのヤマト航空だと、そんなお客様の要望など、端《はな》から受け付けないでしょう」

博子はきりりとした表情で、能見に言った。そして落ち着いた口調で、「でも私は、フィロソフィの根本である『人間として何が正しいかで判断する』という考え方に立ったのです。そうすると、お客様のスーパー先得チケットを無駄《むだ》にしてはいけないと思ったのです。お客様は、かなり早くから、函館行きの旅行を楽しみにされていたことでしょう。だったら、その気持ちにお応《こた》えすることが正しいのではないかと思ったのです」と答えた。

「そのご夫婦が、これからもヤマト航空のお客様になればいいという考え方なんでしょうか」

能見が言った。

「そういう気持ちがあったことは否定しません。しかし、その時はただひたすらに、人間として正しい判断とは何かを考えていたように思います。そこで私の得た結論は、まず根本に正しい判断があり、それは必ず採算性にリンクするだろうということです。私の行動が正しかったのかどうかも含めて、いろいろと意見を戦わせてくだされば嬉しいですね」

「分かりました。面白いテーマを提供していただいたことに感謝します。これは再建に向けて非常に重要なテーマだと思います。真剣に議論したいと思います」

能見が言った。

「よろしくお願いします」

博子は笑みを浮かべた。

破綻したヤマト航空にとっては、利益を上げることは何事にも優先することだ。それでなくても二次破綻さえ懸念《けねん》されている。再建に向けて、自らの利益を放棄して支えてくれている多くの債権者《さいけんしゃ》のためにも、利益を上げることは絶対的な使命だと言っても言いすぎではない。

フィロソフィは、「採算意識を高める」として独立した章を設けている。

しかし、どんな手段を講じてでも利益を上げていいということではない。その基本の考え方をフィロソフィでは、具体的に四項目として掲《かか》げている。

まず「売上を最大に、経費を最小に」。

とにかく、シンプルに利益とは何かを教えている。それは「いかにして売上を大きくし、いかにして経費を最小にするかということ」。

そのためには誰もが、「座席を一席でも、貨物を一キログラムでも多く、そして少しでも高く」売る意識が必要で、経費は「見える化」し、自分がどれくらい使っているか、肌感覚で理解しなければならない。

次に「採算意識を高める」。

どのような状況でも利益が最大限になるように努力することで、非常事態にも耐えられる内部留保《りゅうほ》を厚くすることができるのだという。これは日々の努力の積み重ねだといい、全員に経営者意識を持つことを求めている。

三番目には「公明正大に利益を追求する」。

公明正大に利益を上げ、税金などを納め、内部留保を厚くする。利益を上げ、経営を安定させることが安全運航にも繋《つな》がると、利益を上げることの社会的意義を教えている。

最後に「正しい数字をもとに経営を行う」。

経営において、企業の実態を表す真実の数字はひとつしかない。数字はダブルチェックの原則を徹底して間違いのないものにし、その結果得た正しい数字を、それぞれが意識して経営判断をしなければならないと、厳しい自覚を促している。

この採算意識は、佐々木が実践するアメーバ経営の神髄《しんずい》といえるものだ。小集団に分けて、それぞれに採算意識を徹底させ、利益目標を達成していく。

多くのジャーナリストから、

「航空会社の最大の使命は安全性だ。アメーバ経営で利益至上《しじょう》主義になれば、安全性が損なわれるのではないか」

と指摘を受けた。翔は、その都度《つど》反論した。

アメーバ経営とは、社員一人一人の努力が、いかに経営に反映しているかを実感させるという、透明性の高い経営を目指すものだ。経営幹部が「頑張れ、頑張れ」といくら叱咤激励《しったげきれい》しても、自分の努力がどのように経営に反映されているのか分からなければ、モチベーションが上がるはずがないではないか、と。

批判的な記事を書くジャーナリストの土橋《どばし》から、翔は捨てゼリフのように言われたことがある。

「ベテランのスッチーが泣いてますよ。働かないのに給料が高いなんて目で見られている。居づらくて仕方がないってね。この間、整備の人に会ったら、古いネジを見て、まだ使えるかなって考えちゃうって悩んでいましたよ。ベテランスッチーがいなくて空の安全が保てますかね。古いネジを使っているヤマト航空の飛行機なんて怖《こわ》くて乗れませんよね。こんなことをやっていてV字回復できればいいですが、失速したら見ものですね」

翔は、「土橋さん、根拠のない噂を広めたら許しませんよ。古いネジなど使わないし、ベテランCAは若手を育てながら、再建に向かってチームワークを重視して働いています」と強く反論した。

しかし、全《すべ》てがしっくりといっているわけではない。みんなが節約、節約と言い、必要なものまで節約して、その結果、安全性が損なわれることはないのか、など考えることもある。

「きれいごとですよ。ケチくさい経営になったものだと残念でたまらない」

葛岡が例によって批判的なことを言った。

「利益を上げなければ、どうしようもないでしょう」

山下がきつい調子で言った。

「だけどパイロットが飛行機を飛ばしながら、この便の収支はどうなっているのだろうか、黒字なのか、どうなのかなどと余計なことを考える必要があるんでしょうかね。いったい何人乗っているんだろう。みんなマイレージの客じゃないか、みんな割引チケットの客ばかりなんじゃないか、なんて考えていると憂鬱《ゆううつ》ですよ」

葛岡は皮肉っぽく言う。

「それは、パイロットの人はこれまで優越意識が強かったからですよ。当然、そういう風に考えて、営業の苦労を思いながら操縦してもらいたい」

山下が言った。

「言わせてもらいますが、パイロットの方の中には、やれ夜食が悪くなったとか、私たちがお客様へのサービスを行っている時に『コーヒー』なんて、まるで私たちを自分の秘書か何かのように使う人もいるんですから」

結城が葛岡を睨《にら》んだ。

「いやいや、なんとも形勢が悪いですな」

葛岡が気まずそうに苦笑した。

「私は、記者から収益、収益と言って、社員がケチくさくなるんじゃないかって言われますね」

翔は言った。

「そうでしょう、そうでしょう。実にケチくさい」

葛岡が笑みを翔に向けた。援軍が来たと思っているのだ。

「でも今までがひどすぎたんだから。私は、会社って自分の家と同じじゃないかと思っているんです」

遥は、自分の家だと節電のために電気を消して回るのに、会社だとそういうことはしない。不要な明かりを点《つ》けっぱなしだと言った。

「数日の旅行に出かける際は、トイレの便座のコンセントも抜いていきます。スーパーの袋はゴミ袋に使いますし、そもそもゴミを出さないように気をつけます。それが普通でしょう」

遥は言った。

「いい奥さんになるなぁ」

国谷がにこやかに言った。

「それ、セクハラになりませんか」

結城が厳しく睨んだ。

「大丈夫ですよ。嬉しいです」

遥が笑みを浮かべた。

「以前のように、タクシーで通勤したいと思いませんかねぇ。本当に電車は大変なんだから。他社はどこもタクシーですよ」

葛岡がCAの結城に言った。

「まあねぇ。前日のフライトが遅かったりしますとね」

結城が眉根《まゆね》を寄せた。

「それは既得権《きとくけん》でしょう。そんなことだから破綻するんだ。私ら、一日中、歩いて靴底《くつぞこ》を擦《す》り減らしているんだ」

山下が怒った。

以前は、パイロットやCAはタクシーで空港に出勤していた。しかし、今は原則的に電車やリムジンバスなどの公共交通機関を利用する。

組合は、乗務の前に疲労するからタクシー利用を認めてほしいと要望しているが、乗務員の側からもタクシーを廃止する声が上がった。

「整備の現場は贅沢《ぜいたく》ですよ」

国谷が言った。

「えっ、タクシー通勤ですか」

遥が驚いたように訊いた。

「まさかぁ」

国谷は苦笑した。

例えばボーイング767は、二十五年から三十年くらい使用する。しかし整備がずさんだと、すぐに使い物にならなくなる。長く使用できるということは、整備がしっかりしているということで、安全性に直結する。この整備に関しては、破綻後も経費節減とは無関係だという理由でやり方を変更していない。その意味で贅沢だと国谷は言うのだ。

「三回整備していたのを一回に減らすというようなことはないんですね」

翔は訊いた。

国谷は手を大きく振って、「ない、ないですよ。そんなことをしたら結果として大損です」と強く否定した。

「じゃあ君たちは、採算性を意識して経費を最小にという努力はしていないんですね」

葛岡が訊く。

「それは違いますよ。経費がかかるから部品をケチろうなんて、そんなことはしないですが。例えば、ぼろ布ですよね。こんな大きな布を買ってきて」国谷は両手を広げた。「ちょっと使って捨てていたんですよ。調べてみると四分の一しか使っていない。これはもったいないと、もっと使うようにしたり、レンタルのぼろ布をその都度クリーニングに出さないで、油を拭《ふ》き取るようなギア部分などはきれいな布でなくてもいいので、そちらに回してレンタル代を節約するとか……」。

翔は国谷の話を感心して聞いていた。国谷はその他にも、コンビニでもらってきたビニール袋でゴミを捨てて、指定のゴミ袋購入費を節減する、ハンガーライトという水銀灯をこまめに消すなど工夫しているという。国谷は、「今までも工夫をしていましたが、破綻してから、よりみんなで工夫するようになりました」と自信たっぷりに言った。

また、「コストを削減しろという声が大きくなると、ネジ三本のところを二本でもいいんじゃないか、そういう風にしているんだろうって言う人がいるんですが、そんなの素人《しろうと》ですよ」とも国谷は言った。

翔は恥ずかしくなった。自分のことを素人と言われているようだったからだ。

土橋など記者から、コスト削減が安全性を脅《おびや》かすのではないかと詰め寄られた時、国谷のように具体的な事例をあげて反論できなかったことを反省した。

「そういえば、安全の指数が上がったって聞いたことがあるわ。本当ですか？」

結城が国谷に訊いた。

「本当です。国交省は、各航空会社の不具合の発生状況を把握し、統計を取っているんです。マスコミの人が、ヤマト航空は、整備面の経費まで削って安全性が下がっているんじゃないかって、国交省に訊きにくるんですって。批判的な番組を作るつもりなんでしょうね。その時、国交省の人は、『ヤマト航空の安全性は破綻後でも向上してますよ。統計的には今、一番安全でしょう』って答えるんですって。マスコミの人は、なんで？　なんて顔をするらしいですよ」

国谷は愉快そうに笑った。

「知らなかった……」

翔は思わず呟いた。日々、マスコミに接しているのに、そんな話を耳にしたことがなかった。

「草薙さん、情報不足！」

遥がからかうように言った。

「面目《めんぼく》ない。いつも意地悪なことしか聞かされないので、いい話を収集できてませんね。反省しています」

翔は頭を掻いた。

「ファシリテーターさんの話ですが、採算性と企業価値、即《すなわ》ち顧客満足はリンクすると思うんです。ケチくさいんじゃなくて、余計な経費を削減して利益が上がったのを実感すると、嬉しくなってお客様に対して自然と笑顔になるんです。それって、絶対にお客様の満足に繋がっていると思うんです」

遥が言った。

「いつまで続きますかね。経費節減って疲れますから。我が社は、何事も長続きしないですからね」

葛岡が口にするのは否定的なことばかりだ。

――この人、相当、歪んでるな。

翔は黙って葛岡を見つめた。

「葛岡さん、他人事《ひとごと》のようですよ。じゃあ、どうすればいいんですか？　利益を上げないと、会社として何もできないんじゃないですか」

遥が怒ったように言った。

「さあね、どうしますかね。ノー・アイデアですね。私の給料を上げてくだされば必死で働きますがね」

葛岡は、遥の問いにまともに答えないで鼻で笑った。

「絶対に採算性と顧客満足はリンクします！」

遥は語気を強くした。

6

「ああ、腹が立ったわ。あの葛岡さん、何を言っても否定的なことを言うんだもの」

遥が言った。

「そうでしたね。何か鬱屈《うっくつ》した思いがあるんでしょうね」

翔が答えた。

フィロソフィ教育が終わり、翔は遥と一緒に駅まで歩いていた。

「それでもひと言くらい前向きなことを言ってもいいのに……」

遥は悔《くや》しそうな顔をした。

「でもお蔭で議論が深まったじゃない」

後ろからポンと肩を叩《たた》かれた。振り返ると結城がいた。

「お邪魔かしら？」

「いいえ、そんなことないです」

翔は少し赤くなった。本音は遥ともっとゆっくり話したいのだが……。

「あの人ね、自分の仲間や後輩のパイロットが辞《や》めたことが悔しいのよ。それに、空いた時間にヤマト航空カードのセールスをさせられたりね。そうしたことがプライドを傷つけているんでしょうね」

結城が言った。

「それぞれいろいろな思いがあるんですね。でも前を向いて歩くしかないんですよね」

遥が言った。

「そうよ。それしかないわ。やるしかないんだものね。後戻りできないってことは、ある意味、すっきりしているじゃない。これからもよろしくね。今日は、楽しかったわ。今度、仙台にも飛ぶからね」

結城は遥と軽くハイタッチをすると、急ぎ足で駅に向かった。

「いい人ですね」

遥は、結城の後ろ姿を見ていた。

「みんな同じ方向を向いていけるといいですね」

翔は言った。

「草薙さん、絶対に仙台に来てくださいね」

「絶対に行きます。これからも時々、連絡してもいいですか」

翔は思い切って言った。

「もちろん」

遥は強く言った。

翔は自分の携帯電話の番号を教えた。こんな大胆《だいたん》なことをする自分が信じられないと思った。

遥も自分の携帯電話の番号を翔に教えてくれた。

フィロソフィ万歳《ばんざい》、と思わず心の中で叫んだ。

第七章　3・11

1

翔《しょう》は、歩きながら携帯電話を操作してメールを呼び出した。

遥《はるか》からのメールだ。昨日の出来事などが快活に綴《つづ》られている。翔は、必ず近いうちに仙台に行くと返事をした。

翔は、フィロソフィ教育で会って以来、遥と連絡を取り合うようになった。メールで近況を知らせ合ったり、携帯電話で話したりするのが楽しくてしかたがない。翔は東京。遥は仙台。会いたいけれど離れているからなかなか会えない。でもいつか恋人に発展しないかと、翔は期待を抱《いだ》いている。

目的の店の前に着いた。嫌な奴に会う前には、遥からのメールを読むに限る。元気が湧《わ》いてくる。

＊

翔は、丸ビル四階のカフェで、ジャーナリストの土橋《どばし》と向き合っていた。

相変わらず土橋は、ヤマト航空の経営に批判的だ。企業が公的資金で救済されることに我慢《がまん》ならないのだ。

翔は、土橋を認めるわけにはいかないが、理解できないわけではない。自分だって、かつて銀行が公的資金で救済された際、ひどく批判したものだ。

親方日の丸意識、どんなに経営に失敗しても救われるのは不公平だ。中小企業は潰《つぶ》れたらそのままじゃないか。銀行には、なんて甘いんだ！

今、その言葉がそのまま自社に返ってくる。そんな立場になるとは想像すらしていなかった。

「フィロソフィ教育が始まったそうじゃないですか。おたくは、目新しいものや人から命令されたことにはすぐ飛びつくが、長続きした例《ためし》がありませんね。心が入っていないからですよ」

土橋は言い、「くそっ、最近はどこもかしこも禁煙にしやがって」と、いらいらした様子でテーブルの上に置いた煙草《たばこ》ケースを指で叩《たた》いた。

「今度は違います」

翔は強い口調で言った。

「何が違うんですか。佐々木《ささき》会長の権威にひれ伏しているだけじゃないですか。会長も歳《とし》が歳だからいずれいなくなる。そうなると、フィロソフィなんてゴミ箱行きだ。よくもこんな無駄《むだ》なことをしたなってね」

土橋が煙草ケースを叩く音がうるさい。

土橋の言うことは、全く的外《まとはず》れではない。今までいろいろなことを試みてきたが、ヤマト航空では、これといって長続きしたものがなかった。

経営の危機だと、前社長の石嶺《いしみね》が悲壮な顔で訴え、どれほど経費削減や経営改善運動を指揮したか分からない。

しかし、どれもこれも実らなかった。石嶺の叫びは、会社組織の隅々《すみずみ》に届きはしたと思う。しかし、共鳴しなかった。いつしか拡散され、声は消えてしまった。共鳴し、反響し、大きなうねりとなって会社全体をゆり動かすことは、ついになかった。

なぜなのだろうか。

甘かったのだ。それしか理由は見つからない。なんとかなるさと思っていたのだ。

日本人は、悲観的な考えを持つ民族だと言われている。しかしそれは、起こってもいないことに対してだ。遠い将来、空から天が落ちてくるのではないかと心配する、杞憂《きゆう》という意味で悲観的なのだ。

ところが目の前に危機が訪れている場合は、まあなんとかなるさと、ある種の諦《あきら》めを感じてしまうことがある。あるいはまた、誰かがなんとかしてくれると他人に依存《いぞん》する。

燃えている火を見ようとしない。茹《ゆ》でられているのに茹であがるまで気がつかない。茹で蛙《がえる》だ。

ヤマト航空がまさか潰れることはない。潰すようなことはしない。トゥー・ビッグ・トゥー・フェイル……。大きすぎて潰せない。

しかし、信じられないことが起きた。ヤマト航空の破綻《はたん》だ。世間は驚いたが、一番、驚いたのはヤマト航空の社員ではなかっただろうか。

まさか……。今までの価値感が音を立てて崩れてしまった。現に翔がそうだ。潰れるかもしれないと聞いていたし、ひょっとしたら、そんなことがあるかもしれないと思っていた。しかし、心のどこかで信じていなかった。ところがそれが現実になった。

あの時、翔は甘さが吹っ飛んだのだ。それは翔だけでなく、ヤマト航空社員全員同じ思いだったはずだ。

この世の中に絶対などというものはない。絶対潰れない会社なんてないのだ。どんなに大きくても、どんなに今、経営が順調でも、潰れないなんてことはないのだ。

会社に残った翔が、次に思ったことも、全社員が思ったことだろう。

それは、後がないということだ。二回潰れることは、本当におしまいということだ。公的資金で救われたとの批判は甘んじて受けようじゃないか。しかし、そうして辛《かろ》うじて息を吹き返した以上、二回目の破綻はあり得ないし、その時は誰も助けてくれないだろうと自覚した。

そして最後に残ったものはプライドだ。このまま終わってたまるものかという悔《くや》しさだ。もしヤマト航空を再建できずに終わってしまったら、社員一人一人のプライドは、回復不可能なところまでズタボロになるだろう。

そんなことにはならない。なってたまるか……。

「草薙《くさなぎ》さん、黙っちまいましたね。私は、きついことを言ってるんじゃない。世間の人が思っていることを代弁しているだけだ。社員を洗脳したって、再建なんかできるわけがない」

翔は目を見開き、「洗脳なんかじゃありません」と強く反論した。

「フィロソフィ教育なんて、洗脳じゃなければ、いったいなんだっていうんですか」

「私のプライドです」

翔の言葉を聞き、土橋は何か聞き間違えたのではないかというような表情を浮かべ、そして皮肉っぽく「ふん」と鼻を鳴らした。

「絶対にこのままでは終わりません。土橋さんが驚くほど、立派な会社になります。そのためだったら、なんだってします。洗脳と言われようが、なんと言われようが、私は自分のプライドのために、進んでそれを学びますよ。私の進む道がそれしかないんだったら、それを迷わず進みます」

翔は、ぐっと身を乗り出した。

「甘いなぁ。大人の口から初めて聞きましたよ、プライドなんて言葉……」

土橋が声を出して笑った。

テーブルに置かれた土橋の煙草ケースが小刻《こきざ》みに動き始めた。翔のカップのコーヒーにさざ波が立っている。

土橋が上目《うわめ》づかいになり、何かを確かめるような表情になった。

周囲の客たちの声が消えた。

「土橋さん……」

翔は、テーブルを摑《つか》んだ。薄気味悪いゴゴゴゴッという音が、足裏から骨を伝って耳に届く。

「地震か？」

土橋が、呟《つぶや》いた。その瞬間、目の前の土橋の身体《からだ》が傾いた。店内に悲鳴が上がった。

2

ミッションディレクターの能見《のうみ》は、天王洲《てんのうず》のヤマト航空本社ビルにあるＯＣＣ（オペレーションコントロールセンター）にいた。

部下が立ち上がった。

「能見さん、コーヒー買ってきましょうか」

「おお、おごりか？」

「いやだなぁ。こっちがおごってもらいたいくらいですよ」

「分かった、分かった。おごってやるよ」

能見は、財布から自分と部下のコーヒー代を取り出して渡した。

「ありがたいですね。言ってみるもんですね」

部下は喜んでコーヒーを買いに行った。

今日も順調だ。

能見は、一日九百便にも及ぶヤマト航空の全便に責任を負っている。この場に座り、安全かつ効率よく運航されているか確認している。もし何かトラブルが起きれば、即座に問題解決のために指示を出す。

能見の周囲には、スケジュール統制セクション、ディスパッチャーと言われる運航管理セクション、整備セクションが配置されている。能見は、それらを統率する立場だ。

地上における運航の最終責任者。社長から運航に関する権限を委《ゆだ》ねられている。やりがいのあるポストだが、その責任は重い。

もし飛行機の不調が発覚したら、別の飛行機を回す。それは口で言うほど簡単ではない。ボーイング767が不調になれば、できれば同じ767を回さねばならない。だが、都合よく空いているとは限らない。別の飛行機が調達できたとしても、今度はパイロットなど乗務員の確保が必要だ。パイロットは機種ごとに操縦免許を取得している。誰でもいいというわけにはいかないのだ。

「コーヒーですよ」

部下が蓋《ふた》つきのカップを渡してくれた。

「ありがとう」

能見は、それを机に置いた。

飛行の様子を示しているモニター画面を見た。時刻は十四時四十六分。

テーブルに置いたカップが小刻みに震《ふる》え始めた。

――地震？

そう思った瞬間、自席に向かっていた部下が振り向いた。その顔には、不安の表情がべったりと張り付いていた。ガツンという衝撃が能見の身体を貫《つらぬ》いた。今までに感じたことがない強さだ。床が大きく揺れ、立っていられない。ビルが崩れてしまうのではないかという恐怖に襲われた。

地鳴りのような音が足元から聞こえてくる。

すごい揺れだ。身体ごと飛ばされそうだ。こんな揺れは初めてだ。片手で机にしがみつく。

「大きいぞ！」能見は叫んだ。

スケジュール統制セクションのスタッフたちも揺れに耐えながら机にしがみついている。

壁にしっかりつけられているモニター画面が揺れている。壁面に据《す》え付けられた書類棚の扉が、開いてしまいそうなほど、がたがたと音を立てた。

見上げると、天井から吊《つ》りさげられている各種のプレートが、ブランコのように揺れている。それはまるで、天井そのものが歪《ゆが》んでいるのではないかと思わせた。窓から向かいの高層ビルが見える。大きく傾《かし》いでいる。窓枠の外側に出てしまうほどだ。あれではビルがぽっきりと折れてしまう。

机に置いたコーヒーカップが倒れた。幸いなことに蓋は開いていない。こぼしてなるものかと慌《あわ》てて摑む。

ちきしょう、なんでコーヒーなんか買ったんだ。

机の引き出しが飛び出す。机上のパソコンが倒れそうになる。机を摑んでいた手を離し、パソコンを押さえる。

もう、しゃあない。

持っていたコーヒーを飲んでしまうことにする。このままではコーヒーをこぼし、この辺りをコーヒーまみれにしてしまう。

まだ熱い。しかし、無理に飲む。身体が左右に揺れる。ワイシャツにコーヒーがこぼれる。

「能見さん、コーヒー飲むなんて余裕ですね」

部下が驚いた顔を見せた。

「ばかやろう。もったいないじゃねえか」

飲み干すと、カップをゴミ箱に入れた。ゴミ箱は、この揺れにもかかわらず、律《りち》儀《ぎ》にいつもの場所にある。

　ようやく揺れが収まった。

「おい、余震《よしん》があるかもしれないぞ。気をつけろ」

　電話が鳴り始めた。

　受話器を取りながら、部下に「まずは羽田、成田などの状況を確認しろ。ランウエイチェックがあるだろうからな」と指示をする。

　ランウェイチェックとは、滑走路《かっそうろ》の点検だ。一旦《いったん》、飛行場が閉鎖《へいさ》される。運航スケジュールを変更しなくてはならない。

　震源地はまだ分からないが、これだけの揺れだ。羽田空港は確実に閉鎖されるだろう。

「震源地はどこだ？」

　モニター画面にＮＨＫの緊急地震速報が映し出された。

　その間も各地から電話が入る。

「中部空港、異常なし」

「関西空港、異常なし」

「震源地は東北の模様」

　部下が声を張り上げた。

震源地は東北……。

気象庁のホームページとＮＨＫが同時に震源地の情報を流した。震源地は宮城県三陸沖だ。

「なんだって！　マグニチュード９・０！　震度７だと」

能見は、その大きさに衝撃を受けた。

東京は、震度５強だ。能見は宮城県にある仙台空港のことがすぐに頭をよぎった。

「仙台からの連絡はまだか。仙台と連絡取れるのか」

能見は叫んだ。

「だめです。連絡取れません」

部下が叫ぶ。必死の形相《ぎょうそう》だ。

また激しい揺れが来た。余震？　それにしては大きい。このビルが倒壊してしまいそうだ。

ＮＨＫのアナウンサーは、さすがに落ち着いてはいるが、表情は強張《こわば》っている。

慌てずに行動してください、と何度も呼びかけている。

「津波は大丈夫か」

能見が呟いたその時、目の前の電話が鳴った。

「もしもし、こちらミッションディレクター」

能見が叫んだ。

「仙台空港の大山《おおやま》です。今、大きな地震が来ました」

「大丈夫ですか」

「電源が落ちてしまってテレビが見られません。かなりやられています。震源はどこでしょう？　そちらに津波の情報は入っていますか」

能見は、NHKの画面を見た。東北地方の海岸線一帯に、津波警報の赤いラインが映っている。

「震源は岩手県三陸沖です。一帯に津波警報が出ています。気をつけてください」

「了解しました。空港内を点検してきます」

大山俊也《としや》は仙台空港の整備責任者だ。彼は地震などが発生した場合、どの程度空港の設備や機材、部品などが損傷しているか点検する責任を負っていた。

「よろしくお願いします。この電話は切らないでおきますから、状況を伝えてください」

能見は、嫌な予感がした。仙台空港の様子が全く分からないからだ。大山は、電源が落ちてしまったと言った。相当な異常事態だ。本当に津波は大丈夫だろうか。

二〇一〇年二月二十七日に、南米チリでマグニチュード8・8の大地震が起きた。その際も津波が三陸海岸に到達したが、たいした大きさではなかった。

しかし、今回は、遠い南米ではない。三陸沖という、すぐ近くだ。

NHKのアナウンサーの声の調子が変わった。

「大津波警報が発せられました。すぐに高台に避難してください」

アナウンサーは冷静だが、その声は強く、厳しい調子だ。

NHKの放送を見ることができないと言っていたが……。津波情報は届いているのだろうか？

能見は、受話器を摑んだ。仙台空港のスタッフたちに避難するように指示を出そうと決めた。彼らは今、情報過疎《かそ》に置かれているに違いない。

大津波が襲ってくる。チリ地震の際の津波の比ではないだろう。

「避難してください！　避難してください！」

能見は叫んだ。

しかし、大山は応答しない。電話は通話不能になっていた。

十四時五十五分。OCCからフェイズレッドが発令された。ホワイト、イエロー、レッドという三段階の緊急体制のうち最高レベルの体制だ。

ヤマト航空震災対策規定第二条第二項。「空港本部長、不在時は当直ミッションディレクターは、震災対策本部が設置されるまでの間、情報の収集・伝達、応急のダイヤ対応、及びその他の応急対応措置を決定し実施する」。

「運航、全停止！」

能見は叫んだ。同時に身震いした。全身全霊を研《と》ぎ澄まして危機に対処しなければならない。

「仙台空港停電です」

部下が叫ぶ。

「羽田、ランウェイチェック。三十分出発中止」

さらに別の部下が怒鳴《どな》る。

「伊丹《いたみ》発、仙台行き飛行中です」

部下が言った。

「発地に戻るように伝えろ！」

「了解」

出発した伊丹空港へ戻れという指示だ。

部下が伊丹－仙台便の機長に連絡している。

能見は、ふたたび受話器を摑んだ。

「もしもし！　もしもし！」

しかし、仙台には繋《つな》がらなかった。

3

中国国際航空の便が無事出発した。遥は、飛び立つ航空機に深く頭を下げた。

これで今日の仕事は終了だ。朝の六時からの勤務。早番は、五時には空港に入らねばならない。眠いが、嫌いではない。空港で朝焼けを見るのが好きだからだ。

携帯電話を取り出した。写真を検索する。翔の笑顔が出てきた。メールに添付《てんぷ》してきたのを保存しておいた。

「いつ仙台に来るのかな」

遥は、呟いた。

「何を見ているの？」

後ろから声が聞こえた。驚いて振り向くと安藤朋子《あんどうともこ》だ。

遥と同じように、チェックインなどの地上勤務をしている。

彼女は既婚者で、仙台市内に夫と男の子との三人暮らしだ。男の子は今、三歳。保育園に預けている。

遥とは仲が良い。

遥は慌てて携帯電話をしまった。

「あらぁ、何か怪しいなぁ」

朋子がからかうような表情になった。

「なんでもないですぅ。覗《のぞ》き見はルール違反ですよ」

「覗き見してくださいなんて顔をしているんだもの。にやにやしてさ。東京に行っていい人を見つけたの？」

「秘密です」

遥が口をとがらせた。

「水臭《みずくさ》いんだから」

朋子が笑った。

「それよりお腹《なか》がすいちゃいました。早くお弁当食べましょうよ」

「そうね。ではじっくりと瀬尾《せお》遥のお江戸の恋の物語をうかがいながら、いただきましょうか」

「んもうっ、そんなんじゃありません」

遥たち地上勤務のスタッフたちは、早番と遅番に勤務時間が分けられている。朝の六時からの早番と午後二時からの遅番だ。

早番の勤務が終わる午後二時あたりが、遅い昼食となる。

休憩室に入った。テーブルが幾《いく》つか並び、飲料自販機、食器棚、電子レンジ、テレビなどが設置してある。ヤマト航空が破綻して以来、無駄なスペースは仙台空港ビルに返却したため、決して広くはない。しかし、一日の勤務を無事終えた遥たちにとっては、天国のような場所だ。

遥と朋子は弁当を電子レンジで温めた。

「さあ、食べましょうか」

朋子が言った。遥は朋子の正面に座った。

「朋子さんのお弁当、可愛《かわい》いな」

卵焼きやウインナー、煮物などが入っている。

「旦那《だんな》のお弁当と同じなのよ。旦那って子どもみたいで、卵焼きとウインナーが鉄板なのよね」と呟きながら、「これ、私が漬《つ》けたんだけど、食べる?」朋子がプラスチックの容器の蓋を開けた。中にナスやキュウリの漬物が入っていた。

「すごい。ぬか漬けですか。いただきます」

遥は、キュウリを一切れ、摘《つま》んだ。パリッという小気味《こきみ》いい音がした。

「おいしいっ」

遥は、嬉《うれ》しくなってもう一切れ摘んだ。

「二時四十六分か……。息子を迎えに行く前に買い物に行かなきゃね」

朋子が呟いた。

「あら、地震?」

弁当箱の蓋を開けようとしていた遥が言った。

「そうね。いやぁね」

朋子が気にしない様子で卵焼きを食べた。

地鳴りのような音が聞こえてきた。

「大きい？」

食器棚がガタガタと音を立て始めた。

朋子が立ちあがって食器棚を押さえた。

地の底から突き上げるような衝撃が遥の身体を襲った。一瞬、飛ばされそうになる。悲鳴《ひめい》が上がった。机にしがみつく。

「遥！　テーブルの下！」

食器棚から離れ、朋子は、テーブルの下に飛び込んだ。

その声を合図に、遥やその場にいたスタッフたちは、一斉《いっせい》にテーブルの下にもぐりこんだ。

ものすごい音がして、食器棚が倒れてきた。テーブルに当たり、皿やコップが中から飛び出してくる。床で粉々に壊れ、破片が弾《はじ》け飛んだ。

「イタッ」

朋子が叫んだ。見ると、割れたコップの破片が飛んできて朋子の腕を傷つけたのだ。血が滲《にじ》んでいる。

「大丈夫ですか」

テーブルの足につかまりながら遥が言った。

「大丈夫よ」

テレビが飛んだ。電子レンジが床に落ちた。

どれほど大きな地震なのだろうか。空港の建物が壊れてしまうほどの衝撃だ。

明かりが消えた。

「みんな、揺れが収まったら、お客様の誘導をするわよ」

朋子が大声を張り上げた。

「はい！」

遥は返事をした。

4

仙台空港整備事務所に勤務する大山の所属は、ヤマト航空のグループ会社であるヤマト航空エンジニアリングだ。

仕事の内容は、到着便を素早く点検し、出発便を時間通りに送り出すことだ。

大山たちは、航空機が到着すると、それが出発するまでの短い間に必要な整備・

点検を行い、安全性を確認してサインをする。そのサインは法律に基づいており、非常に重みのあるものだ。整備担当責任者のサインがなければ、飛行機は飛び立つことができない。

大山は、整備担当として誇りを持っていた。ヤマト航空が破綻した時だって、淡々《たんたん》と整備の仕事をこなせばいいんだと自分に言い聞かせて、いつもと変わらない仕事をしてきた。

変わったことといえば、不安そうな表情で職場に送り出す妻に、大丈夫だとひと言《こと》声をかけたことだけだ。

中国国際航空の飛行機が無事に飛び立っていった。背筋を伸ばして敬礼し、機影が見えなくなるまで見送る。だんだんと小さくなっていくエンジンの音に不調がないことを確認して、ようやくほっとする。

国際便は、アシスト業務だ。中国国際航空の整備士の代わりに、仙台空港で飛行機の整備・点検をするのが役割だが、責任の重みは変わらない。

一機の整備・点検にかける時間は、せいぜい四十分だ。あまり時間をかけると、定時性という飛行機の運航スケジュールに支障をきたしてしまう。限られた時間の中で完璧《かんぺき》な整備・点検をしなくてはいけないため、いつも緊張を強《し》いられる。

「今日は、もう一便で終わりですね」

一緒に敬礼していた部下が言った。

「遅れているらしいな」

大山は呟いた。

伊丹から来る予定のヤマト航空便が、まだ到着しない。

「新潟の悪天候の影響だそうですね」

到着予定の飛行機は、新潟から伊丹に飛び、そして仙台に来るスケジュールになっているのだ。それが新潟の出発が遅れたため、その遅れが取り戻せないままになっている。

飛行機が遅れれば、整備にはさらに負担がかかる。よりスムーズに完璧な整備を行わねばならない。遅れているからといって、整備時間を短縮するために整備で手を抜くわけにはいかない。

「早く着けばいいな」

大山は部下に言った。

仙台空港には七名の整備担当がいる。早番、遅番に分かれてのシフト勤務だ。

「じゃあない。事務所に戻るか」

大山は、空港ビル一階にある整備事務所に向かった。ちょうど交替の遅番二人が来ている頃だろう。

「そうですね。行きましょうか」

伊丹からの飛行機は五番ランプに到着する予定だ。

大山は事務所に入ると自席に座り、モニターを見た。伊丹からの飛行機は、順調に仙台に向かって飛行を続けているようだ。

時計を見た。十四時四十六分になった。

「ん？」

足元から、何か大きなものが押し寄せてくるような感覚が伝わってきた。

「地震ですね」

部下が言った。その声に不安の響きがあった。

突然の衝撃が、大山の身体を突き上げた。

机の上のパソコンが吹っ飛んだ。積み上げた書類が音を立てて崩れる。壁面のロッカーが空を飛ぶように、机に向かって倒れ込んできた。戸が開き、中の書類がドドドドと流れるように床に散らばった。

「大きいぞ」

大山は机にしがみついたが、机が躍《おど》っている。

「ランプに出ましょう」

部下が言った。

「ああ、出よう」

大山は、航空機が到着するランプエリアに飛び出した。

空港ビルを見上げた。仙台空港は外壁がガラス張りの美しいビルだが、全体が大きく揺れ、ギシギシと音を立てている。

ガラスが割れ、それらが雨のように降ってくる……。

大山は恐怖を覚えたが、揺れが激しく、その場から動くことができなかった。部下は、と見ると、地面に身体を伏せていた。

「これは津波が来るぞ」

大山は部下に叫んだ。

「間違いないですよ、こりゃ。チリ地震の時の比じゃないです」

地面に伏せながら部下が叫んだ。

ようやく揺れが収まった。しかし身体は船酔いのようにふらふらとする。

「一旦、事務所に戻るぞ」

「はい！」

大山は、ふらつきながらも事務所に戻った。

「なんてことだ！」

どうしたらここまで荒らすことができるか、というほどの状態になっていた。机の上にあったパソコン、書類などはほとんど全て床に落ちていた。パソコンを繋いでいたコードが、床に向かって延びている。床は書類で足の踏み場もない。

「停電しています」

部下が言った。地震の情報を入手しようにもテレビがつかない。

電話機が床に落ちていた。空港の航務事務所に連絡し、情報を入手しようと試みる。航務事務所は、空港全体の管理を行っている。しかしどこにも電話が通じない。

「非常電源、入りました」

部下の声を聞き、天王洲の本社ＯＣＣに連絡を試みる。

大山は、状況をＯＣＣに伝えると、受話器を机に置いた。

部下は、床に落ちたパソコンなどを片づけ始めた。

「部品庫を見てくる」

大山は部下に言った。

「分かりました。少し片づけたら空港内の様子を見てきます」

「お互い気をつけよう」

大山は、床に散乱した書類を避《よ》けるように歩き、部品庫に向かった。

5

「くそっ、電話が通じないんだ」

能見は、仙台空港と唯一繋がっていた電話の受話器を握って、歯ぎしりをした。

「だめですか」

部下が心配そうに駆けよってくる。

「大津波警報をなんとしても伝えなくてはならないんだ。とにかく逃げろと伝えなければ」

能見は、後悔していた。津波警報の段階で、すぐに、逃げろと指示を出すべきだった。まさか電話も何もかもが不通になるとは思ってもいなかった。

「どうしましょうか」

「どうしましょうかも何もないだろう。指示を伝える方法を考えないといけない」

能見は、そう言いながらも何もアイデアが浮かばない自分に、猛烈に苛立《いらだ》っていた。

電話がけたたましく鳴った。

「能見さん！　鳴ってます」

諦めて受話器を置いた電話が鳴っている。

能見は奪うような勢いで受話器を取り、耳に当てた。

「仙台空港の所長の豊田《とよだ》です」

「仙台空港ですね」

「そうです。所長の豊田悠人《ゆうと》です。携帯からかけています。大津波警報が出ていると聞きましたが……」

落ち着きすぎていると感じるほどの口調だ。

「そうです。大津波警報が発令されています。到着便は発地に戻る指示を出しています。とにかく避難してください」

能見は、大声で言った。

「避難していいのですね」

豊田が確認をしてきた。

豊田は所長だ。彼の判断でスタッフを避難させることができる。しかし、持ち場を完全に離れていいという決断は難しい。ましてや仙台では、自分たちがどういう状況に置かれているか、地震についての情報が入手できないので十分に摑めていない。彼は迷っていたのだろう。能見はそう思った。

「私の責任で指示します。全員、避難してください。ただちに、です」

能見は、強く言い切った。

「分かりました。仙台空港のスタッフは全員避難します。またご連絡します。報告は……」

「不要です。とにかくただちに避難してください」

「分かりました。ありがとうございます。電池がもったいないので一旦、電話を切ります」

豊田の声が途絶えた。

「大丈夫でしょうか」

部下が不安そうな表情で言った。

「大丈夫さ。所長は、全く冷静だよ。いつもの通りさ。東北、関東へ向かっている便は、みんな発地に戻るように指示したな」

「はい」

能見は、仙台空港のスタッフとお客様が全員無事に避難してくれることを祈った。

そして自分自身に、冷静にと言い聞かせた。

ミッションディレクターが、台風や大雪などで空港が閉鎖になった際、飛行中の航空機に、発地へ戻るように指示をするのは普通のことだ。

だが、そうはいうものの、今回のように多くの空港が一度に閉鎖になり、避難指示まで出すのは尋常《じんじょう》ではない。

それでも能見は、普通のことのように冷静に対応しなくてはならない。今以上に最悪の事態にならないようにと願うばかりだった。

十五時三十分、天王洲の本社ビル内に、正式に震災対策本部が設置された。本部長は社長の本田《ほんだ》だ。会長の佐々木は本田に対し、「とにかくやれることは全てやってください」と励ました。

本田の指揮の下《もと》で社員、その家族、ヤマト航空関係者の安否《あんぴ》確認、顧客の安全、運航の早期復旧などが図《はか》られる。能見もようやく本田の指揮下に入った。

6

仙台空港業務部所属の樋口久信《ひぐちひさのぶ》は、一階の航務事務所で、航空機の運航指示をするためにパソコンのモニター画面を見ていた。

突然、ズズズズと腹を震わすような振動が伝わってきた。

地震？

そう思った瞬間に身体が椅子《いす》から弾き飛ばされた。机の上のパソコンが床に落ちた。

慌ててランプエリアに逃げた。建物から出ないほうが安全なのかもしれないが、周囲の棚などが自分をめがけて倒れてきたのだ。このままだと下敷きになってしまう。

ランプエリアに出て管制塔の方向を見た。まさに折れんばかりに揺らいでいる。自分自身もその場に立っていられない。地面にしゃがみこんだ。

尋常じゃないぞ。

揺れが収まった。ふたたび事務所に入った。無残《むざん》な姿が目に入った。パソコンのキーボード、書類、本など、あらゆるものが床に散乱し、足の踏み場もない。

OCCに電話をかけねば、と受話器を摑んだが、全く機能していない。自分の携帯電話を取り出し、電話をしようと試みたが、それも無理だった。

「ちきしょう。この状態をなんとかOCCに伝えなければ……」

樋口は、床に落ちたパソコンでメールが送れないか試みようとした。しかし、壊れて使うことができない。

万事休《ばんじきゅう》すだ。

「おい、避難するんだ。津波が来るぞ」

所長の豊田が顔を出した。

「OCCと連絡が取れません」

樋口は言った。

「大丈夫だ。状況は報告した。避難しろとの指示が出た」

「よかった。とりあえずOCCと連絡が取れたんですね」

樋口は、ほっとした。

「おい、津波警報が出たらしいぞ」

大山が飛び込んできた。

「探したぞ。どこに行っていたんだ」

豊田が訊《き》いた。

「部品庫の様子だけでも見てこようと思いまして……。残念ながら、見るも無残な状態です。整理に時間がかかりそうです」

大山は肩を落とした。

「そんなことより早く避難するんだ。いいな」

豊田が強い口調で言った。

「分かりました。所長は？」

「私は、みんなに避難を呼び掛けてくる。外に出ている人も多いんだ」

豊田は、困惑《こんわく》した表情を浮かべた。

「外って空港の、ですか」

仙台空港は、仙台空港アクセス線の仙台空港駅と陸橋で繋がっている。また一階には駐車場があり、空港へ車で乗りつける人も多い。

「そりゃ、だめだ。みんな二階に上げましょう。私も行きます」

大山が出ていこうとする。

「私も行きます」

樋口は言った。

「じゃあ、頼む。とにかく二階以上に避難するように、お客様やスタッフを誘導してくれ」

豊田が指示を出す。

「分かりました。ああ、ちょっと待ってください」

樋口は、自分の机の引き出しを開け、そこから緊急持ち出し用のパソコンを取り出した。

そのパソコンの中には、運航に関するソフトウエアが入っている。ネットが繋がれば、このパソコンで航空機に運航指示を出すことができる。

「伊丹からの便へは、発地に戻る指示が出されたぞ」

豊田は言った。

「ありがとうございます。安心しました。でもこれだけは持ち出します」

樋口はパソコンを抱《かか》えた。

「さあ、行こう」

豊田が、大山と樋口を促《うなが》した。

7

遥は朋子と、空港ビル二階を急いで歩いていた。空港ビルの一階に下りようとしていたのだ。自分たちの避難より、お客様が気がかりだった。

お客様に怪我《けが》人は出ていないか。あるいは外に出ている人はいないか。あれほどの大きい揺れだ。津波が来るに違いない。お客様をなんとしても二階に上げなくてはならない。

「急ぎましょう」

朋子が言った。

「ちょっと待ってください」

遥は立ち止まった。

「どうしたの？」

「何か聞こえません？」

遥に言われて、朋子が耳を澄ませた。

「唸《うな》り声みたいな……」

遥が言った。

朋子が頷《うなず》いた。

二人で耳をそばだてて、音のする方向に歩く。

「ここだわ」

朋子が指差したのは、女子ロッカールームだった。

「開けます」

遥がドアノブを回した。

「開きません」

遥は悲鳴のような声を上げた。

「誰かいるの？」

朋子がドアに向かって叫んだ。中からは低い唸り声が聞こえる。

「きっと何かがひっかかってドアが開かなくなっているのよ。こうなったら体当たりしかないわね」

朋子は言い、ドアから離れた。

「私がドアにぶつかるから、その瞬間にドアノブを回して開けるのよ」

「はい」

朋子は勢いをつけると、ドアに身体ごとぶつかった。痛さに顔を歪めている。遥は、朋子がドアにぶつかった瞬間にドアノブを回した。ガタッとわずかに動いた。

「もう一回、行くわよ」

朋子はまたぶつかった。

「もう一回」

朋子は苦痛に眉根《まゆね》を寄せる。

ガタッという音がした。遥がドアノブを押した。

「開いた、開きました」

遥は、思い切りドアを押した。

ロッカーが全て倒れていた。向かいあったロッカーが折り重なるように倒れ、支え合ってアーチのようになっている。そのロッカーとロッカーの間に女性が倒れていた。

「順子《じゅんこ》！」

遥は叫んだ。

同じ空港スタッフの原田《はらだ》順子だ。

ドアの側《そば》にロッカーが横倒しになっていた。これのせいで開かなかったのだ。

「早く助け出して」

朋子が言った。

遥は、中に入り、順子に駆け寄った。

「順子、順子」

遥は、順子の身体を抱き上げた。早く助け出さないと、余震が来たら、この微妙なバランスで支え合っているロッカーが倒れてしまう。そうなると順子は下敷きだ。

朋子も中に入ってきた。

二人で順子を抱えて、ようやく外に出した。

順子が気づいた。

「ああ、遥……」

遥が訊いた。

「歩ける？」

「大丈夫、歩けるわ」

順子はゆっくりと立ち上がった。

遥と朋子は、順子を左右から支えて、一階に向かった。

「皆さん、二階に上がってください！　津波が来ます」

豊田が一階で叫んでいる声が聞こえた。

「所長だわ」

朋子が言った。

一階は多くの人たちでごった返していた。いったい何人いるか分からない。

「所長」

朋子が声をかけた。

豊田は、朋子と遥に両脇を抱えられた順子を見て驚いた。

「怪我したのか」

順子は、「大丈夫です。少し足を痛めただけです」と答え、「自分で歩けます」と
朋子たちの支えなしで立った。

「よかった。少し前に、ＯＣＣから避難指示が出た。すぐにみんな二階へ避難するんだ」

「みんな大丈夫なんですか」

「お前たちがいないんで心配したが、早番の数人は車で帰ったようだ」

「無事だといいですね」

遥が言った。

「私もお客様の誘導をやります」

順子が言った。

「本当に大丈夫？」

遥が訊いた。

「うん」

順子が強く頷く。

「よし、みんなでお客様を二階へ誘導するんだ。エレベーターもエスカレーターも止まっているからな」

「はい」

豊田の指示に、三人が大きな声で返事をした。

8

「皆さん、二階に上がってください」

空港の駐車場周辺やターミナルの入り口に集まっている人たちに、遥たちヤマト航空のスタッフは声をかけ続けた。

彼らは指示に従って二階へ上がっていく。地震の揺れの話に夢中になっている人や自宅が心配だから帰りたいと言う人もいる。皆、一様に不安そうだが、それほど緊迫《きんぱく》した様子はない。

「あそこ、あそこ」

遥が叫んだ方向に男性が見える。陸橋を渡り、駐車場へと続く階段を下りている。車で自宅に帰ろうというのだろう。

「おーい、だめだ！　津波が来るぞ」

大山が叫んだ。

男性は、大山の声に気づいた。階段の途中で止まり、手を振った。

「あの、ばか野郎」

大山は、ひと言呟くと駐車場に向かって走り出した。どんなことをしても、その男性を引っ張ってこようというのだ。

ターミナルの玄関口に、マイクロバスが猛スピードで走り込んできた。

「あれは？」

朋子が言った。

マイクロバスの側面に老人ホームの名前が書いてある。

近くの老人ホームの人たちだ。空港に避難してきたのだ。

マイクロバスは、所長の豊田の前に停まった。

見ると、マイクロバスは次々とやってくる。一台、二台……。九台もやってきた。同じ老人ホームの名前が書いてある。

白い制服を着た人がマイクロバスから降りてきた。

彼らは豊田に声をかけるとストレッチャーに寝たきりの老人を乗せて、空港内に運びこんでいく。

別のマイクロバスからは、老人たちが次々と降りてくる。ふたたびエンジンをふかして町の方角に走っていった。

空港一階ロビーが、老人やストレッチャーに乗せられた寝たきり老人たちで溢《あふ》れた。

「みんな！　お年寄りを二階に上げるんだ」

豊田が、遥たちに指示をする。

遥たちは、老人の両肩を抱いて、一階から二階の国内線出発ロビーに案内する。

「すみませんね」

老人がか細い声で話す。

「足元、気をつけてくださいね」

エスカレーターは止まったままだ。一歩一歩確認するように上っていく。思った以上に急だ。いつもは自動的に動いているから、この角度を実感していなかったのだ。

駐車場から車で帰ろうとしていた男性を、強引に空港へ連れ帰ってきた大山は、休む間もなく、今度は老人を背中に背負ってエスカレーターを駆け上がっていく。

ストレッチャーに乗せられた老人はそれから降ろすわけにはいかない。

樋口は、老人をストレッチャーに乗せたまま、必死の形相《ぎょうそう》で別のスタッフと運び上げている。

遥は、老人を二階に案内すると、急いでふたたび一階に下りて、別の老人を二階へと連れていく。

「私も手伝います」

遥たちヤマト航空スタッフの姿を見て、二階に避難していた男性が声をかけてきた。

彼は、一階に駆け下りると、早速、老人を背負った。

何度、エスカレーターの階段を上り下りしたことだろう。足が棒になるというのは、このことをいうのだ。

遥は朋子と二人で床に座り込んだ。順子は少し離れた場所で座っていた。足は大丈夫だろうか。時計を見た。十五時五十六分だ。

「みんな三階に避難だ！」

三階へと続くエスカレーターの上から、豊田の大声が聞こえた。

「どうしたんですか！」

樋口と大山が同時に声を張り上げた。

「来てみろ！」

二人が三階へのエスカレーターを駆け上がっていく。五メートルから六メートルはある。二階へのエスカレーターよりもずっと急だ。

「私も行ってきます」

遥は朋子に声をかけた。

遥も、エスカレーターを駆け上がる。

豊田たちが窓から東の方向を眺めている。その方向には太平洋が広がり、海岸線沿いに美しい松林があった。何千、何万という松が、まるで果てがないように続き、展望デッキから眺めるとため息が出るほど美しい。遥にとっても自慢の景色だった。

「どうしましたか?」

荒い息を整えながら、遥は豊田に訊いた。

「あれを見てみろ」

豊田の視線の先には、灰色の空に何やら黒い雲が湧き上がっている。それが緑の松林に覆《おお》いかぶさっている。

「あれは……」

遥は言葉を失い、卒倒しそうなほどの恐怖に襲われた。

「津波だ。津波だ」

大山が呟いた。

「おい、みんな、とにかく全員をここに上げろ。一刻の猶予《ゆうよ》もないぞ」

豊田が言い終わらないうちに遥は走り出していた。

先ほど感じた恐怖はもう忘れていた。お客様を誘導しなければならない。それだけを考えていた。人間として何が正しいかで判断する。ふいにフィロソフィの言葉が浮かんできた。

遥は、避難している大勢の人たちが待つ二階へと続くエスカレーターを、飛ぶように下りていった。

9

翔は、海岸通りをひたすら歩いていた。天王洲の本社に向かっていた。

丸ビルで地震に遭遇《そうぐう》した。記者の土橋と別れて、外に出た。東京駅の前は人で溢れていた。誰もが激しい揺れに驚いて、ビルの中から飛び出してきたのだ。もう一度ビルの中に戻るべきか、悩んでいるようにも見える。

翔は、これは普通ではないと思った。すぐに本社の広報部に連絡したが、携帯電話が通じない。

震源地は三陸沖だ。まさか、と思い、遥にも連絡した。やはり通じない。

道路は空《す》いていた。もっと車で混雑しているのかと思ったが、そうでもなかった。ようやく本社ビルが見えてきた。時間は十六時を少し過ぎている。

もう一度、遥に電話を試みた。しかし、繋がらない。翔は、言いようのない不安に襲われ、携帯電話を見つめていた。

第八章　大津波

1

「ヤマト二二〇九便、伊丹《いたみ》十三時四十分発、仙台十四時五十五分着予定。伊丹空港へ引き返しました。伊丹到着は十五時五十三分の予定です」

ミッションディレクター能見《のうみ》の報告に、社長の本田《ほんだ》は大きく息を吐《は》き、安堵《あんど》の表情を浮かべた。

「伊丹－仙台の前に新潟－伊丹間を飛んでいましたが、天候不良のため、新潟で遅れを生じたのが幸いしました」

舘野《たての》が補足説明をする。本田は、大きく頷《うなず》いた。

最高レベルの緊急体制であるフェイズレッドが発令されたのは、十四時五十五分。もし順調な飛行なら仙台空港に到着していた。もしそうであれば大変な事態になっていた。正確を期すべき飛行の遅れが幸いするとは皮肉なことだ。

能見は、次々に目的地変更状況を報告する。

「ヤマト三〇五四便、出発地福岡、目的地成田、目的地変更中部、お客様数五十九名、幼児一名です。ヤマト九〇八便、出発地那覇、目的地羽田、目的地変更関空《かんくう》、お客様数三百七十九名、幼児五名です。ヤマト一四八八便、出発地高知……、ヤマト四〇八便、出発地フランクフルト……」

対策本部内の空気は張り詰めていた。

ヤマト航空は震災対策規定を定めている。本部は、本社のある天王洲《てんのうず》ビルに設置され、本部長は社長。その下に副本部長として総務本部長、空港本部長。本部員に指名された役員が就《つ》き、総務部長が事務局長となる事務局が実務を取り仕切る。

舘野は、本田に指名され、本部員として総括《そうかつ》情報班、広報班などを指揮していた。緊急事態であるため、全ての役員が揃《そろ》っているわけではない。舘野は、安否《あんぴ》を確認する社員家族班なども指揮する必要があった。

対策本部の下には、東京、羽田、成田、大阪に、総務本部長、東京・成田各空港支店長、西日本地区支配人をトップとする地区対策本部が設置され、刻々と各地の情報が本社の対策本部に報告される。

対策本部の基本事項と方針は、社員とその家族や関係者の安全確保、お客様の安全確保、運航機能の早期回復などだ。

能見が報告をしている間も、各班に属する本部社員が、各地の社員、家族らの安否確認を行っている。

安否確認システムにより、登録された連絡先に安否確認の連絡が自動的に入る。それへの応答で安否確認が可能だが、移動中であったりして連絡が取れない社員も多い。

翔《しょう》は、広報班に属していた。返信をチェックするなどして、社員の安否確認を続けていた。

――遥《はるか》は大丈夫だろうか……。

確認作業をしながら、ふっと気分が虚《うつ》ろになる。仙台空港にいるはずの遥と、まだ連絡が取れない。

「草薙《くさなぎ》さん、大丈夫でしたか」

振り向くと、森《もり》が疲れた顔で立っていた。

「森さんこそ」

「渋谷で打ち合わせをしていたら、突然、ガーンと来ましたよ。ＪＲは止まるし、必死で歩いてきたんです」

「私も東京駅から歩きました」

「どうなんですか？　状況は？」

森は周囲を見渡した。

「まだ安否確認が取れない人もいます。仙台ともとぎれとぎれにしか連絡が取れていませんし……。上原《うえはら》さんは？」

森と一緒に働いている上原博子《ひろこ》がいない。

「成田に行っているんです。フライトがありましたからね」

森の表情が曇《くも》った。博子は、フィロソフィ教育のファシリテーターを務める一方で、現役のＣＡでもある。

「無事、フライトできたでしょうか」

「そうだといいのですが……」

「上原さんのことですから、どんな状況でも大丈夫でしょう」

翔はできるだけ明るく言った。

「そうですね。私たちも、今、やるべきことをやりましょうか」

森は力強く言い、その場を離れていった。

翔は、ふたたび安否確認の作業に入った。その間、何度も遥に連絡を試みる。しかし、だめだ。ため息ばかりが出る。

「おい！　見ろ！　あれは……」

誰かがひきつったような声で叫んだ。

翔は、声のする方向を見た。震災対策本部に設置してあるテレビモニターだ。NHKの放送が流れている。

「ああっ……」

翔は、思わず声にならない声で叫んだ。

そこには今まで見たこともない映像が映し出されていた。

十五時三十一分。

真っ黒な水が押し寄せ、畑を、ビニールハウスを呑《の》み込んでいく。テレビからは音は聞こえない。それが不気味さを際立《きわだ》たせている。畑の中を真《ま》っ直《す》ぐ続く道。そこに一台の軽自動車が走る。その後ろから、黒く、化け物の穢《けが》れた舌のようなものが、まるで意思があるかのように、その軽自動車を今にも呑み込もうとしている。

別の映像になった。灰色の荒れ狂う津波が、煙のような水しぶきを上げて、次々に家を呑み込み、押し流していく。電信柱を倒し、電線を引きちぎる。時折、火花が飛んでいる。二階建ての、まだ真新しい家が崩れていく。あの中に人はいないのだろうか。無事、避難したのだろうか……。

津波……。誰もがその言葉を知っている。

今までもインドネシアや他の国のニュース映像で、津波が町を襲う映像を見たことはあったが、目の前のテレビ画面に映し出されているのは、まぎれもなく日本だ。それも仙台空港がある宮城県の映像だ。

「おい、仙台空港は……」

誰かが呟《つぶや》くように言った。口に出せば、悪いことが実現するというジンクスがある。だから誰もその言葉を言わなかったのに……。

映像が切り替わった。

そこには言葉にならないほどの衝撃の映像が映し出された。もはや誰もが言葉を失った。身体を強張《こわば》らせ、テレビモニターをただ見つめているだけだ。

どす黒く汚れた水が流れる川の映像かと思うほどだ。違うのは、そこに瓦礫《がれき》と一緒に車、ヘリコプター、飛行機が流れている。

『ヘリも、車も流されています』

海上保安庁の保安官が声を上げている。なんだ、なんだと周囲の騒ぎ声も聞こえてくる。

『仙台基地、今、津波に襲われています。空港はもう使えません。もう津波に呑まれます』

黄色いヘリコプターが灰色の水に流されていく。

『空港の駐車場の車両が、滑走路《かっそうろ》の方に流れてきて、ヘリも全部流れています』

車、飛行機、ヘリがひと固まりのようになって流れていく。

「嘘《うそ》だろう……」

翔は、ふうと大きく息を吐いた。

『ここも危ないですが、逃げようがありません。今、二階にいますけど、どうなるか分かりません』

水の色は、濃くなり、黒々としてきた。水かさが増えるとともに水は勢いを増し、瓦礫や車が流れるスピードが速くなっている。

『ああ、もうだめだ、だめだ、全部だめ……。救援機が来てもだめです。空港、全部だめです』

保安官の声は、ついに悲鳴に変わった。

「仙台とは連絡が取れないのか」

舘野が言った。

「はい……」

能見が、悲痛な表情で答えた。

翔は、携帯電話を机の上に置き、念を送るようにじっと見つめた。

「遥さん……」

遥は、涙が止まらなかった。恐ろしいのと、悲しいのと、悔《くや》しいのと、いろいろな気持ちがないまぜになってしまって、どうにも整理がつかない。

「遥、頑張《がんば》ろう」

朋子《ともこ》と順子《じゅんこ》が両肩を抱いてくれた。順子は、膝《ひざ》に包帯を巻いている。ロッカーに挟《はさ》まったところから出血したのだ。

「だって、だって声をかけたのに、誰も……、誰も……」

2

＊

三階の窓から、灰色の雲がむくむくと湧《わ》き上がるような水煙を上げて、津波が空港に迫ってくるのを見た。その時、駐車場の方に目を転じた。そこから多くの車が出ていく。車に乗り込もうと、何人も駐車場に走っていく。

もう、すぐそこに津波が来ている。しかし多くの車が、その津波に向かって走っていこうとしている。

津波が来るのよ……。

とっさに三階から駆け下りた。止まったエスカレーターを転がり落ちるように駆けた。

「どこに行くの！」

順子が叫ぶのが聞こえた。

「駐車場！　津波が来るのを知らせてくる！」

遥は振り向きもせずに答えた。

「だめよ！　行っちゃだめ！」

朋子が叫んだ。

しかし、遥は、彼女たちの声を振り切って一階に下りた。出入り口から外に出た。

「津波が来ます。すぐにこちらへ逃げてください！」

遥は叫んだ。しかし、誰も振り返らない。

「逃げてください！」

遥は、ふたたび大きな声で叫んだ。子どもの手を引いた母親が遥を見たような気がした。遠くなのでそう錯覚《さっかく》しただけかもしれない。遥は、その親子の方に駆け出そうとした。

誰かに腕を摑《つか》まれた。痛いほどの力だ。振り向くと、大山《おおやま》だ。

「上がれ。避難するんだ」

「だって……」

「だめだ。死にたいのか」

大山は、遥の腕を強引に引っ張った。遥は、大山に抱《かか》えられるようにして、また
エスカレーターを上がっていった。

その時、ものすごく大きな音が足元で聞こえた。出入り口のドアを破って真っ黒な水が勢いよく一階のロビーに流れ込んできた。材木や車も流れ込んでくる。

「走れ！」

大山が叫んだ。遥は、エスカレーターを今度は駆け上がった。

エスカレーターを上り切って、一階を見た。そこが多くの旅行者たちの笑顔や笑い声が溢《あふ》れていた場所だとは、到底思えなかった。

濁流《だくりゅう》が、狂ったように暴れている。怪物が唸《うな》っているような、咆哮《ほうこう》しているような音。柱や壁に材木や車や、崩壊した家の破片などが容赦《ようしゃ》なくぶつかっている。

遥は、気を失いそうになった。

朋子と順子が、身体《からだ》を支えてくれなければ、そのまま倒れてしまいそうだった。

「ここだって大丈夫かどうか……」

大山がぽつりと言った。

駐車場の方向を一瞥《いちべつ》した。じっくりと見るのが怖《こわ》かった。そこはもう濁流に呑み

込まれ、駐車場を覆《おお》っていた湾曲した特徴のある屋根まで黒い水の中だった。押し流された車が数えられないほど、屋根を支える柱にひっかかっていた。それは車が、押し流されないように柱にしがみついているかのようだった。中に人はいないのだろうか……。

＊

遥たちのところに、白髪《しらが》交じりの男性が近づいてきた。

「ありがとうございました」

彼は緊張した表情で言った。

遥は、涙を拭《ぬぐ》いながらも小首を傾《かし》げた。礼を言われる理由が分からず、朋子と順子も突然の感謝の言葉にとまどった表情をしている。

「幸せホームの事務長をしています、北村《きたむら》といいます。皆様のお蔭《かげ》で職員、入居者百四十四名、全員ここに避難することができました。本当にありがとうございます」

北村は深々と頭を下げた。

「ああ、あの……」

遥は三階のフロアで休んでいる老人たちを見た。

津波が襲ってくる直前に、何台ものマイクロバスで空港ビルに避難してきた人たちだ。

遥たちは、彼らを必死で三階まで運んだのだ。

「私たちの施設は、海辺にありましてね。津波が来ると思ったので、ここまでは一キロ程あるんですが、職員にすぐ空港ビルに避難しろと命じまして……。入居者の皆さんを運んできたんです。皆さんの応援がなければ、今頃、あの中ですよ」

北村は、濁流に視線を向けた。

「お礼なんて……。いつまでここにいなくてはいけないか分かりませんが、お互い頑張りましょう」

朋子が言った。

「ええ、よろしくお願いします。一週間は、ここに閉じ込められますかね」

「さあ、どうでしょうか。外の様子が分かりませんからねぇ」

順子が言った。

「皆さん、ご家族とは連絡が取れたのですか」

北村の質問に、遥たち三人は暗い表情で首を振った。

遥は独身だが、両親と岩沼《いわぬま》市内に住んでいる。朋子は仙台市内に勤務する夫と、保育園に通う男の子との三人暮らし。順子は、まだ新婚だ。夫は、仙台市内に勤務している。三人とも、まだ誰とも連絡が取れていない。

「そうですか……。皆さんご無事だといいですね」

北村は、ふたたび頭を下げると、老人たちの集まっている場所へと戻っていった。

そこには遥たちが、フロアの椅子《いす》を寄せ集めて作った簡易ベッドが並べられ、老人たちが休んでいる。

「遥、さあ、涙を拭《ふ》いて。あのお年寄りのお世話をしましょう」

朋子が遥の肩を強く叩《たた》いた。

「おーい、手伝ってくれ」

下から声が聞こえる。

見ると、大山と樋口《ひぐち》が、ずぶ濡《ぬ》れになりながら女性を抱えて水の中に立っている。

流れはだいぶ緩《ゆる》やかになっているが、水かさは胸の辺りまである。

「大山さん、樋口さん」

遥は、慌《あわ》ててエスカレーターを下りていく。順子と朋子も続く。

「さあ、行くぞ」

大山と樋口が勢いをつけ、抱えていた人を遥たちに渡す。

冷たい。女性の濡れた衣服の冷たさが、手を伝わってくる。女性は意識を失っていた。ぐったりとした身体は、重い。遥は、力いっぱい女性の身体を引っ張り上げた。

「どうしたんですか、この人」

順子が訊《き》いた。

「駐車場の屋根を支える柱に摑まっていたんだ。俺《おれ》と樋口が見つけて、運んできた」

大山は、腰に巻いたロープをほどき始めた。樋口もほどく。一人なら水に流される可能性が高い。二人ならその可能性を少しでも減らすことができると考えて、大山と樋口はお互いの体をロープで繋《つな》ぎ、水の流れに抵抗しながら女性の救助に向かったのだ。

「早く温めてあげてくれ。そうでないと低体温症になってしまう。着替え、何か持っているだろう?」

樋口が言った。

「はい、あります。この方だと、私のサイズで大丈夫だと思います」

順子が言った。

「そりゃよかった。じゃあ、俺も借りるかな」

大山がずぶ濡れのズボンの裾《すそ》を絞《しぼ》り、水を滴《したた》らせながら言った。

「冗談はよしてください。大山さんとはサイズが合いませんよ」

順子が笑った。

「さあ、遥、運ぶわよ」

朋子が言った。

「はい！」

遥は、女性の脇に腕を入れて、立ち上がった。

3

対策本部の会議室に、「よし！」という声が響く。本田が報告に厳しい表情で答えている。

「社員安否確認、一万千二百九十七名中千八百三名、一六％です。家族負傷者三名、家屋倒壊十四名。一部倒壊も含んでおります」

「よし！　引き続き確認してください」

「運航状況を報告します」能見が立ち上がる。

「仙台、山形、羽田、成田の各空港閉鎖に伴い、目的地変更、また発地への折り返しは次の通りです。目的地変更、ヤマト一二〇六便青森発羽田行き、新潟に変更。

お客様百三十一名、うち幼児二名。ヤマト一一〇四便旭川発羽田行き……以上国内線八便、お客様数千二百八十二名。つづいて国際線です。ヤマト〇〇五便ニューヨーク発成田行き、札幌に変更。ヤマト〇六一便ロサンゼルス発成田行き、中部に変更……以上国際線十四便、お客様数二千九百十六名。発地への折り返しは、ヤマト五二〇便札幌発羽田行き、お客様数二百五十七名、うち幼児四名……以上、国内線四便、お客様数八百五十九名。続いて国際線……」

能見の報告はきびきびとし、冷静さもあって、会議がきりりと引き締まる。

「本日のOCCの運航方針を申し上げます」

「目的地を変更した国内線は、機体を出発地に戻す手配をいたします。羽田発十七時台はキャンセルいたします。国際線で、関空、中部、函館《はこだて》へ目的地を変更しました便は、お客様に当該地《とうがいち》で降機《こうき》いただきました。今のところ混乱などは報告されておりません。羽田は、滑走路二本がオープンしましたので、今夜から燃料積み増し対応を協議の上、運航を継続します。現在、成田は閉鎖中ですので、成田到着便は、キャンセルまたは、発地の時間調整の上、運航をいたします」

「よし！　OCCは、勤務者は足りているのですか」

「交通機関が運行停止中のため十分ではありませんが、早番、遅番の二シフトで対応いたします。大丈夫です。機体の損傷……」

能見は報告を続ける。

「それより仙台はどうですか」

本田が訊いた。

「滑走路は使えません。空港ビルも津波に襲われましたが、豊田《とよだ》所長の連絡によると、空港ビルの二階、三階に社員、ならびにお客様、近隣の住民など約千六百名が避難しているようです。社員家族の安否などは分かっていません」

能見が沈痛な表情で報告した。

「千六百人もか……」本田の表情が歪《ゆが》んだ。「連絡はつくんだな」。

「とぎれとぎれではありますが」

「混乱はしていないのか」

全く知らない人間が、濁流の中、空港ビルに閉じ込められたら、何が起きても不思議ではない。

「はあ、今のところは……」

能見の表情が一段と冴《さ》えない。

「できるだけ早く、仙台空港の救援策を考えてください。それから能見君、機材や乗員の状況は？」

「どうかと申されますと」

能見は、本田の質問の真意を測《はか》りかねている。

「仙台便を中心に欠航が出ている状況です。今後、機材に余剰《よじょう》も出てきますよね」

「はい」

「仙台に一番近くて、なんとか使えそうな空港はありますか」

「はい、山形なら早期に復旧すると思われます」

「そうですか……」本田は、腕を組み、しばらく無言になった。

「私に飛ばさせてください」

能見の顔が晴れやかになっている。能見は、山形空港に救援機などを飛ばすという本田の考えを察したのだ。

本田が目を見開いた。

「能見君、ありがとう」

本田は、笑《え》みを浮かべた。

「私も行かせてください」

対策本部にいた社員が言った。彼も能見と同じく、長くパイロットを務めている。

「山形空港を拠点にして、東北復興のためにヤマト便を可能な限り増便します。可能な限りの機材、人員を震災、津波からの復興に集中します。その検討を始めてください」

「分かりました」

能見が、大きく頷いた。

本田が、対策本部員を一人ずつ確認するように見つめた。

「未曾有《みぞう》の大災害が発生しています。こういう時こそ、『人として何が大切か』を考えて行動しましょう。ヤマト航空の底力を見せる時です。多くの人たちのご支援で、ヤマト航空は、こうして仕事を続けることができるのです。今こそ、そのご恩に報いる時です。仙台空港の仲間も、きっと同じことを考えて行動していることでしょう。皆さん、頑張りましょう」

「はい！」

沈んでいた対策本部内の空気に、活気が戻ってきた。

マナーモードにしていた翔の携帯電話が震《ふる》え出した。翔は、そっと携帯電話を手に取って見た。

「あっ」

小さな画面が大きく広がったように見えた。そこには「瀬尾《せお》遥」という名前が映し出されていた。

4

仙台空港ビルは、屋上に展望デッキがある。そこからは太平洋の青い海を背景に果てしなく続く緑の松林を眺《なが》めることができる。しかし、それはつい先ほどまでの話だ。今は、その松林は無残にも津波になぎ倒され、影も形もないほどだ。空港ビルの周囲は、濃い灰色の水に囲まれ、材木や車など、押し流されてきた残骸《ざんがい》に取り囲まれている。幸せな笑顔で溢れていたであろう家々も形を失い、屋根だけの姿で泥水の中を漂《ただよ》っている。

空港に沿って流れる五間堀《ごけんぼり》川にも、多くの家の屋根が見える。津波で破壊された家が逆流した川に押し流されて、ここまで上ってきたのだ。

「完全に孤立してしまったなぁ」

豊田が呟いた。

「所長、陽《ひ》が陰ってきました。寒いですから下に戻りましょう」

遥は言った。濁《にご》った水を眺めていると、心が折れてしまいそうになる。やらねばならないことはいっぱいある。さっき翔にメールを送ったが、無事に届いただろうか。

「そうだね。皆さんに食べ物を配らねばならないね」

空港ビルは、三階に丸いソファのある展望デッキ、軽食レストラン、カフェ、そば屋があり、ヤマト航空のラウンジなどもある。二階はショッピングゾーンで、お菓子や笹《ささ》かまぼこ、お酒などの販売店が並んでいる。国内線、国際線の出発ロビーや待合室があるのも二階だ。遥たちヤマト航空の事務所もそこにある。

一階や中二階は浸水し、使うことはできない。

乗客や老人ホーム、近所の人たちは、二階と三階に分かれて避難している。

ロビーの長椅子を遥たちが並べて作った簡易ベッドで休んでいる人が多い。外国人もいる。誰もが言葉少なく、沈んでいる。しかし過酷な運命を受け入れるかのように、静かに落ち着いていた。

「みなさん、お食事です」

水などに加え仙台名物の笹かま、ずんだ餅《もち》、萩《はぎ》の月などを店から拠出《きょしゅつ》してもらって袋詰めしたものを配る。甘い菓子類が多いが、緊急の事態だから仕方がない。

「甘い物が多くてすみません」

遥は、年配の女性に言った。

「ありがたいことです」

女性は、優しく微笑《ほほえ》み、押しいただくように袋を受け取った。

「お寒いですか」

遥は、女性の手が細かく震えているのに気づいた。

「ええ、少し。でも贅沢《ぜいたく》は言えません」

三月の仙台は、まだ寒い。空港ビルは広く、仕切りが少ないため、風が吹きぬける。それに一階には、水が溢れている。そこから冷気が立ち上ってくる。

遥は菓子袋を配り終えると、事務所に急いで戻った。

「どうしたの」

順子が、息せききって事務所に飛び込んできた遥に訊いた。

「段ボール、段ボール」

遥は事務所の倉庫に向かった。

「段ボールってなんだ」

豊田が訊いた。

「お年寄りが寒いっておっしゃっています。確か、段ボールがたくさんあったなと思いだして。それを床に敷けば、少しは暖かくなるんじゃないですか」

破綻《はたん》したヤマト航空は、カウンターを減らしたり、事務所スペースを返却したり、リストラを行った。その際、事務用品や書類などを片づけるための段ボールを用意していたのだ。

「そうか。それはいいアイデアだ。空港ビルは寒いからな。おい、みんな段ボールを運び出せ」

　豊田がその場にいたスタッフに指示をした。

「さあ、行くわよ」

　順子も腕をまくった。

「こんな物もありますよ」

　朋子が抱えて持ち上げたのは、クッション材だ。通称プチプチ。

「そりゃいい。ハサミ、テープも持っていけ」

　豊田が勢いよく言う。

「どうするんですか」

　遥が訊いた。

「プチプチを身体に巻いてテープで止めれば、即席の防寒スカートになるだろう」

　豊田は得意げだ。

「所長、賢い！　でも、なんだか楽しそうですね」

　遥は笑顔で言った。

「不謹慎《ふきんしん》だが、どんな状況でも楽しまないとな」

　豊田は、普段はのんびりして何を考えているか分からないところがある。しかし、危機になると、いつもより生き生きとしている。案外、頼りになるタイプだと、遥は豊田を見直した。

ヤマト航空のスタッフたちは、抱えられるだけの段ボールやクッション材を持って、皆が避難している場所に行った。

スタッフたちは、豊田の指揮で段ボールを切り、床にガムテープで固定し、マットにする。衝立《ついたて》のように床に立てて、段ボールハウスも作る。そこにはお年寄りや幼い子どものいる母親に入ってもらった。

毛布は、あまりなかった。ヤマト航空のスタッフが用意できたのは、空港ビルから支給された百枚ほどだけだった。それらは優先的にお年寄りに配布した。

「どうぞ、こちらで横になってください」

段ボールの上ではあるが、長椅子のベッドと違い、背を思い切り伸ばすことができる。

「あぁ」お年寄りが、気持ちよさげな声を上げた。

「案外いい寝心地《ねごこち》だよ」

お年寄りは、Vサインをスタッフに送った。

段ボールハウスの中では、お母さんが赤ん坊を寝かしつけている。

「ありがとうございます。風がよけられて暖かいです」

遥は、クッション材を切って、身体を震わせているお年寄りの腰に巻きつける。

「あらら、暖かいわね。ありがとうございます」

お年寄りは、笑顔になった。

中国人の家族がいる。遠慮気味にフロアの隅《すみ》に固まっていた。冷たい床の上に座っている。

遥は近づき、「どうぞ、こちらの方が暖かいですよ」と中国語で声をかけた。

「あ・り・が・と・う」

片言の日本語で返してくれた。

母親が「行きましょう」と声をかけると、子どもたちが段ボールの上に移動した。手には配られた菓子の袋をそのまま握りしめている。

「お菓子、まだありますから食べていただいていいですよ」

遥は言う。もしも食べ物がなくなったらと心配して、食べないでいるのだと思ったのだ。

子どもが笑顔になった。母親が、了解の意味を込めて頷くと、子どもは袋に手を入れて、萩の月を取り出した。

「遥！」

順子の声だ。

「なんですか」

遥も声を上げた。

「こっちへ来て」

順子が大きく手を振っている。隣に朋子もいる。

遥は急いで駆けていった。

そこはヤマト航空のラウンジだった。

「ここを片づけようよ。周りが囲われているから暖かいわ。お年寄りにここで休んでもらえるから」

順子が言った。

床には、飲料が入った冷蔵庫のガラスケースが倒れ、割れたガラスの破片が散乱していた。

「やりましょう。小さい破片も見のがさないようにしなくちゃね」

遥はさっそく床にしゃがんで、ひとつひとつガラスの破片を拾い始めた。素手《すで》のままで注意深く、小さな破片でも見のがすと客が怪我《けが》をしてしまう。時折、チクリと細かなガラスの破片が指先を刺激する。

「俺たちも手伝うよ」

大山と樋口がやってきた。

「壊れた冷蔵庫やソファなどを外に出してください」

朋子が言う。

「よっしゃあ」

二人は、冷蔵庫を担《かつ》ぎ、ラウンジの外に運び出し始めた。

遥たちはエリアを決めて、細かいガラスの破片も見のがさないようにして床を掃《そう》除《じ》する。

汗が滲《にじ》んでくる。ふと順子や朋子、大山や樋口に視線を向ける。みんな黙々と動いている。

他の航空会社の人はあまり動いていない。どこかにまとまって避難しているようだ。

なぜヤマト航空のスタッフばかりが動いているのだろうかと考えてみる。

遥は、自分の姿を見た。ヤマト航空の制服を着ている。この制服に対する誇りがあるから……。

「常に明るく前向きに……か」

フィロソフィの一節がふいに浮かんできた。ピンチの時こそ明るく対応すれば、周りは幸せになる……。

「どうしたの遥、手が止まっているわよ」

順子が言った。

「私たちって、お客様に生かされているんですね」

遥は言った。

「そりゃそうよ。今こそ、ご迷惑をおかけしたお客様にお返しをする時じゃないかしら」

順子が言った。

「段ボール、敷くわよ」

朋子が段ボールを抱えてやってきた。

「さあ、段ボール畳屋の腕を見せるかな」

大山が笑顔で言った。

「なんだか、子どもの頃を思い出すなぁ。こうやって家を作って遊んだものだ」

樋口が懐かしそうに言う。

「樋口さんにも子どもの頃があったんですね」

順子がからかう。

「ばか野郎。可愛《かわい》くて近所で評判だったんだぞ」

樋口が笑いながら拳《こぶし》を上げる。

「ウッソー」

遥たち三人が声を揃える。

笑い声がフロアに響いた。

遥の携帯電話でメールの着信音がした。取り上げて画面を見た。翔からのメッセージだ。

〈よかった、無事で。必ず助けに行くから〉

遥は、携帯電話を思い切り抱きしめた。

5

足元が揺れている。聞いたこともない、獣の咆哮のような音。ゴドゴドゴオド、ゴォゴォゴォ。言い表せない、聞いたこともない音だ。懐中電灯の明かりで照らすと、車のライトの部分が反射した。車と車が速い流れの中でぶつかり、擦《こす》れ合い、ギィギィと鳴く。それに太い木の幹がぶつかっていく。さっきまで自分が忙しく動き回っていたフロアが、今は泥水の底にあるなんて信じられない。

周囲は、すっかり暗くなっている。身体の芯《しん》が震え出すほど冷たく寒い。窓の外で、時折、ボンボンという音が聞こえ、その都度空港ビルの窓ガラスが揺れ、そこから赤い光が差し込んでくる。津波に流された車が爆発、炎上しているのだ。水の中でも燃えるというのは不思議な気がしたが、電気系統がショートして、それがガソリンに引火しているのだろうと、大山は説明してくれた。今、自分が覗《のぞ》き込んでいる一階に流れてきた車は爆発しないだろうか。そう思うと不安でたまらない。暗闇《くらやみ》の中暗い空が、血の色のように赤く染まっている。街が燃えているのだろうか。外の世界は、いったいどうなってしまったのだろう。このビルに避難している私たちだけが取り残されているのではないかと思うほど、不安がどうしようもなく募ってくる。遥は、携帯電話のメールを開けた。

〈今、何してる?〉

翔のメールの内容は気楽だ。それだけでほっとした気分になる。本当は、声を聞きたいが、なぜだかメールだけしか通じない。それに充電が困難だ。豊田の指示で、事務所などから、とにかく乾電池を探し出した。時計から外《はず》したり、倒れた机の中から、単三、単四……。いろいろな乾電池が出てきた。意外にあるものね、と順子が笑った。それを携帯電話の充電に使ったり、今、持っている懐中電灯に使ったり……。明かりは貴重だ。ほっとさせてくれる。

〈さっき、とても悲しいことがあったの。津波に流されてきた男の子が亡くなったの。みんなで水から引き上げて、必死で介抱《かいほう》したんだけど、助からなかった。三階のビジネスラウンジの横に空いた部屋があったので、遺体は、そこに安置したの。誰の物だか分からないけど、事務所の中にあった、スヌーピーの人形を置いてあげた。少しでも寂《さび》しくなければいいと思って……。どこから流されてきたのか、名前も分からない男の子。早くお母さんのところに帰してあげたい。私たちはみんな、なんとか元気だけど、家族のことが一切分からないので、時々、ものすごく不安になるの〉

〈頑張るんだよ。くじけちゃいけないよ。必ずそっちに行くからね。迎えに行くからね。待ってて。僕は今、対策本部で広報を担当している。まだまだ混乱は続いているし、社員や家族の安否確認が取れていない人もいる。そちらの人たちが無事だったことを知って嬉《うれ》しい。でも家族のことは心配だよね。希望を失ったらだめだよ。みんな心をひとつにして頑張ろうよ〉

遥は、繰り返し翔からのメールを読む。

心をひとつにしよう、これはフィロソフィにも書いてある言葉だ。

みんなで力を合わせなければこの状況から抜け出せない。

ベクトルを合わせようと、フィロソフィ教育でファシリテーターから言われたことを思い出す。目標がばらばらでは、本当の力が出ないということだ。各自の力のベクトルを同じ方向に向けようという意味。一プラス一の力が、二以上、三にも四にも五にもなる。

こんな危機的な状況でフィロソフィを思い出すのもおかしいが、みんなで同じテーマで議論したのが、今、とても役立っていると心の底から思う。

ヤマト航空の経営状態が悪い頃、みんなで話し合う機会など全くなかった。話し合う内容もなかったし、社員同士どこかよそよそしさもあった。

しかし破綻した際、どうしてこんなことになったのか、どうしたら二度とこんなことにならないで済むのか、みんなで本音で話し合った。そこにフィロソフィがあった。フィロソフィがあったから話し合ったのではない。逆だ。話し合いの場にフィロソフィが置かれたのだ。そこには、自分たちが考えていることを整理してくれた言葉が並んでいた。心の中に、それらはすっと抵抗なく入ってきた。

「渦《うず》の中心になれ」。この言葉が好きだ。自分たちは、いつも渦の外にいた。それが、ヤマト航空の経営を悪化させた大きな原因のひとつだと気づかされた。

あれは私の仕事ではない。あれは関係ない。余計なことに口や手を出さないようにしよう……。余計なことをしても褒《ほ》められることがなく、迷惑がられるばかりなら、誰も何もやらなくなるだろう。失敗しても、前向きの失敗なら評価してもらいたい。何もやらないより、やった方がいい。そんな空気がない会社って、仕事していても面白くない。いつの間にか、ヤマト航空は、働いていても面白くない会社になってしまっていた。

それが破綻したら、自分たちを覆っていた重たいものが消えてしまって、不思議なことに明るくなった。働いていること、働かせていただいていることに感謝の気持ちが芽生えた。みんなが競って渦の中心になろうという空気になった。

今、私も順子も朋子も豊田所長も大山さんも樋口さんも……。みんな渦の中心になれとばかりに、自ら動いている。津波というとてつもない渦に巻き込まれてしまったけど、その渦よりももっと大きくて力強い私たちの渦が巻いている。そう思うと胸が熱くなっていく。

遥は、携帯電話の電源を切った。電池を少しでも消耗させないためだ。翔ともっとメールのやり取りをしていたいが、お客様の様子が気がかりだ。見回らねばならない。

夜の間、遥たちは、交替で避難した人たちを見回ることにしていた。

向こうから懐中電灯の明かりが近づいてくる。

「遥、いる？　何をしていたの」

懐中電灯を向ける。順子だ。

「ごめん、ちょっとね。巡回に行こうか」

「赤ちゃんが泣いているようなんだ。行ってみよう」

順子が、足元を照らす。遥も懐中電灯を照らし、順子のあとに続く。

確かに聞こえる。激しくはないが、赤ん坊の泣き声だ。

「どこからだろう？」

順子が明かりをフロアに向ける。多くの人が、長椅子の上や遥たちが敷いた段ボールの上で眠っている。寒そうに身体をかがめている人の毛布をそっと直してあげる。

眠れないで起きている男性がいる。会社員なのだろうか。紺色《こんいろ》のスーツを着ている。

「大丈夫ですか」

遥が声をかける。

「ああ、見回りご苦労様です」

男性が顔を上げた。

「お休みになった方がいいですよ」

「大阪にある会社と連絡が取れなくて……。それが気になると、寝られなくなってしまったんです。こんな時に仕事のことが頭から離れないなんて情けないですが」

「そんなことはないと思います。でも身体に悪いですから、少しでもお休みになってください」

遥の言葉に男性は笑《え》みを浮かべて、「ありがとうございます。でも皆さん、強いですね。感心しています。その制服できびきびと動いていらっしゃるのを見ると、安心します」と言い、身体を横たえた。

「あそこだわ」

順子が懐中電灯で照らしたところに、段ボールで囲まれた一角が浮かびあがった。

「そうね、行ってみましょう」

遥は順子と一緒に、避難している人たちの眠りを妨《さまた》げないように歩いた。

遥は、段ボールの囲いの中を覗いた。

女性が、はっとした様子で顔を上げた。その顔には疲労感が色濃く漂っていた。赤ん坊を抱えて座っている。赤ん坊は眠っているように見えたが、しくしくと、か細い声で泣き続けている。

「いかがなされましたか」

順子が訊いた。

「この子がお腹《なか》をすかせているみたいで……。お湯がなくてミルクが作れないんです」

停電で湯を沸《わ》かすことはできない。女性は空《から》の哺《ほ》乳《にゆう》瓶《びん》を見せた。

「それはお困りですね」

「母乳が出ればいいんですが、もともと出がよくなかったのに、なんだか地震のショックで……。この子が乳首をくわえても十分じゃないみたい……」

順子が、遥を見た。何かいい考えがあるかと問いかけている。

遥は、ある女性を思い出した。同じスタッフの一人だ。最近、子どもが生まれ、産休が明けて勤務に復帰した。

「ちょっと待っていてください」

「どこに行くの、遥？」

「三枝《さえぐさ》さんを呼んでくる」

三枝は、交替で眠っているはずだ。

「そうね、ひょっとしたら助けになるかも。じゃあ、遥、お願いね。待ってるから」

遥は、急ぎ足で事務所に向かった。

事務所の中は真っ暗だ。懐中電灯で照らしながら歩く。机の下などにスタッフが眠っているので、踏まないように気をつけねばならない。

三枝がいた。机の脇で身体を横たえている。身体にクッション材を巻き付けて眠っている。

「三枝さん、三枝さん」

遥は、身体を揺する。

「なぁに……、もう交替？」

三枝が眠そうに目を開ける。

「違うんです。お願いがあるんです」

遥が真剣な顔で言う。

三枝が身体を起こした。もう目はしっかりと見開いている。

「どうしたの？　何かあったの？」

「三枝さん、おっぱい、出ます？」

「おっぱい？　なに言ってんの」

「あの、違った。母乳です」

「母乳……。出るわよ。お乳《ちち》が張って困っているのよ。子どもは、実家の母がなんとか面倒を見てくれているから、安心しているんだけどね」

「よかった……」

遥が笑みを浮かべた。

「遥が、飲みたいの？」

三枝が胸を指差した。

「違います。赤ちゃんが、お腹をすかせているんです。三枝さんのお乳をあげてくださいませんか」

遥の言葉が、終わらないうちに三枝は立ち上がって、身体に巻きつけていたクッション材を外した。

「行きましょう。案内して」

遥は三枝を連れて、母子のところに急いだ。

「三枝さん、連れてきたわよ」

遥が順子に言った。

「よかった。お願いします」

順子が、笑みを浮かべた。

「すみません。失礼します」

三枝は、女性の前に進み出た。彼女は、何事か分からず困ったような表情をして、三枝を見ている。

「可愛いお子さんですね。男の子ですか」

「徹《とおる》っていいます」

「徹君、お腹減ってるんですね」

「ええ……」

女性が表情を曇らせた。

「私にも同じくらいの子どもがいます。女の子です。母が、面倒を見てくれていま

す。大丈夫だと知らせてくれました」

「それはよかったですね」

「それで私の母乳でよかったら、徹君に飲ませて差し上げたいのですが……。こういう事態ですし……」

三枝の申し出に彼女は驚いた顔をした。

「あなたの母乳を？」

「大丈夫ですよ。心身ともに健康ですから」

三枝は言った。

「三枝さんは健康だけが取り柄《とえ》なんです」

順子が、笑いを誘うように言った。

「ばか。他にも取り柄があるでしょう？」

三枝が怒ってみせた。

女性の表情が崩れた。泣き笑いになった。

「ありがとうございます。どうしたらいいかと思っていたんです。お願いします」

女性は言った。三枝は、前に進み出て女性から赤ん坊を預かると、大胆《だいたん》に胸をはだけ、乳房を出した。それは暗闇の中で、あくまで白く、神々《こうごう》しく輝いていた。遥は、あっと息を呑んだ。美しいと思った。

赤ん坊は、三枝の乳首をしっかりとくわえると、音をたてて吸い始めた。小さな手が、三枝の乳房に力強く添えられている。

「後は、任せてちょうだい」

三枝は言った。

女性が、静かに頭を下げた。


「よかったわね」

順子が言った。

「三枝さん、きれいだったな。あの胸、輝いていた……」

遥は思わず呟いた。

「私も早く赤ちゃんが欲しいな」

「ご主人とは連絡が取れたの？」

順子の表情が、一気に暗くなった。首を振った。

「そう。でもきっと大丈夫よ」

遥は、無理に笑みを作った。スタッフの中には、順子のように大切な人と連絡が取れない者もいる。遥は、翔と連絡が取れていることを順子に話せない。話せば、順子を落ちこませるかもしれないからだ。

「早く帰れるといいなぁ。帰れるのかなぁ。ちょっと弱気になるわね」

順子が呟いた。窓の外には暗闇が広がっている。

「帰ったら何をしようかな。熱いお風呂に入って、畳の上で、思い切り背中を伸ばして、それから熱々のラーメン食べようかな」

遥は、指で箸《はし》の形を作り、麺《めん》をすする真似《まね》をした。

「ラーメンか……。温かい物食べたいね」

支給される食べ物は、菓子類や冷たい物が多く、温かい物はない。

「明日は、きっといいことがあるわ」

遥は言った。

「そうね。頑張りましょう。私たちが希望を失ったら、お客様が困るものね」

順子が強い口調で言った。

「ええ、頑張りましょう。きっともうすぐ助けが来ますから」

「ところでトイレが臭《くさ》いっていう声があるけど、点検しようか」

「トイレですか」

遥は表情を歪めた。

千六百人もの人が閉じ込められたら、一番困るのはトイレだ。電源が落ちていて水洗が使用できず、大小便を流せないため、臭気《しゅうき》がこもり始めている。

「巡回が終わったら、トイレの点検、掃除をしましょう。お客様の視点を忘れないこと。避難されている方々もお客様でしょう? 快適に過ごしていただきましょうよ。この空港ビルは、満員のお客様を乗せた飛行機だと思えばいいのよ」

順子が明るい調子で言った。

「ヤマト航空仙台空港ビル便、暖かい南国ハワイ、ホノルルに向かって出発します。機長は、原田順子、パーサーは瀬尾遥です」

遥は、順子に向かって、微笑みながら敬礼をした。

第九章　それぞれの震災

1

「うっ」

遥《はるか》は息を呑《の》んだ。

「これはいけないわね」

朋子《ともこ》が手で口を覆《おお》う。

「うーん。人間って、これだから困るなぁ」

順子《じゅんこ》が両手で口を押さえた。

今、朝の五時。遥たちは避難している人たちの世話をしているうちに、朝を迎えようとしていた。

トイレが臭《くさ》いという声が聞こえてきた。朝、みんなが起きてきたら、真っ先に駆け込むのがトイレである。そこで、順子がなんとかしようと声をかけたのだ。

懐中電灯を点《とも》してトイレの中を照らす。鼻を突く臭気《しゅうき》が充満している。思わず息を止める。大便が、便器の中で山のように盛り上がっていた。水が止まって、流れないからだ。

隣のトイレも覗《のぞ》く。床に大便がそのままになっている。便器が詰まっているので、外で用を足したのだろう。

どのトイレも使えるようなものはない。どれもこれも多少の差はあるが、床まで汚れ、便が詰まっていた。

女性用ばかりではない。男性用も同様だった。

遥は、茫然《ぼうぜん》とした。朝が明けるまでになんとかきれいにしなくてはいけないのだが、これだけの数のトイレをきれいにできるだろうか。これまでも空港ビルのトイレが詰まった時に、掃除《そうじ》をしたことはあるが……。

「私、いつトイレに行ったったっけなぁ」

朋子が呟《つぶや》いた。

「お客様優先、と思っていたから、私、行ってない」

遥が言った。

「私も……」

順子が答えた。

「ここに、する？」

朋子が二人の顔を見た。

「きれいにしてからね」

順子が答えた。

「さぁて、どうやるかな」

懐中電灯を照らしながら、朋子が首を傾《かし》げた。

不思議なもので、徐々に臭《にお》いに慣れてきた。どんな環境でも慣れてしまうものだ。

「まず、バケツね。事務所にあったから、それを持ってきてウンチを流そう。それからゴム手袋、新聞、消毒剤、ビニール袋……。さあ、頑張《がんば》るぞ。ヤマト航空トイレ掃除隊だぞぉ」

順子がおどけて言う。

遥たちは、一旦《いったん》、事務所に戻った。掃除に必要と思われる道具を調達するためだ。

「おい、眠っていないのか」

床から声が聞こえてきた。大山《おおやま》だ。床に段ボールを敷き、ジャンパーを毛布代わりにして横になっている。ズボンが濡《ぬ》れたままだ。

「トイレを掃除するんです。ズボンが濡れたままですよ。替えはないんですか。それよりどうしたんですか、ズボンが濡れたままです」

遥が訊《き》いた。

このままだと足が冷えて、体調を崩してしまう。

「ああ、もう替えズボンを使っちまったんだよ。乾かしているんだけどね。さっきスタンドの人と燃料タンクのバルブが締《し》まっているか確認に行ったら、こんなに濡れてしまったんだ。腰まで水があるからね」

仙台空港は、航空機に燃料を給油するタンクが駐車場側にあった。それは、高速道路から燃料タンク車が降りてきて、補充しやすいようにとの配慮からだった。

しかし、今回の津波でその配慮は危険を伴うことが分かった。津波で流されていく車が次々と爆発し、炎上する。燃え上がった車が流され、燃料タンクに近づいていく。

もし、燃料タンクからガソリンが洩《も》れ、それに引火したら……。空港ビルは、ひとたまりもなく炎に包まれるだろう。

遥は、窓から駐車場の方向を眺《なが》めながら生きた心地《ここち》がしなかった。その思いは、口にこそ出さないが、空港ビルに避難している多くの人の共通した不安だった。

「燃料洩れはないんですね」

「ああ、大丈夫さ。スタンドの係員の人と一緒に確認したんだけど、しっかりと締まっていたよ」

「よかった……。もしもって思っていたんです」

「あちこちで車が燃えているからなぁ。俺《おれ》のもきっと気持ちよく燃えているんだろうなぁ。新車、買ったばかりなんだけどね。ところでトイレ掃除、手伝おうか」

大山が起き上がった。

「いいんですか」

「ああ、身体《からだ》を動かしている方が温まるからね。よし、樋口《ひぐち》も起こそう」

大山は、椅子《いす》に座ったまま、机に覆いかぶさるようにして眠っている樋口の身体を揺すった。

「樋口、樋口」

「ああ、すき焼きはもう腹いっぱいだよ」

樋口が寝言を呟いた。

「樋口さん、夢の中ですき焼きを食べているみたいですね」

遥は、くすりと笑った。昨晩はずんだ餅《もち》と笹《ささ》かまぼこしか食べていない。

「おい、すき焼きだぞ」

大山が、樋口の身体を強く押した。

「えっ、すき焼き、本当ですか？　どこどこ？」

樋口が椅子を蹴《け》って立ち上がった。

「ここを無事、出たらな」

大山が笑った。

「なんだ、大山さん、嘘《うそ》ですか。いいところだったのに……。こんなとろとろの霜《しも》降《ふ》りを食べるところだったんですよ」

樋口が、さも悔《くや》しそうに言った。

「残念でした」

遥が笑った。

「掃除、便所掃除だよ。朝が近いからな」

大山が樋口に言った。

「そういや、私もなんとかしなけりゃなぁと思っていたんです」

「遥ちゃんたちに、樋口のウンチを掃除させるわけにはいかないだろう」

大山がにやりとした。

「ああ、嫌だなぁ。私、我慢《がまん》してますよ。トイレに行きたくなるから、あまり飲んだり、食べたりしていないんですよ。だからすき焼きの夢を見たんです。ほら」

樋口が夕飯に配られた笹かまぼこを見せた。手つかずのままだ。

遥たちヤマト航空のスタッフたちは、配給された食べ物をあまり食べないようにしていた。樋口の言うように、トイレの問題に加えて、いつまでここにいなければならないか分からない。その時は、自分に配られた食糧を避難客に配布しないといけないと思っていたからだ。

「さあ、行こうか」

大山が言った。

「よろしくお願いします」

遥は、新聞紙やビニール袋などを抱《かか》え上げた。

「水が汲《く》めるかしら？」

順子は懐中電灯を向けると、二階の階段に向かう。

「行ってみよう」

大山が言った。

「私は、樋口さんと先にトイレに向かいます」と、朋子が言って先を急ぐ。

遥と大山はその場に新聞紙などを置いて、順子の傍《そば》に駆け寄った。

順子がバケツをロープで縛《しば》って、二階の階段から一階に向かって投げる。

一階は完全に水没していた。日中は、ゴッゴッと気味の悪い唸《うな》り声を上げて、水が流れ込んでいたが、今はかなり静かになっている。流れ込んだ水がよどんでいるだけだ。水かさはかなりの高さにまで及んでいて、一階ロビーの太い柱がほとんど見えない。

「トイレ掃除に使えるでしょう?」

順子は言った。

「いいねぇ。これで一気に流そうっていうんだな」

大山が感心して言う。

「ええ、大山さんのウンチも、きれいさっぱりと」

順子が笑った。

「ごちゃごちゃ言わずに、さあ行くぞ」

大山がバケツを引き上げた。重いのか、顔をひきつらせている。徐々にバケツが上がってくる。懐中電灯で照らすと、茶色く濁《にご》っていた。

「ふうっ。結構重いな。バケツ、二つか……」

大山が、水がいっぱいになったバケツを持ち上げる。

「ひとつ、持ちましょうか」

遥が言う。

「大丈夫だよ。さあ、行こうか」

大山が歩き出す。

遥は順子と一緒に、新聞紙やビニール袋を抱えて歩く。

「なあ、人間ってすごいなぁ」

大山が真面目《まじめ》な口調で言った。

「どうしたんですか、急に」

順子が訊いた。

「二階にショッピングゾーンなんかがあるだろう？　あそこには食べ物も飲み物も、お酒なんかもあるんだよ。もちろん、レジにはお金もね」

「ケースが倒れて、飲み物や食べ物が散乱していますけどね」

「誰も手をつけないんだよ。黙って取ろうという人が一人もいないんだ」

「そう言われれば、そうですね。仕事終わりに、ビールを一杯ひっかける大山さんも飲みませんよね」

遥は言った。

「ばか、からかうなよ。とにかく酒もあるし、食べ物もあるんだ。お金だってある。でもみんな静かに、俺たちが配る食べ物を口にしている……。普通、こんな時って我先に食べ物を奪い合ったり、お金をレジからくすねる人がいたっておかしくない……」

確かに、不安で眠れない人ならアルコールを飲んで眠りたいと思うだろう。子どもだったらお菓子を食べたいと思うだろう。それらは目の前に豊富にある。誰も管理していない。ちょっと目を盗んで食べたり、飲んだりしようと思えば、できないことはない。しかし、誰一人そんな人はいない。

「風邪薬が欲しいっていうお客様がいらっしゃったんですけど、私にお金を渡そうとされるんです。大丈夫ですよ、事務所にありますからってお届けしたんですけどね」

遥が言った。

「大山さんの言う通り、人ってすごいですね。いざとなったら強いし、まとまるんですね」

「俺たちもヤマト航空が破綻《はたん》した時、どうなるかって思ったけど、こうやってまとまっているものな。あの経験が今、生きていると思うよ。この先、どうなるかわからないけど、まあ、しっかりやっていこうよ」

トイレでは、マスクをした朋子と樋口が待っていた。

「水、待ってました。流してみてください」

樋口が言った。

「分かった。やってみるぞ」

大山が便器を占領している糞尿《ふんにょう》に向けて、バケツの水を勢いよく流した。

「だめだな。やっぱり……」

水洗トイレは、水をかけただけでは糞尿が流れない。

「どうしますか……」

遥は眉根《まゆね》を寄せた。

「取り出すしかないわね」

朋子が言った。

「そうね。それしかないわね。やりましょう！」

順子が言った。

「よし、こうなったら徹底的に快適なトイレにするぞ！」

大山が、顔を背《そむ》けながらも、ビニール手袋をはめた手を便器の糞尿の中に差し入れた。

「お客様にきれいなトイレを使ってもらうのよ。頑張ろう！」

朋子が言った。

ぐずぐずしてはいられない。もうすぐ朝になってしまう。急げ、と遥も自分を励《はげ》ました。

2

翔《しょう》は、マスコミ対応に追われていた。ＯＣＣから運航状況の情報を入手し、発着便の運航についてのリリースを発行し続けていた。

遥も頑張っている。そう思うと力が湧《わ》いてきた。

「成田空港、乗客千五百八十名、空港施設内に残留です」

「羽田空港、滑走路《かっそうろ》二本で対応中」

「羽田空港、他社のお客様も含めて数千人が滞留中です。天王洲《てんのうず》などから食料品、物資送付。明朝、お客様に配布予定です」

「スーパーのアウン様から、東北地方への救援物資輸送の打診《だしん》あり」

次々と社長の本田《ほんだ》のもとに報告が届く。本田は、それらへ具体的に明確な指示を与えていく。

翔は、ＯＣＣの能見《のうみ》のところに情報収集に行く。

能見は、目を血走らせて指示を飛ばしている。

「おう、草薙《くさなぎ》か。機材調達がなんとか上手《うま》くいきそうだから、羽田や伊丹《いたみ》を起点にして飛ばせる見込みが立ってきたぞ。山形に飛ばして、そこから仙台に救援隊が向かうんだ」

「乗務員は確保できているんですか」

「ああ、ぞくぞく集まってくれている。待機中の連中もね。自分の家のことを構わずに、みんな飛ぶつもりだよ。なんとかなりそうだ」

能見が嬉《うれ》しそうに笑った。

翔もつられて笑った。

席に戻ろうとすると、「草薙さん」と声をかけられた。

「はい」

振り向くと、フィロソフィ教育の場で一緒だった葛岡《くずおか》だ。

「どうしたんですか。葛岡さん」

葛岡は、きちんとパイロットの制服を着ている。

「飛ぼうと思ってね。これから、羽田に向かうつもりだ。自宅がこの近くなので、ちょっと本社に寄ってみたんだ」

「ご自宅は大丈夫でしたか」

「マンションの高層階だから、揺れてね。何もかも、めちゃくちゃさ。なんとかこれだけは引っ張り出してきたんだ」

笑《え》みを浮かべ、制服を摘《つま》んでみせた。

「ご自宅には奥様だけですか」

「娘も一緒だ。大丈夫さ。それよりこっちが優先だ。尊い命をお預かりする仕事だ。私のできることを最大限やりたいんだ」

葛岡は強い口調で言った。

「お願いします」

翔は頭を下げた。

「能見さんのところに状況を確認に行くよ」

葛岡は歩き出したかと思うと、立ち止まって振り向き、「フィロソフィ教育にいつの間にか毒されていたよ」と笑みを浮かべた。

葛岡は、フィロソフィ教育に批判的な態度だった。しかし、彼が言った尊い命をお預かりする仕事という言葉は、フィロソフィに記載されているものだ。

「いいんじゃないですか」

翔は言った。

「そうだね」

葛岡は、大きく頷《うなず》くと、ふたたび歩き出した。

翔はその時、誓った。自分は広報だ。この場で起きていることをできるだけ記憶、記録しておこう。なぜなら、この不幸な大震災を切りぬけることも、ヤマト航空再建の歩みなんだから。

「自分の仕事の枠にとらわれず、必要なアクションがないか、視野を幅広く持って対応を進めてほしい」

本田が、震災対策本部のスタッフに向けて、力強く語った。

＊

営業の山下《やました》は、コンビニエンスストアの配送センターにいた。

このコンビニエンスストアは山下の取引先だ。社員研修で、ヤマト航空を利用して九州に行くことになっていた。

たまたま相模原《さがみはら》にある配送センターに足を運んだ時、地震に遭《あ》った。

「潰《つぶ》れるぞ」

コンベアーから荷物が外に躍るように飛び出す。

「危ない！」

案内をしてくれていたコンビニエンスストアの社員が、山下の身体にぶつかってきた。その瞬間、各地に送られようとしていた食材や飲み物などが棚から崩れてきた。

「ありがとうございました。助かりました」

「こりゃ相当大きいですね。大変なことになりますよ」

社員は、物流倉庫を見渡した。あちこちの棚から積んであった商品が飛び出し、床に散乱している。割れた瓶《びん》からは、酒や醬油《しょうゆ》などが流れ出している。

「早く元に戻して流通に乗せないと、大変なことになるぞ」

社員が言った。

「片づけるのを手伝います」

山下はとっさに言った。

「お願いできますか。一刻も早く正常に戻さないと、この地震ですからパニックが起きます。物がなくなるんです」

社員は深刻な表情になった。

「物がなくなるんですか」

「日本人は、比較的パニックを起こさないでしょうが、それでもコンビニから水や麵類《めんるい》などが消えます。コンビニですから、いつでもどんな時でも便利でないといけません。私たちは、いつもお客様の目線で仕事をしていますからね。とにかく物を切らさないこと。これが近所の冷蔵庫代わりに使っていただいているコンビニの役目です」

彼は、早速動き出した。

――お客様の目線で仕事をしている……。「お客様視点を貫《つらぬ》く」……。くそっ、なんでこんな時にフィロソフィの言葉が浮かんできやがるんだ。

山下は、腹が立ったが、妙に嬉しかった。

フィロソフィ教育をばかにしていた。ひねくれていた。そんなものをやったってヤマト航空の再建の役に立たないと考えていた。それなのに経営幹部の連中が何をしたか知らないが、営業に走り回り、必死で航空券を売りまくった。そんな連中が、掌《てのひら》を返したように、フィロソフィの言葉を唱《とな》えて破綻に追い込まれた。そんな連中が、掌を返したように、フィロソフィの言葉を唱えているのを見てアホらしくなったのだ。

戦争だ、戦争だと言っていたのが、急に平和だ、平和だと言うようなものだ。その違和感をどうすることもできなかった。

しかし今、俺は進んでお客様と一緒に、この困難に立ち向かおうとしている。コンビニエンスストアの社員がお客様目線で仕事をしているのに、自分がそうしないわけにはいかないじゃないか。

――いつの間にかフィロソフィが染《し》み込んだみたいだな。

山下は、ふと笑みを浮かべ、携帯電話を握った。

地震で、安否《あんぴ》を確認するための電話が錯綜《さくそう》しているに違いないから通じるかどうかわからないが、上司の早瀬《はやせ》部長にかけようと思ったのだ。

携帯の番号をプッシュする。

繋《つな》がれよ、山下は祈った。

「もしもし」

早瀬の声が聞こえてきた。

「ああ、部長」

山下は喜びに溢《あふ》れた声で言った。

「山下、大丈夫か？　すごい地震だ。今どこにいる？　本社の営業部も書類がめちゃくちゃだぞ」

「大丈夫です」

山下は、営業に来ているコンビニエンスストアの名前を告げた。

「戻ってこられるか」

「戻りません。ここで復旧を手伝います」

「えっ、なんだって」

早瀬が言った。

「こっちも大変なんです。配送センターがめちゃくちゃで。俺、ここの片づけを手伝います。お客様視点を貫くってやつですよ」

山下は電話口でにやりとした。

早瀬は、わずかに沈黙した。

「そうか……」

「そうです。そういうことです」

「わかった。こっちの方は私がやる。お前は、お客様の支援をしてくれ。ああ、そうだ。奥さんには連絡を取るんだぞ」

「わかりました」

「頑張ってくれ」

早瀬が電話を切った。

山下は、つづいて家族に連絡を入れると、携帯電話をポケットにしまった。

「山下さん！」

コンビニエンスストアの社員が呼ぶ声が聞こえる。

「今、行きます」

山下は大きな声を上げた。

＊

「結城《ゆうき》さん、これ運んでください」

上原博子《うえはらひろこ》が毛布を手渡す。

「はい」

結城は毛布を抱える。両手はもういっぱいだ。

地震で空港が使えなくなったために、ロビーには人が溢れている。できる限り周辺のホテルに宿泊を手配したが、それでもロビーのソファで一夜を明かす客も多い。空港は、寝るとなると、とにかく寒い。それに地震という事態に直面にして、誰もが不安になっている。不安は身体をさらに冷やすのだ。

博子は美しいと、同性の結城は思う。どんな事態になっても動じない。きびきびと働く。ＣＡの見本のような人だ。こんな人だから、フィロソフィ教育のファシリテーターに選ばれたのだ。

結城もＣＡとしてはベテランだ。その結城から見ても、博子は素晴らしい。

「こんな時におかしいですが、私、今までで一番やる気を感じています」

結城は博子に言った。

博子は、結城を見上げて、微《ほほ》笑《え》んだ。

「結城さんのようなベテランが今までで一番だなんて、おかしいですよ」

「そう言われると、そうなんですが、頼りにされているなという実感がやる気に繋がっているのだと思います」

「私たち、いろいろありましたものね。こうやって空を飛べるのはお客様のお蔭《かげ》だと思うと、どんな時でも自然に身体が動きます」

「私、上原さんのフィロソフィ教育を受けたことがあるんですよ」

結城は博子を見つめた。

「覚えています。同じCAの人が参加されていると緊張しますから。採算意識をテーマにした時ですね」

結城は、博子の言葉に頷いた。

「公明正大に利益を追求しようなどと話し合いましたが、私はあの時、人間として何が正しいかで判断するということが一番大切だと言いました。今も同じ気持ちです。民間企業として、利益を上げなければならないのは当然です。でもそれらは、私たちが人間としてどれだけ正しい行動をしたかの結果だと思うのです」

「私もそう思います。だから今、こんな大きな地震が起きてお客様のお世話をしているのも、会社の利益のためではありません。人間として何が正しいかで判断しているからです。今、こうしてお客様のために尽くすことが一番、私たちの正しい道だと思います。それが結果として、事態が正常化した時、私たちを支えてくれるのだと思います」

「結城さん、今度はあなたがファシリテーターになってください」

「いいえ、そんな大それた役目は似合いませんよ」

結城は笑みを浮かべた。

「そんなことはないわ」

博子は真面目な顔で言った。

「そうだ、いいアイデアがあります。リレーをしましょう」

「リレー？」

「フィロソフィリレーです。みんなでフィロソフィの何に一番感動して、何に影響を受けたかをリレーするんです。広報の草薙さんに提案します」

結城が明るく言った。

「フィロソフィリレーですか。いいですね。草薙さん、きっと賛成してくれますわ」

「草薙さんも頑張っているでしょうね。上原さん、やりましょう」

「ええ、大賛成です」

「さあ、この毛布、早くお客様にお届けしなくちゃ」

結城は毛布の束を、顔が隠れるほど高く持ち上げた。

＊

「国谷《くにや》さん、始めるよ」

整備課長の山口《やまぐち》は、傍に立っている国谷に言った。

新整備場にはボーイング737の機体が、山口たちヤマト航空エンジニアリングの整備スタッフの登場を今か今かと待っている。

地震が起き、山口たちは新整備場の建物などの点検に追われていた。建物に破損があれば、それを修理してからでないと機体整備は始められないからだ。

「建物に損傷がないか、調査のピッチを上げましょう」

国谷は言った。

「多くの救援機を飛ばさないといけないからな」

山口は表情を引き締めた。

「小善《しょうぜん》は大悪《だいあく》に似たり、大善《だいぜん》は非情に似たり」

国谷が呟いた。

山口が国谷の顔を見た。

「フィロソフィの言葉、というより佐々木《ささき》さんの言葉ですね」

「ええ、佐々木さん、高校の先輩なんですよ」

国谷が自慢げに言った。

「そうでしたか……。私もその言葉が好きですよ。厳しい姿勢そのものですものね。私たちの先輩は手取り足取り教えてはくれませんでした。小さな親切が、かえってだめにするからとね。まさに小善は大悪に似たり、大善は非情に似たりの姿勢ですよ。そうやって整備技術を磨《みが》いてきた……」

「整備は誇りですからな。だからこんなにロートルになっても、ヤマト航空が破綻しても、辞《や》めずにここにいます」

国谷は機体を見つめた。

「国谷さんに辞められたら困りますよ。飛行機たちが泣きます」

山口が真面目な顔で言った。

「破綻した時は悔しかったですな。いろいろ言われて……。リストラしたから整備が手薄になる。安全がおろそかにされるって……」

国谷が、手に持った布を握りしめた。

「そうでしたね。コストを削減するために整備の手を抜くんじゃないかとか、必要なネジも買っていないんじゃないかとか……。何も分かっていないマスコミや先生方に、寄《かか》ってたかって言われましたね。お客様が不安になるようなことまで……」

「安全に関わることは絶対に変えてはならないというのが、佐々木さんの方針だったし、もとより私たちも、安全をないがしろにしたら航空会社じゃなくなっちゃいますからね。そうはいうものの、私たちも変わろうと思いました。それで消耗品《しょうもうひん》を徹底的に見直した。それがこのぼろ布ですよ。今まで部品を拭《ふ》くのに四分の一くらい使って捨てていたのを、捨てないで全面を使うようにした……」

国谷は、ぼろ布を見つめた。

「コンビニで買った弁当のビニール袋をゴミ袋に使うようにして、わざわざゴミ袋を買わないようにしたりね」

山口が言った。

「そんな細かいことをひとつひとつやっていったら、コストが下がっていった。数字がついてくると面白くなって、もっと工夫はないかとなった。いつの間にかチームワークも強化されていった。それだから安全指数も向上して、世の中の人が驚くまでになった。私、やればできると改めて思いました。破綻して絶望していたけど、そんな中でもちゃんと目標を見つけて、前に歩き出すことができるんだってね」

「辞めないで良かった。私たち全員がリストラの対象だったからね。会社が破綻したんだ。辞めた方が、お役に立つんじゃないかって思ったこともあった。給料も下がるし、もっと高いところに移る人もいたから。でも他に転職して整備の仕事から離れるのは、どうしてもできなかった……」

山口は国谷を見つめた。

「整備で会社人生を終わりたいっていうのが希望でしたから」

国谷も山口を見つめた。

「でもフィロソフィ教育は、目から鱗《うろこ》が落ちる思いでしたね。私が一番勉強になったのは、機内清掃《せいそう》の人の話を聞いた時ですよ」

山口は、フィロソフィ教育で機内清掃の担当と同席した。

飛行機が空港に到着すると、整備担当は機体や機内を点検する。その間に、機内清掃担当は客室内の清掃を行う。

破綻で機内清掃担当も人員を減らされた。その少ない人数で、次にその飛行機が飛び立つまでの短い間に、客室を完璧《かんぺき》にきれいにしなくてはいけない。乗客が落としたゴミを拾って掃除機をかけ、汚れものを片づけ、新しいアメニティグッズを用意する……。

フィロソフィ教育の場で機内清掃の話をしてくれたのは、若い女性だった。

彼女は、五人ほどの機内清掃担当のリーダーとして、飛行機が到着するたびに、次から次へと広い飛行場を移動する。一日に五便から六便も清掃しなければならない。時間にすると、一機あたりたった十分程度しかない。もし清掃に手間取ると、発着の定時性に影響してしまう。彼女は、清掃する様子を生き生きと話してくれた。とにかく快適に空の旅を楽しんでもらいたいと思ってやっていますと、彼女は目を輝かせた。

「あれ以来、飛行機の整備中に清掃の人を見ると、感謝の気持ちで頭を下げるようになったんだよ」

山口は微笑んだ。

「私も同じです。あのフィロソフィ教育の場で、初めていろいろな人の話、ＣＡや営業の人の話を聞いて、飛行機ってみんなで飛ばしているんだなって実感しました」

国谷も笑みを浮かべた。

目の前には、彼らが重整備を行う機体がある。重整備とは約一ヶ月かけて、機体を分解しながら隅々《すみずみ》まで整備することだ。四、五年に一回程度行う最高レベルの整備である。整備が終わった頃には中身は以前の機体と変わり、新品になっているといってもいい。整備に完璧を期すヤマト航空の飛行機は、長期間使用可能だ。整備が不十分では十年、十五年で使えなくなってしまう飛行機もある。

「今、仙台空港が大変なことになっていますけど、そこが使えるようになったら、ヤマト航空の一番機には鶴丸《つるまる》を描きましょう。そうしませんか、国谷さん」

山口は機体を見つめて、強い口調で言った。

「いいですね。真っ赤に燃えるような鶴丸を描きましょう」

国谷が答えた。

「いいなぁ」

山口は目を閉じた。

真っ青な空に、真っ赤な鶴丸マークをつけたヤマト航空の飛行機が、仙台に向かって飛んでいくのが見えた。

鶴丸という鶴の絵のマークは、ヤマト航空のシンボルだ。しかし、東日航空との経営統合以来、航空機には描かれていない。

「破綻からの復興のシンボル、地震や津波からの復興のシンボル、それが鶴丸ですよ。やりましょうよ。立派な鶴丸を描きましょう。みんなでこの飛行機を飛ばしているんだぞ。地震にも津波にも負けやしないぞってね」

国谷も目を閉じた。自然と涙が流れてきた。と同時に、身体の中から沸々《ふつふつ》と力が湧いてくるのを感じていた。

＊

翔は、思いがけない人の訪問を受けていた。

退職したCAの美幸《みゆき》と小百合《さゆり》だ。美幸は神楽坂《かぐらざか》でイタリアンレストランを開いている。一度行ったことがある。十人も入れば満員の小さな店だ。

料理はとても丁寧《ていねい》で美味《おい》しく、値段も手ごろだ。

「忙しいところをごめんなさい」

美幸と小百合が頭を下げた。

「どうされました？」

「どこへ行けばいいか分からなかったから、以前、『ＷＡＹ』の取材でお世話になった草薙さんを訪ねてきたってわけ」

美幸が言った。

そういえば『ＷＡＹ』の取材で、レストランを取材場所に使わせてもらったことがあった。

「分かりました。今は、こんな状態です。社員の安否を確認したり、空港の様子を見て、航空機の手配をしたり……。皆さん、お怪我《けが》とかありませんでしたか」

「大丈夫だった。お蔭さまでね。それで、私たちに何かできることはないかって思って、勝手に押しかけてきたの。私も、まだ現役の匂《にお》いがついているから。他にも同じことを思っている仲間はいるわ」

小百合が、恵理子《えりこ》など数人の名前を挙げた。

翔は、困惑《こんわく》した。安否確認など、実際、多忙を極めているが、退職した社員に本田社長の指揮下に入ってもらうわけにはいかない。

「だからね、小百合に言ったのよ。こんな時に訪ねるのは迷惑だってね」

美幸が苦笑した。翔の表情を読み取ったのだろう。

「いえ、お二人のお気持ちは、本当に嬉しいです。感謝します。仙台空港が大変なことになっているのは、ニュースでもご存じだと思います。この事態が落ち着いたら、東北復興にボランティアなども考えたいと思います。その際には、ぜひお願いします」

翔は頭を下げた。

地震や津波の混乱が収まれば、復興に向けての動きが始まる。その時は、広報も前面に立ってボランティアを募《つの》りたいと思っていた。被災した空港や東北の街の復興ボランティアだ。

「そうね。分かったわ。これ、差し入れよ」

小百合が大きな袋を差し出した。

「チョコレートや栄養ドリンクが入っているわ」

美幸が言った。

翔は袋を受け取り、中を見て、歓声を上げた。

「ありがとうございます。こんな時に、これだけ揃《そろ》えるのは大変だったでしょう?」

「そうよ。あちこちを駆けずり回ったんだから。とにかくコンビニやスーパーから食べ物なんかが消えているのよ」

　小百合が言った。

「これはありがたくいただきます。みんな喜ぶと思います。ああ、そうだ……」翔は、美幸の顔を見た。「美幸さん、お店の名前は、確か……」

「デリットよ。真《ま》っ直《す》ぐという意味」

　美幸は微笑んだ。

「デリット……。わかりました。ちゃんと覚えました」

　翔は言った。

「落ち着いたら、また来てね」

　美幸は言った。

「はい、必ず伺《うかが》います」

　翔は、遥を連れていこうと決めていた。

「草薙さん、上原さんは無事です。今、成田で避難している人たちの救援活動をしているって連絡がありました。安心しました」

　森《もり》が喜びに相好《そうごう》を崩しながら近づいて来た。

「博子、無事なのね。よかったわ」

　美幸の顔に安堵《あんど》が浮かんだ。

「こちらの方は？」

「私たち、博子の元同僚ＣＡです」

「上原さんのフライトは中止になったのですが、元気で救援活動をなさっています。ところでどうされたのですか？」

「お二人は、差し入れを持って来てくださったのですよ」

翔は袋を持ち上げた。

「それは助かります。ありがとうございました」

森が頭を下げた。

「博子から連絡があったら、私たちも元気だからとお伝えください」

美幸が森を見つめた。

美幸たちは、帰っていった。彼女たちは、優秀なＣＡだった。いろいろと複雑な思いを抱《いだ》きながら、ヤマト航空を退職していったに違いない。しかし、辞めてもなお、古巣のことが気がかりなのだ。自分のこと以上に……。

「みんなヤマト航空が好きなんですね」

森が呟いた。

「そうですね。嬉しいです」

翔は、ずっしりと重い袋を抱くように持って、美幸たちが見えなくなった廊下に向かって深く頭を下げた。

3

「これで大丈夫ね」

遥は、ポスターの出来栄《できば》えを自画自賛していた。

トイレには紙等を流さないようにしてください。大きな方は、用意したビニール袋に入れて、こちらのゴミ箱に捨ててください。みんなのトイレです。きれいに使いましょう。

ポスターにはイラストを添えて、トイレ使用上の注意事項を書いた。ゴミ箱も用意した。

外に出ると、トイレを使いたい人が数人、待っていた。

「どうぞ、お使いください」

遥が言った。

「ありがとうございます。きれいにしてくださったんですね」

女性が頭を下げた。

「頑張りましょうね。もうすぐ朝が来ますから」

遥が微笑むと、彼女も笑みを浮かべた。

「よかったわね」

朋子が言った。

「樋口さんや大山さんは」

トイレ掃除が終わると、二人はどこかに行ってしまった。

「見回りに行ってくるって。外国の人が心配だからって……」

「頑張りますね。見直しちゃいますね。ところで順子はどこですか」

順子が見当たらない。朋子の顔が一瞬、曇《くも》った。

「どうしたんですか」

「それがね。やっとご主人のご両親と連絡がついたの……」

朋子の表情は、よくないことが起きたことを示唆《しさ》している。

「でも、肝心のご主人が行方《ゆくえ》不明なのよ」

「順子の旦那《だんな》さんが！」

順子は、去年の暮れに結婚したばかりで、新婚なのだ。

「ご主人はたまたま自宅にいらしたらしくて、近所に住んでいるご両親の安全を確認した後、順子のことが気がかりだと言って、車でこちらに向かったらしいのよ」

「車で……」

遥は、津波に呑み込まれていく車を見た時の衝撃が蘇《よみがえ》ってきた。

「時間から見て、ちょうど津波が来た頃じゃないかって……」

朋子が泣き出した。

「順子は、どこにいるのですか」

遥も泣き出したくなる気持ちをなんとか抑えながら訊いた。

「あそこよ」

朋子が指差したのは、窓から外が眺められるようになっているフロアの一角だった。そこで遥は、松林を乗り越え、津波が襲ってくるのを見た。あの時は、足が震《ふる》え、どうしようもなかった。

丸いソファに腰を下ろしている小さな人影が見える。

遥と朋子は、そっと近づいていった。

「順子……」

遥の呼びかけに順子が顔を上げた。その顔には涙の跡がくっきりと残っていた。

「遥……」

「今、朋子さんから聞いたわ。大丈夫よ」

遥は、順子の肩にそっと触れた。

「ええ、そう願っているわ」

順子は、薬指にはめた結婚指輪を触っていた。

「もうすぐ朝になる。そうすれば、旦那さんが迎えに来てくれるわよ。きっと」

朋子の夫や子どもは、無事が確認されていた。

「そうですね。こんなところで悲しんでいたら、あの人に叱《しか》られますね」

順子は立ち上がった。

「そうよ、頑張ろう。私たちがしっかりしないと、お客様が不安になるからね」

遥は普段、神様を信じない。しかし今は、神様を信じたい気持ちでいっぱいだ。順子は、誰よりも献身的に避難してきた人たちのために尽くしている。身も心もくたくたになっているはずなのに、そんな様子を微塵《みじん》も見せない。遥も尊敬しているくらいだ。そんな人が不幸になるはずがない。順子の夫はきっとどこかに避難していて、朝になれば順子を迎えに来てくれるだろう。「神様、お願いします。順子を不幸にしないでください」遥は、心の中で強く祈った。

誰かが泣いている。悲しそうな声が聞こえる。

「遥、行こう」

順子が声のする方向に歩き出した。

「うん、行こう」

遥は朋子とともに順子の後を追いかけた。

二階の国内線出発ロビーには多くの人が、遥たちが用意した段ボールを敷いて、その上で眠っていた。泣き声は、その中から聞こえてくる。

懐中電灯を照らすと、年配の女性が身体を起こして、足をさすり、顔を歪《ゆが》めている。

「お客様、いかがなさいましたか」

「寒くて、足が痛くなってどうしようもないのよ」

女性は、足をさすりながら、涙を流している。もともと足が悪いのかもしれない。それが寒さで悪化したのだろう。

「私が、さすってもいいですか」

順子は女性に近づいた。

「申し訳ありませんね」

女性は言った。

「こちらは私がやるから、遥と朋子さんは、巡回を続けてください」

順子は言った。

「わかったわ」

遥は朋子と顔を見合わせて、他を回ることにした。

「順子は、きっと何かをしていないと、不安でどうしようもないんでしょうね」

遥は朋子に言った。

「ご主人、本当に無事だといいわね」

朋子が暗い声で呟くように言った。押し寄せる黒い水、獣《けもの》の咆哮《ほうこう》のような音、津波を実際に体験した者でないと、そのおそろしさは分からない。親しい人や愛する人が、あれに呑み込まれていないことを祈るしかない。自分の無力さに、ものすごく腹が立つ。

子どもが立っているのが見える。

「どうしたの？」

朋子が訊いた。

「おしっこ」

男の子が答える。二歳くらいだろうか。

「すみません。明るくなるまで我慢させようと思ったのですが」

母親が頭を下げる。

「大丈夫ですよ。私が案内しますから」

暗い中、トイレを探して歩くのは危険だ。母親はそう思って、子どもに用を足すのを我慢させていたのだろう。

「申し訳ありません」

「私にもお子様くらいの子どもがいますから」

「そうですか……。今は、どちらにおられるのですか」

「両親が面倒を見てくれています。無事だと連絡が入りました」

朋子は答えた。

「そうですか、それはよかったですね」

母親が笑みを浮かべた。

「坊や、行こうか」

「うん」

朋子は、男の子の手を優しく繋《つな》ぐと、懐中電灯の明かりを頼りに歩き始めた。

遥は一人で巡回を再開した。

「明日になれば帰れるから……」

男性のくぐもった声が聞こえる。

「帰りたいね。帰りたいよ」

年配の女性の掠《かす》れた声が聞こえてくる。

「どうされましたか」

遥が近づくと、中年の男性と年配の女性だ。

「ああ、すみません。皆さん、お休みなのにうるさくしちゃって」

男性が恐縮している。

「いえ、何か、お役に立てることはございますか」

遥が訊いた。

「明日は帰れますか、大阪に……。外はどうなっちゃったんですかね。私、阪神大震災でもえらい目に遭ったんですよ。私は、本当に不幸ですよ。どうしてこんなに地震によく遭うのかねぇ」

女性は、悲しそうに言った。

「お袋は、神戸で被災していて、その時の記憶がフラッシュバックして落ち着かないみたいなんですよ」

男性が言った。

女性は、神戸市で一人暮らしをしていた時、阪神・淡路大震災に遭遇《そうぐう》した。倒壊した建物の下敷《したじ》きになり、助けられた。その後、大阪に住む長男の家に引き取られ、同居するようになったという。

「そうですか。それはお気の毒ですね」

遥は、どうしたらこの女性の心を落ち着かせることができるかと考えた。人生で二度も大きな地震に遭遇して、心を激しく動揺させているのだ。

「もしよければ、三階のラウンジに移られますか？　そちらの方が、こちらより少しは暖かいかもしれません。暖かいと、少し落ち着かれるのではないですか」

「どうする？　お言葉に甘えるかい？」

女性は、小さく頷いた。

「それではご案内します。暗いですから、どうぞ足元に気をつけてくださいね」

遥は、男性と一緒に彼女を支えて、立ち上がらせた。

「行きましょうか」

遥は言った。

「ありがとうございます。早くヤマト航空さんに乗って大阪に帰りたいねぇ」

彼女の目には、涙が光っていた。

＊

朝になった。外の様子が誰の目にもはっきりと見えるようになった。その途端に絶望した。自分たちが完全に孤立していることを、否応《いやおう》なしに自覚させられたからだ。あたり一帯は、完全に水没していた。

黒ずんだ灰色の水が、空港ビルの周囲に澱《よど》んだ流れを作っていた。無数の車が空港ビルの周辺に押し寄せていた。宅配便の車、自家用車、空港の作業車などなど、ありとあらゆる種類の車がある。

家の瓦《かわら》屋根が水面に顔を出している。青い屋根の家が、斜めになって浮かんでいる。材木が、タンクが、板切れが、悲しいことに牛の死骸《しがい》までもが流れている。海に近い場所にあった家が押し流されてきたのだ。

空港近くの運河である五間堀川《ごけんぼり》は、完全にせき止められていた。

「地獄だなぁ」

所長の豊田《とよだ》の近くにいた老人ホームの職員が呟いた。

その言葉通りだった。しかし、それは空想ではなく、目の前の現実だった。

「こりゃ、救助には相当、時間がかかりますよ」

老人ホーム事務長の北村《きたむら》は目の前に広がる光景を見て、豊田に言った。豊田も、その言葉に頷いたばかりだった。

「おーい、おーい、皆さん！　ご無事ですか」

階下から誰かの声が聞こえる。

北村と話をしていた豊田は、耳をそばだてた。

「北村さん、聞こえましたか」

豊田は言った。

「ええ、聞こえました」

北村は目を見開いて、大きく頷いた。

「所長、所長」

樋口が豊田のもとに走ってきた。

「どうした？」

「救助が来ました。こっちに来てください」

豊田と北村は、樋口に案内されて二階に向かった。そこから水没した一階を眺めた。

豊田の視界の中で、鮮やかなオレンジ色の制服姿の男たちが手を振っている。彼らは瓦礫《がれき》が行く手を遮《さえぎ》る中、船外機もオールも使えないため、胸まで水につかりながら、救命ボートを押してきたのだ。「富山県」という胸の表示が見える。

「高岡消防署、特別救助隊の者です。怪我人はいらっしゃいますか」

隊長らしき人が豊田に向かって叫んだ。

「はい、います。早く救助をお願いします。お年寄りもたくさんいます」

豊田は叫び、北村の顔を見た。北村の顔にようやく安堵の表情が浮かんだ。

豊田の時計の針は、十時二十二分を差していた。地震発生から十九時間が経過していた。

最終章　翼、ふたたび

1

ふたたび夜になった。特別救助隊は来たものの多くの客はまだ空港内に残されたままで、遥《はるか》たちの救助も何時《いつ》になるか分からない。

順子《じゅんこ》がうつむいている。後ろから見ると、肩が上下している。泣いているようだ。

「ご主人からまだ連絡がないの？」

遥が訊《き》いた。

順子が振り向いた。目が真っ赤だ。泣き腫《は》らした目で遥を見つめた。やはり泣いていたのだ。

「遥……」

順子の目から涙が溢《あふ》れ出した。

「話した方がいいよ。なんでも聞くから」

「今日にも無事だと連絡があるかと待っていたのに。ねぇ、遥、あの人どうなったの？　私、何か悪いことした？　何かいけないことをした？」

「順子は何もしていないよ」

「そうよね。こうして地震と津波で閉じ込められても、避難している人たちのために頑張《がんば》っているよね」

「その通りよ」

順子は、足に怪我《けが》をしたにもかかわらず、そんなことを微塵《みじん》も感じさせずに献身的に避難してきた人のために働いている。同じ境遇《きょうぐう》にいる遥の目から見ても、よくやっているな、どうしてそこまで他人に尽くせるのかと思うほどだ。

「それなのに……」

順子は目を腫らし、涙をこらえながら遥をじっと見つめた。大きなつかえを胸に秘めているようだ。

「順子、私、なんでも聞くわよ。気にしないで……」

「私、本当に悪くないでしょう？　それなのに、なぜ？　どうしてなの？」

「順子……」

遥は、最悪の事態を想像した。

「あの人、あの人……、死んじゃったってこと、絶対に、絶対にないよね。あり得ないよね」

順子は、遥の胸の中に身体《からだ》を投げ出した。肩を揺らして嗚咽《おえつ》している。

遥は、何も言わずに順子の背中をさすった。

「あの人、私を迎えに行くと言って車で自宅を出たの。父が止めるのも聞かずに『大丈夫です』と言って、明るく笑って、手を振って……、車で空港に向かった……。それで帰ってこない……。それっきりなんの連絡もない。もう丸一日以上経《た》つわ。きっと津波に巻き込まれたんだわ」

順子は号泣《ごうきゅう》し、声をつまらせている。

「大丈夫、大丈夫よ」

遥は繰り返した。他にどんな言葉をかければいいのだろうか。

「もしあの人がいなくなったら、私も生きていけない」

「大丈夫。きっと大丈夫よ。大丈夫……」

遥は、順子の背中を強くさすった。

「あの人が車に乗っていた時間が、ちょうど津波がここに来た時間なの。私、どうしたらいいの。ねえ、教えて、どうしたらいいの」

遥は何も言えない。ただ順子の背中を優しくさすっていた。

「そうよね。無事よね。そんなに神様は意地悪じゃないよね」

順子は自分を納得《なっとく》させるように言う。

「当たり前じゃない。順子が、どれだけみんなのために尽くしているか、神様が知らないはずがないわ。絶対にご主人は大丈夫よ。どこかに避難しているに違いないわ。もう少ししたら、私たちもここを出ることができる。そうすれば、ひょっこりと笑顔で迎えに来てくれるわよ」

「ありがとう、遥。絶対に大丈夫よね。信じていいよね」

順子が泣きながら、笑《え》みを浮かべて遥を見上げた。

「さあ、涙を拭《ふ》いて。泣いていると、みんなが心配するから」

遥はハンカチを取り出して、順子の涙を拭《ぬぐ》った。

「そうね。あの人が迎えに来てくれた時、最悪のことを考えたなんて言ったら怒るでしょうね。あの人、本当に優しいんだから」

順子は、ハンカチで涙を拭いながら言った。

「あらあら、おのろけね。新婚さんは、だから嫌ね」

遥が笑った。

「遥にはいい人はいるの？　結婚はしないの？」

「まだまだよ」

遥は、笑って否定した。

翔《しょう》の顔を思い浮かべた。携帯電話のメールは、翔からの激励《げきれい》の言葉で満ち溢れている。

「フィロソフィ教育で会った彼はどうなのよ。素敵な人だって言っていたじゃない」

順子は、まだ泣き顔だ。しかし、できるだけ陽気にふるまおうとしている。

「そんなぁ。まだ知り合ったばかりだしね」

「私だって、知り合って、すぐにこの人と結婚するってビビッときたのよ。遥もそう感じなかったの？」

「どうかしらね」

遥は小首《こくび》を傾《かし》げた。

実際、翔と会った時にはどんな気持ちになったのだろうか。電流が走るような感覚はあっただろうか。覚えていない。でもメールなどで近況を知らせ合う中で、ゆっくりと、温かい空気に包まれるような感覚になってきたことは事実だ。それが、この地震と津波で一気に熱い空気に変わった。今では、翔からのメールが遥の力の源になっている。翔のメールからこんなに力をもらうとは思ってもいなかった。

「ぐずぐずしていると、他の女性に取られちゃうわよ。ただでさえ東京と仙台で離れているんだからね」

「結婚生活ってどうなの？」

「結婚はいいわよ。毎日、好きな人と一緒にいるって、こんなに充実することだと思わなかった。一日の出来事をお互いに話すの。そうすると疲れもストレスもすぐに消えてしまう……。もし、あの人と一緒にここに閉じ込められているんだったら、何日でも我慢《がまん》できるけどね」

　順子は笑みを浮かべた。

「それはご馳走様《ちそうさま》」

　遥は笑った。

「おい、どうしたんだ？」

　暗闇《くらやみ》から懐中電灯の明かりが光った。

　遥が、持っていた懐中電灯を向けた。樋口《ひぐち》が立っていた。

「すみません。ちょっと……」

　遥は懐中電灯の明かりを下げた。

「少しは眠らないといけないぞ」

「はい。すぐ休みます。樋口さんは？」

「俺《おれ》は、ちょっと巡回する。三階にいる外国人のお客様が心配だからな。生まれ故郷から遠く離れた国で災害に遭《あ》ったんだ。日本人でも心細いのに、彼らの不安は俺たち以上だからな」

三階には中国人客など、数十人の外国人客がいた。彼らにも、日本人客と同じ食べ物が支給されている。笹《ささ》かまぼこやずんだ餅《もち》は、彼らにとって馴染《なじ》みのない食べ物だ。不満はあるだろうが、そうした態度は一切見せない。

「私たちも一緒に行きます」

順子が言った。

「寝られる時に寝ないといけないぞ。レスキューが来たからって、俺たちがいつここを出られるかは分からないんだから」

「はい。でも一緒に巡回させてください」

順子は強く言った。

「樋口さん。三人で回りましょうよ。その方が寂《さび》しさも紛《まぎ》れるから」

遥は言った。順子の気持ちが痛いほど分かったからだ。順子は今、一人になりたくないのだ。何かをしていたい。それが不安を呼び起こさない唯一の方法なのだ。

「そうだな。そこまで言うなら一緒に巡回しようか」

樋口は懐中電灯を照らして歩き始めた。

「さあ、もうひと頑張りしましょうか」

順子が明るく言った。

遥は、順子が明るくふるまうのを見るたびに、順子の夫が無事であることを心から祈った。

遥の目に焼きついて消えないものがある。それは津波が襲ってくるにもかかわらず、車で移動しようとした人たちの姿だ。

遥は、彼らに向かって声を限りに叫んだ。車を降りて、すぐに空港ビルに避難して！　しかし、声は届かない。走って車を追いかけようとした。しかし、諦《あきら》めざるを得なかった。彼らはどうなったのか。あの車はどうなったのか。津波から逃《のが》れることができたのか。気になって気になって仕方がない。最悪のことは、考えないようにしている。きっと逃げ切れたに違いない。そう思うようにしている。

窓の外に懐中電灯を向けると、明かりに照らされて水の中に沈む多くの車が浮かび上がる。数えきれないほどだ。駐車していただけの無人の車も多いだろう。そうであってほしい。これから水位が下がっていく。そうすれば、さらに多くの車が姿を現すだろう。その車の中に彼らがいるのだろうか。逃げ遅れた彼らが……。考えただけでも身がすくみ、震《ふる》えが襲ってくる。

「ねえ、遥、もうすぐ私たちだって、ここを出られるわよね」

順子が言った。

「ええ、もうすぐよ」

遥は答えた。

2

「グッドニュースです」

翔は、舘野《たての》に駆け寄った。舘野は、本田《ほんだ》に被災地の状況を報告していた。

「どうした？」

舘野が翔を振り向いた。

「高岡消防署の特別救助隊が、仙台空港から怪我人を救助したそうです」

舘野と本田の顔に血の気《け》が戻った。

「本当か！　社員たちも助けられたのか」

本田が机から身体を乗り出した。

「それはまだです。今回救助されたのは、怪我をしたお客様など数人だけです」

「そうか……。しかし、それはよかった」

本田が、椅子《いす》に座りなおした。

「全員の救助は、いつになるのだろうか」

舘野が、翔の顔を見た。

「徐々に水位が下がっているようです。救助も近いと思います」

翔の言葉に、本田の表情がふたたび輝いた。

「とにかく早く臨時便を手配するんだ。伊丹《いたみ》から、羽田から、とにかく可能な限り何便でも山形空港に飛ばすんだ」

本田は対策本部のスタッフに向けて檄《げき》を飛ばした。

機能している空港から、山形空港に飛行機を飛ばす。山形空港にも四百名ほどの乗客が留《と》め置かれている。その乗客を無事に帰すことが第一義だが、もうひとつ山形空港には重要な役割がある。

それは、震災の救援にあたる人や被災地に支社や支店がある人たちが、この空港を拠点にして被災地へ向かうためだ。

仙台空港の機能が回復するまでの間は、山形空港や花巻空港から陸路で被災地に入るしか手段がない。多くの人から、被災地に行きたいのでなんとかしてほしいという要望が、ヤマト航空に寄せられていた。

今、できることは何か、最優先でやらねばならないことは何か。それは飛行機を飛ばすことしかないと本田は思い至った。それもできるだけ多く。航空会社の原点は、飛行機を飛ばすことだ。

ところが、飛行機は勝手には飛ばない。機材を準備することはもちろんだが、機長やCAなどのクルーが必要だ。彼らを確保しなくてはならない。

しかし嬉《うれ》しいことに、私も飛びます、飛ばさせてくださいとクルーたちが集まってきた。誰もが同じ思いだったのだ。

破綻《はたん》そして震災という、どれをとっても過酷《かこく》としかいいようのない状況に遭遇《そうぐう》している。どれひとつをとっても、経営を左右しかねない重大事だ。

「でも舘野君、なんだか充実しているんだよ。おかしいかな」

本田は、対策本部のスタッフたちの、きびきびとした緊張感のある動きを満足そうに眺《なが》めていた。

「いえ、そんなことはありません。私も社長と同じように興奮を覚えています。こういう非常時こそ、ヤマト航空の底力を発揮しようじゃないですか」

舘野も笑みを浮かべた。

「臨時便は運航できそうか」

「はい、運休になった便の機材や整備に入っている機材の点検を急ぐなど、とにかく多くの機材を確保すべく努力をしています。かつてない規模で増便できそうです」

「山形空港の要員はどうだね」

飛行機を確保しても、山形空港で乗客を迎え入れるスタッフや整備などの人員がいなくては、飛ばすことができない。

飛行機を多く飛ばすことだけが目的になってしまっては、問題が起きる。あくまで安全に飛ばさねばならない。そうしてこそ、被災地への支援が成り立つのだ。

「陸路でも派遣します。また山形への一番機で臨時要員を派遣いたします。被災地支援に役立ちたいというスタッフが多くて、逆に選別に困るほどです」

舘野は、苦笑した。

「私をその一番機に乗せてくださいませんか」

翔は一歩前へ進み出て、本田と舘野の話に割り込んだ。

「君も行きたいのか」

本田が嬉しそうに笑みを浮かべた。

「君には、広報の役割があるだろう」

舘野が、険《けわ》しい表情をした。

「それは分かっていますが、仙台空港の仲間の活躍を、この目で、広報として見ておきたいのです。そして多くの仲間に、仙台空港の状況を伝えたいと思っています」

翔は、遥の顔を思い浮かべていた。遥のことが気がかりだったのだ。

どんなことをしても会いに行くと約束をした。それを果たさなければならない。一日でも早く遥に会いたい。会わねばならない。

本田に広報として仙台空港のスタッフの活躍を見たいと言ったが、それは決して嘘《うそ》ではない。遥に会うこと、そして仙台空港のスタッフからこの間に起きたいろいろなことを丁寧《ていねい》に聞くこと、それは広報マンとしての重要な役割だと考えている。

遥からのメールで、彼女たちが避難している乗客や地元の人たちに、献身的に尽くしている様子は分かっていた。彼女たちがトイレを掃除《そうじ》したこと、そのトイレに、「紙等を流さないようにしてください」とイラスト入りの貼り紙をしたことなども知っている。

翔は、遥から知らされたその様子を、本田たち震災対策本部の幹部やスタッフたちに伝えた。そのたびに、驚きと感動が震災対策本部内を包んでいた。

産休明けの女性スタッフが、自らの母乳を乗客の赤ちゃんにあげたことを伝えた時は、震災対策本部内に、うおっという歓声が上がった。

その後、厳粛《げんしゅく》と表現すべき沈黙が場を支配した。誰もが感動に浸《ひた》ったのだ。いつしか遥たち仙台空港のスタッフの頑張りが、震災対策本部の全員を勇気づけるようになっていた。被災地と本部の心がひとつになったのだ。

「草薙《くさなぎ》君、行きなさい」

本田が笑みを浮かべて言った。

「ありがとうございます」

翔は、深く頭を下げた。

「よかったな。社長の許可が出たんだ。心おきなく一番機に乗れ。そして陸路でなんとしても仙台空港まで辿《たど》りつき、彼らに私たちからの感謝の声を伝えてほしい。頼んだぞ」

舘野が真剣な表情で言った。

「感謝の声ですね」

「そうだ。彼らを励ますんじゃない。彼らから励まされているんだ、私たちがね」

「分かりました」

舘野の言うことは、翔にも理解ができた。苦難に遭遇しても、ヤマト航空社員としての規律と使命を守って行動する仙台空港のスタッフたちは、ヤマト航空の経営に勇気を注《そそ》ぎ込んだ。これに感謝しないで、何に感謝するというのだろうか。

「おう、みんな、元気か」

震災対策本部に聞きなれた声が響き渡った。

「石嶺《いしみね》社長、小川《おがわ》専務も。どうなさいました？」

本田が、満面の笑みで立ち上がった。

「おいおい、間違えてくれるな。もう社長でもないよ。社長は君だよ」

石嶺が苦笑《にがわら》いしながら、隣にいる小川の顔を見た。

「そうです。私も専務じゃないですからね」

小川も笑った。

「そんなことより、どうしてここに？」

本田が、すぐに席を離れて石嶺の傍《そば》に近づいた。

「邪魔《じゃま》しちゃ悪いとは思ったけどね。みんなを慰労《いろう》したくなってね」

石嶺は、照れたような笑いを浮かべた。迷惑だと思っても、いてもたってもいられなかったのだ。

石嶺は、本田の前任社長として、ヤマト航空の幕引きを成し遂《な》げた男だ。財務という裏方で経営を支えてきた男が、経営危機に際してトップになってしまった。その表情、態度には、自分が場違いなところに置かれてしまっているとの、とまどいが醸《かも》し出されていた。謙虚《けんきょ》で、尊大さのないその姿勢に、組合幹部たちも好感を覚えていた。それまでいがみ合っていた彼らも、いつしか力を合わせるようになったが、破綻への流れを止めることができなかった。小川は専務という立場で、再建に奔走《ほんそう》する石嶺を支え続けてきた。

そして石嶺は、なんの栄誉を受けることもなく、批判だけを一身に引き受けて表舞台から去っていった。自分が全ての責任を背負うことで、新生ヤマト航空が心おきなく飛び立てるとでも思ったのだろう。

「忙しいのに迷惑をかけると悪いと思ったんだが」

「ご自宅の方は、なんともなかったのですか」

「ぼろ家だけど、なんとか踏ん張ってくれたよ」

石嶺が笑いながら言った。

「そうですか。それはよかったです。ご家族も……」

「ああ、ぴんぴんしているさ。ところで、誰か被害に遭った社員はいるのかい」

「今のところはたいしたことはありませんが、仙台空港が津波で孤立したままです」

「そうか……。ニュースで聞いたが、早く救助されるといいな。これはみんなで飲んでくれ。途中のコンビニでなんとか確保してきたんだ」

石嶺がビニール袋に入った栄養ドリンクを掲《かか》げた。小川の手にも同じものがあった。

「これはこれは、ありがとうございます」

舘野が、それらを受け取り、礼を言った。

翔は、小川の靴《くつ》が泥で汚れているのに気づいた。

電車が動き始めたとはいえ、まだ完全ではない。二人は混乱が収まりきらない中を天王洲《てんのうず》までわざわざ足を運んできた。

石嶺は浦安《うらやす》、小川は荻窪《おぎくぼ》に自宅がある。事前に示し合わせて来たのではなく、二人は同じ思いで自宅からここまでやってきて、本社の前で偶然に顔を合わせたのだろう。

二人の自宅も被害を受けている可能性がある。他人のことを心配する前に自分のことを優先する人が多い中で、二人は自分たちのことを気づかってくれた……。翔の身体の芯《しん》から何か沸々《ふつふつ》と熱いものがこみあげてくるのを感じていた。

翔は、じっと二人を見つめていた。破綻までの苦しみ、小川から広報に行けと言われたことなどが思い出され、涙が溢れてきそうになった。

「じゃあ、頑張ってください。本当にいろいろと迷惑をかけますね」

石嶺が本田に頭を下げた。

「謝られたら困ります。地震は、石嶺さんのせいじゃないですから」

本田が真面目《まじめ》に言った。

「それはそうだね」

石嶺が快活に笑った。

「では、私たちはこれで失礼します。皆さんの顔を見ることができて嬉しかったですよ」

小川が軽く片手を上げた。

「小川さん、お帰りは……」

翔が駆け寄って訊いた。

「ヤマト航空の飛行機で帰りたいところだが、そうはいかないからね」

小川が冗談で返した。

「じゃあ、帰りますかな」

石嶺が言った。

「石嶺さん、小川さん、お気をつけて！　ありがとうございました」

翔は、フロアから去っていく石嶺と小川に精一杯の声をかけた。

「頑張るんだぞ」

石嶺と小川が、同時に振り向いて高く手を振った。

本田と舘野が神妙な顔で頭を下げた。それに倣《なら》って震災対策本部のスタッフたちも深々と低頭《ていとう》していた。

3

床の冷たさで目が覚めた。遥は、時計を見た。朝の四時だ。辺りはまだ暗い。もうすぐ夜が明ける。今日は、三月十三日。地震が発生して三日目だ。

水は昨日より引いているだろうか。滑走路《かっそうろ》の水さえなくなれば、バスならなんとか入れるように、フェンスを壊して道を造れるかもしれないと、所長の豊田《とよだ》が話していた。「その時でも自分たちは歩いて帰宅だ。お客様優先だからね」――このセリフを付け加えるのを豊田は忘れない。

豊田は、とても素晴らしいリーダーだ。どんなに困った状況になっても、明るくてユーモアを忘れない。

寒さに震えながら、段ボールの上に身体を横たえていた時のことだ。おい、みんな、目を閉じろ。そして思い浮かべるんだ。今、豪華な羽根布団《はねぶとん》にくるまって眠っているって想像するんだ。ほら、ふわふわで温かくって……。所長、そんなこと想像できません。そう言うと、そうだな、実は、俺の家は羽根布団じゃないんだよ。俺も想像できんわ、ちゃんちゃん、だなんて。みんな大笑い。

「常に明るく前向きに」ってフィロソフィに書いてあるけど、本当にそれを実践するのは難しい。どんな現象でも見方によって、悪い方に、マイナスに受け止めることもできれば、前向きに、プラスに受け止めることもできるということだけど、そこまでできる人っているのだろうか。

空港内に閉じ込められて、まる二日が過ぎた。特別救助隊が来てくれたから希望が持てたけれど、最初はどうなるか不安でたまらなかった。完全に孤立してしまったのではないかと思っていたからだ。

その時だって豊田は、率先して自分たちにお客様を助けるという仕事を与えてくれた。仕事、すなわち役割だ。どんな状況になっても、自分が果たすべき役割が明確であるということは、生きる力になることを知った。

床に手を当ててみる。氷もこれ以上ではないだろうと思うほど冷たい。手が床にくっつき、骨までしびれてくる。段ボールを敷いていても、冷たさで腰が痛くなる。

身体を起こす。テーブルでうつぶせになっている人、ジャンパーの上にビニール袋をぐるぐるに巻いて蓑虫《みのむし》状態の人、さまざまだ。みんな疲れ切っている。温かい食べ物も飲み物もない。外からだけではなく、身体の芯まで冷えてくる。そうすると動きが鈍《にぶ》くなり、その分、神経が高ぶり、いらいらも募《つの》ってくる。

お客様が、泣きながら早く家に帰りたいと言う。きっともうすぐ帰れますよと慰める。どこかで、自分だって早く家に帰って、熱い湯に浸《つ》かりたいって言いたいんだという、怒りに似た気持ちがむくむくと湧《わ》いてくる。それをぐっと我慢する。なぜ、我慢できるのだろうか。なぜ、お客様の嘆《なげ》きを受け止めようとしているのか。それは、ヤマト航空社員という役割を果たそうとしているからだ。人は弱くもあり、強くもあると思う。それを決めるのは果たすべき役割があるかどうかだ。

閉じ込められ、助かる希望も定かではない中でも、自分がどうにか人間らしくふるまえているのは、役割を果たそうという思いがあるからに違いない。地震や津波は、二度とあってほしくない不幸だけれど、そのことを教えてくれただけでも収穫だと思うようにしたい。

それにしても、人は最悪の事態に陥《おちい》った時でも、パニックにならずに助け合うことを知った。それは人の持つ強さだ。

絶望というものは、すぐには人にとり憑《つ》いてこない。それは意地悪く、徐々に徐々に人々の心を侵食《しんしょく》する。どんな危機に陥っても、すぐには諦めない。どうにかなると思う。助かると思う。こんな状況はたいしたことはない、すぐに改善されると思う。

しかし、孤独、情報過疎《かそ》、飢餓《きが》、寒さが続くと、人々は徐々に弱さを見せてくる。

暗闇の中で静かに泣いている人がいた。若い女性だった。

どうしたのですか。女性は、配給された食べ物に手をつけていなかった。

心配なんです。彼女の涙は止まらない。あの人、津波に呑《の》みこまれたんじゃないかって。あの人、私を空港に送って、それじゃあ、気をつけてって言ったきり、連絡がないんです。私を空港に送ってくれて、それで帰ったんです。彼女はスマートフォンで写真を映し出した。そこには、はちきれんばかりの笑顔の男性がいた。彼、笑顔が素敵なんです。六月には式を挙げるんです。もしものことがあれば、私、どうすればいいんですか。

大丈夫ですよ。きっともうすぐ迎えに来てくれますよ。

彼女は、慰めても慰めても大粒の涙を流した。崩れそうになる彼女の肩を抱きかかえるしかなかった。

彼女は泣きやまない。自分の心の中に怒りが芽吹いてくる。

――泣きたいのは、私よ。私だって家族の安否《あんぴ》も何も分からないのよ。いい加減にして。泣くのをやめたらどうなの。泣いたって何も始まらないのよ。

彼女に強い言葉を浴びせかけている自分を想像した。だめ、だめ、だめ。自分を叱《しか》った。何を苛立《いらだ》っているの。あなたにはお客様を守る役目があるのよ。別の自分が言う。でも私だって、誰かの胸で思いっ切り泣きたい。それも許されないの……。自分の弱さを呪《のろ》った。

いつまでこんな状態が続くのだろうか。特別救助隊の人がボートで怪我人を運んでくれたが、それきり音沙汰《おとさた》がない。もしかしたらもう誰も助けに来てくれないのではないか。

遥は、携帯のメールを見る。翔からのメールだ。そこには「頑張れ、もうすぐだ」と書いてある。これを見て自分を励ます。自分は誰かと繋《つな》がっている。愛する人と繋がっている。

もうすぐ……。もうすぐ……。もうすぐ、翔が迎えに来てくれるだろう。

4

「いつ仙台空港は復旧しますかね」

国谷《くにや》は整備課長の山口《やまぐち》に言った。

「津波で相当やられているようだから、時間はかかるでしょうね」

山口は眉根《まゆね》を寄せた。

「こいつを早く仙台に飛ばしたいですね」

国谷は、整備場のドックで重整備を待っているボーイング737の機体を見つめていた。

地震の際には、この機体が大きく揺れた。国谷は最初、いったい誰がこんなものを揺らしているのだと思った。自分が立っている地面が揺れているのが分からなかった。

地震だと思った時には、その場に身体を伏せた。整備場の建物が倒壊するなどということは想像しなかったが、そういう事態になってもおかしくないほどの大きな揺れだった。今までに経験したことはなかった。ついに東京で直下型の地震が発生したか、そう確信した。

ギーン、ギーンと不気味な音が聞こえてきた。天井《てんじよう》から吊《つ》り下げられている可動式ドックスタンドがきしんでいるのだ。建築現場の足場のようにパイプが複雑に組み合わさっていて、それが飛行機を左右からはさみ込み、国谷たちはその上で機体の整備・点検を行う。

機体を守るはずのドックスタンドが、横に揺れ、機体を傷つけようとしている。国谷は、それを床から見上げ、心配でならなかった。できることなら、スタンドに喰《く》らいつき、揺れを止めたい。しかし恐竜のしっぽに飛びかかるようなもので、国谷などは振り払われて、地面に叩《たた》きつけられてしまうだろう。

「あの時は、この吊りドックが落ちてきたら、もうイチコロだなと諦めましたよ」

国谷は言った。

「国谷さんは、そう簡単にはイチコロになりませんよ」

山口は、笑いながら言った。

「建物の損傷は少なそうで、何よりです」

国谷は言った。

「まだ分かりません。徹底的に調べないと。万にひとつも見のがしがあってはなりませんから」

思った以上に、整備場の建物の被害調査と補修に時間がかかっている。山口は、早く機体の点検に進みたいと思っていた。

重整備は、部品などを取り換えるため、大変な時間を要する。全くの新品にしてしまうほどの緻密《ちみつ》な整備なのだ。

目の前にある機体は、重整備がかなり進んでいたところで地震に遭遇した。整備終了の時期が相当先に延びるだろう。

「せっかく重整備も最終コーナーに差し掛かっていたのに、残念でした」

国谷は悔《くや》しそうに唇《くちびる》を引き締めた。

「しかたがないです。完璧《かんぺき》に仕上げて、これを仙台への一番機にしましょう。ひょっとしたら、こいつはそのつもりだったのかもしれませんよ」

山口が機体を見上げて、真面目な顔で言った。

「こいつ、機械ですけど、そんなことを考えたんですかね。すごい奴ですね」

国谷も真面目に答えた。

山口が国谷の顔をまじまじと見つめて、「冗談ですよ。国谷さんは真面目なんだから」と笑った。

「いやぁ、冗談とは思えないんですよ、私にはね。こいつ、本気で、被災した仙台空港の復活一番乗りをするために、ここにいるような気がしてならないんです」

国谷は機体の下に入り込んで、ボディを触ってみた。どくどくと脈動を感じる。血が流れるのが掌《てのひら》に伝わってくるのだ。こいつ、生きていると思う。

「国谷さんの言うことの方が正しいかもしれませんね。どうせなら一番乗りしたいですからね」

「こいつの尾翼《びよく》に立派な鶴丸《つるまる》を描いてやりますよ。とびきり鮮やかな赤でね。ボディにはなんて書きますかね」

「そうですね。なんて書きますかね……」

山口は腕を組んで機体を見上げた。

「がんばろう日本、がいいでしょうね」

「がんばろう日本、それ、いいかもしれませんね。震災からの復活ってメッセージですね……」

山口は腕を組んだまま、機体を見上げていたが、ふいに我に返った。誰が、「がんばろう日本」と言ったのか、国谷の声とは違う……。声がした背後を振り返った。

「会長！　佐々木会長！」

佐々木が笑みを浮かべ、その隣で国谷が緊張した様子で立っていた。

「すみません、気づかずに」

山口は全身を硬直させ、腰からぽきりと身体を半分に折った。

佐々木が、現場視察を好んで行っているとは聞いていたが、地震後の整備場に、なんの事前連絡もなく訪れるとは思ってもいなかった。

佐々木が「がんばろう日本」と言ったのだ。そんなのだめだと否定しなかったことが、唯一の救いだ。

「これが、仙台空港が復活したら一番に飛ばす飛行機ですか」

佐々木が、前へ進み出て機体を見上げた。

秘書も誰もついていない。本当にぶらりと一人で来たのだ。

「はい。そ、そうであります」

山口は緊張して呂律《ろれつ》が回らない。佐々木は、じっと山口を見つめている。

「ボーイング737です。やや小型ですが、馴染みのある航空機です。仙台空港の滑走路が復活したら、真っ先に飛ばすのは小型がいいだろうと思いまして、これを選びました。実は、重整備完了間近で地震に遭遇しましたので、整備完了まで時間がかかる見込みです。仙台空港はいつ再開されるか分かりませんが、その時に間に合うよう、万全の態勢で臨《のぞ》みたいと思います」

「あの尾翼に鶴丸を描くのですね」

佐々木が指差した。尾翼が、きらりと光ったように見えた。

「その通りです」

「一月十九日に、四月一日から鶴丸を復活すると宣言しました。鶴丸は、私も大好きです。あの時、『自ら切り開く挑戦の精神』の象徴だと言いましたが、私自身が、仕事で海外に行っている時、鶴丸に何度も勇気づけられたのです。日本の国際社会への挑戦、品格、信頼、勇気、そんなものを鶴丸は象徴しています。ヤマト航空は、地震や津波になんか負けません。予定通り、来年には必ず再上場を果たします。そのためにも鶴丸が必要です。新生『ヤマト航空』の象徴です。ぜひ皆さんの手で、鶴丸のマークが燦然《さんぜん》と輝く飛行機を被災地に飛ばし、多くの人を勇気づけてください。お願いします」

佐々木は山口と国谷に頭を下げた。

鶴丸マークは、一九五九年から二〇〇二年まで使用されていた。その後、使用された太陽のマークの評判は決して良いとは言えなかった。尾翼に描かれた太陽は、「欠けていて縁起が悪い」などと言われることもあった。

佐々木は、鶴丸を新生ヤマト航空の象徴にしたいと考えた。この鶴丸こそヤマト航空の創業の精神、パイオニアスピリッツを復活させるものだと考えていたからだ。

「私たちも鶴丸が大好きです。会長がおっしゃった前向きの精神もそうですが、優しさ、温かさ、おもてなしの心も鶴丸からは感じるんです」

国谷が初めて声を出した。国谷は、佐々木と高校や出身地が同じで親近感を覚えていた。

佐々木が微笑《ほほえ》んだ。

「そうですね。私も国谷さんに同感です」

佐々木は、国谷の胸につけた名札を見て、名前で呼んだ。国谷は全身がしびれるような感動に包まれて、その場に立ちつくした。

「何日くらいで描けるんですか」

「通常は八日以上は必要ですが、徹夜してでも仕上げます。いつでも来いです」

山口は胸を叩いた。

「それは心強いです。よろしくお願いします。きっと暖かくなる四月には、仙台空港も再開するでしょう」

佐々木は、ふたたび、ボーイング737の機体を見上げた。

佐々木の目には、青空を仙台に向かって一直線に飛ぶ、鶴丸マークの飛行機が見えていた。それは被災地の希望だけではなく、ヤマト航空の希望を運ぶものでもあった。

「早く、一日でも早く飛ばしたいですね」

国谷が言った。

佐々木は、大きく頷《うなず》いた。

5

遥は、バスに乗っていく乗客たちを、順子や朋子《ともこ》たちと見送っていた。

ようやく空港周辺の水が引いた。しかし、まだ滑走路は泥だらけで、家の残骸《ざんがい》や松の木、車などが至るところに残っている。それでもなんとか、バスが通れるだけの道が確保できたのだ。西側のフェンスを壊し、そこから空港ビルまで救援のバスが入ってくる。

豊田からは、「我々は、バスに乗ることはないから、安心しろ」と言われた。

何が安心しろだか、言っている意味が分からない。そう半畳《はんじょう》を入れたくなったが、要するに、ヤマト航空のスタッフたちを運ぶためのバスは用意できないということだ。それで当然だ。お客様が無事に帰宅できるだけでいい。自分たちは自分の足で歩けばよい。

「おい、担架《たんか》、担架はないか」

大山《おおやま》が声を上げている。中には弱った人がいるので、担架に乗せて運ぼうというのだ。

「はい、探してきます」

朋子が、また空港ビルの中に駆け込んでいった。

「おねえさん、ありがとうございました」

小学生低学年くらいの女の子が、礼を言ってくれた。

「風邪《かぜ》、治ってよかったね」

遥は、しゃがんで少女と向き合った。

「あの時、いただいた風邪薬のお蔭《かげ》で助かりました」

母親が笑みを浮かべている。目の周りに隈《くま》ができている。看病で眠ることができなかったのだろう。

「これ、お姉さんに」

少女は、小さな折り鶴を差し出した。

「娘が、いただいたお菓子の包み紙で折ったんです」

母親が言った。

「ありがとう」

遥は、折り鶴を大事そうに両手で受けた。見ると、羽のところに幼い字で「ありがとうございます」と書いてある。

「また、飛行機に乗ってね。会えるといいね」

「必ず、飛行機に乗りにくるからね」

少女は、遥に手を振ってバスに乗り込んでいった。

「あのぅ、これ、借りたままですみません。必ず返しに来ますから」

若い女性が、申し訳なさそうな顔で順子に話しかけた。

水に濡《ぬ》れた服を着て気を失っていたので、順子が自分の服を貸してあげたのだ。

「まだまだ寒いですから、どうぞ着て帰ってください」

「本当に助かりました。ありがとうございました。必ずお返ししますから」

「いつでも構いませんからね。そんなに気にしないで結構ですよ」

順子は、女性を送りだした。

「いいの？　一張羅《いっちょうら》でしょう？」

遥が小声で言った。

「大丈夫よ。こういうのは、人と人との信頼だからね」

順子は笑みを浮かべた。

順子は、あの時以来、夫のことを話題に出さない。

樋口と大山が、担架に老人を乗せて運んできた。その傍に朋子がつき添ってい
る。

「ありがとう、ありがとう。トイレの掃除までしてくれて、ありがとう」

老人は、朋子の手を握りしめている。

「元気でね、お爺《じい》さん。また会いましょうね」

朋子が励ましている。

樋口と大山が、担架ごとバスの中に老人を運び入れた。

「出発します」

バスが動き出した。泥水を撥《は》ねながらゆっくりと走っていく。お客様は、数台の
バスに分乗して、空港を後にした。

なんだか自然と涙が流れ出してきた。足元から崩れ落ちそうになる。ちょっとふ
らついた。

「遥、大丈夫？」

朋子が手を差し出して支えてくれた。

「ちょっと、ほっとしたね」

遥は言った。

「私たち、役に立ったのかしらね」

順子が言った。

「役に立ったとは思うよ。でもそれは特別のことじゃない。当然、果たすべき役割を果たしただけのことだ。ここは私たちの職場であり、尊い命をお預かりしている仕事だからね」

豊田が、後ろから話しかけてきた。

遥たちは、その言葉に何度も頷いた。

「さあ、私たちもここを撤収《てっしゅう》しようか」

豊田が遥たちの肩を叩いた。

「はい！」

遥たちは、晴れ晴れとした顔で声を上げた。

「おい！　記念撮影するぞ」

大山がカメラを高く掲げた。

ヤマト航空のカウンター前に、スタッフたちが集まった。誰もが笑顔だ。まだ身体にビニール袋を巻きつけている人もいる。みんなで四十人ほどだ。前に並んだ豊田や大山や樋口の靴は泥だらけだ。泥水の中を歩き、人を救助し、濡れたままの靴で空港内の施設を歩き回った。遥は自然とカメラに向かってVサインをした。隣を見ると、朋子も順子も同じようにVサインをしている。

「帰れるね」

遥は、順子に言った。

「うん、やっとね」

順子は、カメラに向かって思い切りVサインを突き出した。それは、まだ行方《ゆくえ》が分からない夫に向かって呼びかけているように思えた。

カシャッ。シャッター音が響いた。

地震発生から丸二日経った三月十三日午後、遥は、泥でぬかるんだ滑走路を歩き始めた。

6

翔は、山形空港に着くと、ボランティアの人たちとマイクロバスに同乗して仙台駅に向かった。

特別救助隊が手配したバスが滑走路から入り、仙台空港に閉じ込められた乗客たちが救出され始めたというニュースをボランティアの人から知らされた。

翔は、もう遥は空港ビルから自宅に戻ったかもしれないと思った。よかったと思う反面、残念な気がした。自分の手で遥を助けたいという思いがあった。間に合わなくてもいい。でも約束したから、必ず空港に行こう。

翔は、仙台駅でなんとかタクシーを確保した。空港に向かう。滑走路の西側から空港敷地内に入ることができるという情報を得ていた。

仙台駅から南へ下り、仙台空港インターチェンジの方向にタクシーを急がせた。

＊

遥は、滑走路を歩いていた。空は澄み渡っているが、至るところに津波に流された家や車が見える。牛などの動物の死骸《しがい》が横たわっているのを見た時は、思わず足が止まってしまった。手を合わせ、頭を下げる。

順子のご主人は大丈夫だっただろうか。とにかく無事であることを祈りたい。

あっ、と思った。滑走路から川内沢川《かわうちさわ》沿いの道に出ようとした場所のフェンスに一台の赤い車がある。日産のキューブ。遥が通勤用に使っている車と同じだ。

足元の泥水も構わずに近づいてみる。ナンバープレートが見えた。

「私の車じゃないの！」

遥の車に間違いない。

「ああ、こんなに泥だらけになって……」

思わずため息が洩《も》れる。持っていたキーでドアを開けた。中から汚れた水が流れ出してきた。運転席のシートには材木の切れ端などが載っている。エンジンをかけようとした。が、当然のことながら反応がない。

「まだ、ローンが残っているのになぁ」

遥は、車から離れ、ふたたび歩き出した。

「マイカーが私にお別れを言いたかったのかもね」

遥は、一人呟《つぶや》くと、私物が入ったバッグを勢いよく肩にかけた。

滑走路から一般道に出る。南の岩沼《いわぬま》方面に向かって歩くつもりだ。どこかで両親と連絡が取れれば、迎えに来てくれるだろう。十キロは歩く覚悟《かくご》だ。

遥は、振り返って空港ビルを眺めた。そしてしばらく頭を下げた。本音を言えば、二度と遭遇したくはないが、それでも得難《えがた》い経験だった。前向きに考えようと思う。

今回の経験は、人の強さ、助け合う素晴らしさを教えてくれた。そして何よりも、ヤマト航空の社員としての使命感を自覚させてくれた。それが最大の収穫だ。

自分って、こんなにヤマト航空が好きだったのだ。

遥は踵《きびす》を返して、ふたたび歩き出した。

電車はまだ動いていないのだろうか。人々が元の生活に戻るには、まだまだ長い時間がかかるだろう。

仙台東部道路の仙台空港インターチェンジに近づいてきた。

うん？

遥は目を凝《こ》らした。インターチェンジの出口にタクシーらしき車が停まっている。車から出て、誰かが立ってこちらを見ている。男性だ。

まさか？

男性が手を上げた。大きく左右に振っている。

まさか、まさか。

「遥さん！」

男性が叫んだ。

翔、翔だ。間違いない。翔だ。翔が、迎えに来たのだ。約束通りに……。

遥は、翔に呼びかけようとするが、声にならない。その場に立ちすくんでしまった。

「遥さん！」

翔がこちらに向かって走ってくる。

「草薙さん！」

ようやく遥は言葉を発することができた。

翔が、目の前に来て立ち止まった。両手を伸ばせば届くところにいる。嘘ではない。本物の翔だ。でも地震以来のいろいろなことが思い出されて、現実感がない。

「お疲れ様……。間に合ってよかったよ」

翔が、笑顔を見せた。白い歯がきれいだ。

遥は何も言えない。涙が頰《ほお》を伝う。止めようもないし、拭いもしない。

遥は、翔の胸に崩れるように顔をうずめた。涙や鼻水が、容赦《ようしゃ》なく溢れ出てきて、翔のコートを濡らす。

翔の両手が、自分の背中を包みこんだ。温かさが伝わってくる。いつまでもこうしていたかった。

7

四月十三日午前七時五十七分、震災後初めて、一般乗客を乗せたヤマト航空四七二一便が仙台空港に到着した。羽田空港からほぼ満席の百二十一人。ヤマト航空再生の象徴である鶴丸ロゴの機体には、「がんばろう日本」のペイント。駐機場に沖止めされると、スーツ姿の男性客らが次々と降り、歩いてターミナルビルに向かった。空港職員は、「いつでもどこにいても心はひとつ」と書かれた横断幕を持って

出迎えた。水没した震災時を思い出したのか、三十三日ぶりに戻ってきた一般旅客を見て、涙ぐむ女性職員もいた。　（二〇一一年四月十四日付・産日新聞）

＊

博子《ひろこ》は、感慨《かんがい》に浸る間もなく、仙台から羽田行きの便に乗務していた。

午前中、無事、第一便を仙台空港に到着させることができた。空港職員やヤマト航空仙台空港のスタッフの喜ぶ様子を見て、本当に感激した。復興への大きな一歩になるに違いない。しかし、午後には仙台空港で満員のお客様を乗せ、羽田に飛び立つ。疲れを感じている暇などない。

「チーフ、普通席前方にお座りの若いご夫婦のお客様が、男のお子様の写真を膝《ひざ》に置かれています。もしかしたら震災でお子様を亡くされたのかもしれません。少しお声をかけにくい雰囲気《ふんいき》があるのですが……」

後部座席担当のCAから、博子に報告があった。

博子がCAの示した席を見ると、夫婦客が暗い表情でうつむいている。

博子は、席に近づいていった。

「大丈夫ですか。ご気分はいかがですか」

博子の問いかけに夫が振り向いた。目が真っ赤になっている。博子は通路にしゃがみこみ、目線を合わせた。妻は、まだうつむいたままだ。

「ご心配をおかけしてすみません」

「失礼ですが、それはお子様のお写真ですか」

「ええ、この間の震災の津波に巻き込まれてしまいました。私は、この子を守ってやることができませんでした」

夫の目から涙がこぼれ落ちた。

「今日は、お子様とご一緒の旅行なのですね。お子様のお好きな飲み物は何でしょうか。ご用意いたしましょう」

博子は、自分にできることは何かと考えた。それは、お客様の悲しみにできるだけ寄り添うことだろうと思った。そのためには、その子が生きているかのように接することだ。なぜならお客様は、間違いなく傍に我が子がいると信じているのだから。

「息子は飛行機に乗ったら、雲を見ながらジュースを飲むんだと、楽しみにしていました。なんでも幼稚園のお友達に聞いたらしいのです。飛行機に乗ると、ジュースや飴《あめ》がたくさんもらえるんだって……」

妻が泣き崩れた。

「それなら、飛行機に乗って、ジュースを飲みながらどこかへ行こうって約束をしていたんです」

　夫が目を赤く腫らして言った。

「承知いたしました。少し、お待ちください」

　博子は立ち上がってキャビンに向かった。

「上原さん、あのお客さん、どうかしたんですか」

　トイレから出てきた、少し皮肉そうな目をした男性客が博子に声をかけた。

　経済ジャーナリストの土橋《どばし》だった。博子は取材を受けたことがあり、顔見知りである。今日の乗客の中に土橋がいることは承知していた。どのような乗客が搭乗《とうじょう》しているかを事前に把握《はあく》することも、業務の一環だからだ。

「ええ、まあ」

　博子は言い淀《よど》んだ。お客様のプライバシーに関《かか》わることだ。話すことではない。

「お子さんを亡くされたんでしょうね。写真を置いておられるから。津波の犠牲《ぎせい》になったのかなぁ」

　土橋は、自分の席に歩き始めたが、立ち止まったかと思うと博子の方に振り向き、「フライト、快適ですよ。鶴丸もいいじゃないですかね」と笑顔もなく言った。

　博子は、キャビンに戻った。

「どうでしたか、チーフ」

先ほど報告してくれたCAが、心配そうに訊いてきた。

「津波でお子様を亡くされたのね。お子様は、機内でジュースを飲むのを楽しみにしていたそうよ」

「チーフ、他に何か私たちにできることはありませんか。ご夫妻の励ましになること」

「そうね。こういう時こそ、人間として何が正しいかで判断しないと……。クルー全員のメッセージを添えて、お子様用のノベルティをラッピングしてお渡ししましょう」

「やりましょう。すぐに準備します」

「じゃあ、お願いね。私は、ジュースをお持ちしてくるから」

博子は、夫婦と子どもの三人分のジュースを席に運んだ。

「どうぞ、お子様とご一緒にお召し上がりください。僭越《せんえつ》ですが、お子様のためにも、どうか元気を出してください。お子様は、お二人の間にお生まれになり、過ごされ、愛され、どんなにかお幸せだったかと思います。お二人が悲しまれると、お子様も悲しまれると思います。お辛《つら》いでしょうが、どうかお元気になってください」

博子は、心を込めて言った。

「ありがとうございます」

夫婦は声を揃《そろ》えて、博子に礼を言った。

飛行機は無事に羽田に着いた。お客様を案内して降ろす時になった。

博子たちクルーの前に、あの若い夫婦が近づいてきた。

「これはささやかですが、私たちクルーからお子様へのプレゼントです。お受け取りくださいますか」

博子は夫婦に、美しい色柄の千代紙《ちよがみ》でキャンディや玩具《おもちゃ》などを包んだものに、クルー全員で書いたメッセージカードを添えて渡した。

夫は、包みとカードを抱《いだ》くように持った。涙が止まらない。泣き顔のまま、博子を見つめた。妻も深くうなだれている。

「ありがとうございます」

夫は、絞り出すように言うと、包みとカードを抱《かか》えたまま、もう一方の手で博子の手を強く握りしめた。

妻は無言で夫の手に自分の手を重ねた。

夫婦は、何度も振り返りながら通路を歩いていった。

「元気になられるといいなぁ」

博子の傍で、コックピットから出てきた能見《のうみ》が呟いた。能見は今日の機長を務めていたのだ。

「キャプテンはどんなメッセージを書かれたのですか」

「またのご搭乗をお待ち申し上げます。私たちは皆様の幸せを運ぶお手伝いをさせていただきます……」

博子は能見を見つめた。

「皆さんは、良いことなさいましたね。じゃあ、また機上でお会いましょう」

博子の傍を、土橋が背中を丸めて通り過ぎていった。

＊

翔は、羽田空港の展望デッキで広報部に届いた手紙を読んでいた。

「私は、四月十三日に仙台から羽田まで乗せていただいた者です。私は、東日本大震災に伴う津波で息子を失いました。五歳でした。

震災前、息子と飛行機に乗って旅行する約束をしていました。その約束を果たすために、私は妻と共に仙台から羽田へ飛び立つヤマト航空に乗りました。

その際、私たち夫婦の事情を察してくださった乗務員の皆さまから、たくさんのプレゼントや励ましのメッセージをいただき、感謝に堪《た》えません。私たちのために心からの涙まで流していただき、逆に申し訳なく思っております。

息子を亡くした失意の中ではありましたが、皆さま方と出会い、生きる勇気をいただきました。もし、あの時、皆さま方の優しさに触れなければ、生きる希望を見いだせてはいなかったかもしれません。

私たち夫婦がしっかり生きていかなければ、死んだ息子がかわいそうです。この世にたった五年の生しか許されなかった息子の生きてきた意味を伝えることができるのは、私たちだけですから。

ありがとうございました。まだまだ不安定な精神状態ではありますが、ぜひともまたヤマト航空の飛行機に乗って、皆さま方と息子の話をしたいと思います。

皆さま方には感謝の気持ちでいっぱいです。どうかこれからも、素晴らしい接客をしていただきたいと思います」

封筒には、笑顔で写っている家族の写真も同封されていた。

翔は、この手紙を社内報『ＷＡＹ』に掲載するつもりだ。

窓の外を眺めた。

鶴丸マークが描かれたヤマト航空の飛行機が、今まさに飛び立つ瞬間が目に入った。青空に真っ直《ま す》ぐに機首を持ち上げ、飛んでいく。その毅然《きぜん》とした姿は、本当に美しいと思う。飛行機は、ただ単に人を運んでいるんじゃない。いろいろな人の思いや人生を運んでいるんだ。

翔は、いつまでも飛行機を眺めていた。それはやがて、空の青さに吸い込まれて消えていった。

「パイロットになるという親父《おやじ》との約束は果たせなかったが、それは俺の息子に果たしてもらおうかな……」

翔は、仙台にいる遥のことを思って、胸をときめかせた。

＊

二〇一二年九月十九日、ヤマト航空は予定通り再上場を果たした。

社長の本田は、気を引き締めて**「しかしながら、株式上場は再出発のスタートラインに立たせていただいたに過ぎません」**という内容のリリースを発表した。


〈了〉

『翼、ふたたび』余話――文庫化によせて

東日本大震災が二〇一一年三月十一日に発生して、はや六年が過ぎた。

しかし復興は道半ばだ。その上、東京電力福島第一原発事故による放射能の風評被害に、福島をはじめ東北各県はいまだに苦しめられ続けている。しかし震災復興への関心は徐々に薄れ、世間は二〇二〇年の東京オリンピック・パラリンピックに関心が移ってしまっているようだ。若手選手が活躍する度《たび》に金メダルへの期待を大きく膨《ふく》らませるのはいいのだが、震災復興を掲げた理念はどこかへ消えてしまったかに思えて仕方がない。被災地でサッカーの予選などが行われるらしいが、開催予算などを巡る政治家同士の争いや、復興担当大臣、政務官の度重なる失態ばかりが目につく。政府が本気で震災復興を考えているなら、もっとまともな政治家を復興担当大臣、政務官にしろと怒りを膨らませている国民が多いに違いない。

このような状況の中で、震災とJAL（日本航空、小説ではヤマト航空）の再建を重ね合わせた『翼、ふたたび』が文庫化されることになった。

この小説は、会社の再建と震災時の人間の営《いとな》みの素晴らしさを描いたものだ。震

災の記憶を風化させないためにも、多くの方々に文庫を手に取ってもらいたい。そして復興への決意を新たにしてもらえれば幸いである。

ところでこの小説を書こうと思った動機は、JAL破綻《はたん》時の社長であった西松《にしまつ》遙《はるか》さんとの出会いにある。

以前、私は日本テレビの番組で西松さんをインタビューしたことがある。すでにその時、JALの業況は悪化し、最悪の事態も懸念される状況だった。しかしそのような状況であるにもかかわらず、西松さんはテレビ出演を引き受けてくださった。聞くところによると、テレビ出演は初めてだということだった。西松さんは緊張をされながらも、私が繰り出す辛辣《しんらつ》な質問に逃げることなく誠実にお答えくださった。

私はその態度に非常に感銘を受けた。

しかしJALは、西松さんの懸命の努力の甲斐《かい》もなく、二〇一〇年一月十九日に会社更生法を申請《しんせい》して破綻した。

その頃、JALを利用すると、チェックインカウンターや機内には暗く沈んだ空気が漂っているようで「このままではどうなるのか」と不安を感じたものだった。

そしてJAL再建の渦中《かちゅう》に東日本大震災が発生した。私は、震災後の五月に知り合いの建築家などと一緒に車で被災地を巡り、仙台空港にも立ち寄った。空港は米軍や自衛隊の支援で滑走路《かっそうろ》の泥などがようやく取り除かれ、営業を再開したところだった。チェックインカウンターにいたＪＡＬの女性スタッフに、「空港が再開してよかったですね」と声をかけた。すると彼女は「ありがとうございます」という言葉とともに、なんとも言えない晴れやかな笑顔を見せてくれた。本当に美しく素敵な笑顔だった。私は、この笑顔を西松さんに見せてあげたいと思った。この時、「ＪＡＬの再建は必ず成功するに違いない」と確信した。

私は、元銀行員だ。おこがましいが、何社かの会社再建に関《かか》わった経験がある。その経験から言えるのは、社員の笑顔が美しく素敵な会社は必ず再建できるということ。現場で働く社員が笑顔であれば会社は必ず再建できる。これは真実だ。

私は、ＪＡＬの広報部に「再建に向けて頑張って欲しい」と伝えた。すると広報部から震災時の仙台空港での知られざる逸話《エピソード》を数多く聞くことができた。私はすぐに仙台空港に取材に行き、当事者たちから直《じか》に震災時の状況を聞いた。どの逸話《エピソード》も感動的だった。小説の中に採り上げた老人ホームの人たちを救助したことやトイレ掃除、そして母乳が出なくなった母親に代わって自分の母乳を乳児に提供した女性スタッフのことなどは全《すべ》て事実だ。彼ら、彼女たちは震災時の様子を、時折涙を浮かべながら話してくれた。もっとできることはなかったか……と後悔する気持ちもあったように思う。

その中で最も驚いたのは、空港に閉じ込められた人たちが誰一人パニックに陥《おちい》らなかったことだ。売店の食べ物や飲み物、勿論《もちろん》、お金に手をつけるような人は、唯《ただ》の一人もいなかった。薬局で薬を手に取ったら誰もいないレジに代金を置いた。なぜ誰もパニックを起こさず、静かに救助を待っていたのだろうか。私は、それはＪＡＬのスタッフたちが制服を着て、いつも通りの冷静で温かな勤務対応をしていたからだと思う。ではなぜ、ＪＡＬのスタッフたちはそのような勤務対応ができたのだろうか。

私は、震災後の仙台空港に閉じ込められたＪＡＬのスタッフたちと乗客たちの奇跡のような三日間を書かねばならないと思った。震災という未曾有《みぞう》の困難な事態の中でも人間はなんて素晴らしい存在なのかということ、そしてなによりもそうした賞賛すべき行為を行ったのが破綻したＪＡＬという会社の社員たちであったこと、その事実をぜひ多くの人に知ってもらいたいと思ったのだ。

ＪＡＬは、二〇一二年九月十九日に再上場を果たし、見事に蘇《よみがえ》った。

再建は、会長として再建に尽力した稲盛和夫《いなもりかずお》氏のアメーバ経営やフィロソフィ教育が奏功したと言われている。私は、実際にフィロソフィ教育の現場もつぶさに取材させていただいた。洗脳などと批判されたが、教育が進むにつれてＪＡＬの社員たちが徐々にまとまっていくのを実感した。それまで何人もの社長たちがなんとかまとまりのある会社にしようと努力したが、なかなか上手《うま》くいかなった。

ある幹部は、「社員が一つになったのは破綻して、多くの人にご迷惑をおかけしたことが最大の原因だ。そのお陰で稲盛さんが、同じベクトルに向かうと繰り返しおっしゃったことが浸透したのだ」と言った。私は、小説の中で稲盛氏のフィロソフィ教育についてもできるだけ詳細に書いたつもりだ。経営に携わる人には参考になるのではないかと思う。

しかし、なぜ稲盛氏のフィロソフィ経営が、JALでこれほどまでに成功を収めたのだろうか。幹部が言う通り破綻したことが最大の原因なのだろうか。

勿論、そのことは大きい原因だろう。破綻し、世間の信用を失い、背水《はいすい》の陣で再建に立ち向かわねばならなくなった社員たちの心には、稲盛氏のフィロソフィが浸透し易《やす》かったのだろう。しかし決してそれだけではないだろう。仙台空港でのJALのスタッフたちの献身を支えたのは、JALという会社への、そして自分の仕事へ誇りだ。それは破綻という彼らにとっての悲劇的な事態に遭遇《そうぐう》しても決して消えることはなかった。誇りが失われていなかったからこそ、稲盛氏のフィロソフィが浸透し、再建できたのだと私は確信する。

今日、日本企業は一見、好業績に酔っているかのように見える。しかし東芝やシャープのように、昨日までの有力企業が、今日は、一転して業績悪化に陥るという急激な変化に襲われる時代でもある。またJALのように、破綻という事態に陥るかもしれない。「明日は我が身」という言葉通りなのだ。

しかしそんな時代でも、自分が勤務する会社への、自分の仕事への誇りがあれば困難を乗り切ることができるということをJALの再建は証明してくれている。この事実は、多くの経営者や働く人たちに勇気を与えることだろう。その意味で、この小説は、単にJALの破綻から再建までを描いたというより、困難な時代を戦っている多くの経営者、そして働く人たちのためのものだと言えるのではないか。

再建後、JAL機は順調に空を飛んでいる。『翼、ふたたび』の夢は果たされた。この小説を書く動機を与えてくれた西松さんも心から喜んでおられることだろう。そんなJALに、僭越《せんえつ》ながら私が言いたいことは一つだけだ。

それは将来どんなことがあっても、破綻と震災という二つの事態を乗り切るために社員が同じベクトルを向いた時を原点とできれば、いつでもそこに立ち返ることで乗り越えていける、ということだ。

JALは、今も、そしてこれからも、震災からの復興と戦っている被災地の人々を勇気づける存在であり続けてほしいという点を強調しておきたい。

江上　剛

本書は二〇一四年八月にＰＨＰ研究所より刊行された
作品を、加筆・修正したものである。

著者紹介
江上　剛（えがみ　ごう）
1954年、兵庫県生まれ。早稲田大学政治経済学部卒業。77年、第一勧業銀行（現みずほ銀行）入行。人事、広報等を経て、築地支店長時代の2002年に『非情銀行』で作家デビュー。03年に同行を退職し、執筆生活に入る。
主な著書に、『失格社員』『銀行支店長、走る』『会社という病』『庶務行員 多加賀主水が許さない』『我、弁明せず』『成り上がり』『怪物商人』『天あり、命あり』『クロカネの道』などがある。

PHP文芸文庫　翼、ふたたび

2017年7月21日　第1版第1刷
2017年8月14日　第1版第2刷

著者　江上　剛
発行者　岡　修平
発行所　株式会社PHP研究所
東京本部　〒135-8137 江東区豊洲5-6-52
文藝出版部　☎03-3520-9620（編集）
普及一部　☎03-3520-9630（販売）
京都本部　〒601-8411 京都市南区西九条北ノ内町11
PHP INTERFACE　http://www.php.co.jp/
組版　朝日メディアインターナショナル株式会社
印刷所　共同印刷株式会社
製本所　株式会社大進堂

ISBN978-4-569-76757-4

PHP文芸文庫

怪物商人

江上剛 著

死の商人と呼ばれた男の真実とは⁉ 大成建設、帝国ホテルなどを設立し、一代で財閥を築き上げた大倉喜八郎の生涯を熱く描く長編小説。

定価 本体八四〇円（税別）